Hannes Wildecker

Die Brut des Adlers

Overbecks erster Fall

Kriminalroman

Hannes Wildecker (ist das Pseudonym von Hans Muth) wurde 1944 im Kreis St. Goarshausen geboren, war einige Jahre Beamter der Schutzpolizei und anschließend 30 Jahre lang Kriminalbeamter beim Polizeipräsidium Trier. Mit dem Schreiben von Lyrik und regionalgeschichtlichen Abhandlungen begann er in den 70er Jahren. Die Liebe zur kriminalistischen Belletristik entdeckte er erst im Alter von 60 Jahren. Er ist verheiratet, hat zwei erwachsene Söhne und lebt in der Nähe von Trier.

Dieses Buch ist ein Roman. Handlung, Personen und manche Orte sind frei erfunden. Ähnlichkeiten mit lebenden oder toten Personensind rein zufällig

ISBN 978-3-940760-40-1

www.verlag-smo.de

Bibliographische Information der Deutschen Bibliothek:

Die Deutsche Bibliothek verzeichnet diese Publikation in der Deutschen Nationalbibliographie; detaillierte bibliographische Daten sind im Internet über http://dnb.ddb.de abrufbar.

Der Adler besucht die Erde, doch säumt nicht,
schüttelt vom Flügel den Staub und kehrt
zur Sonne zurück!

Matthias Claudius, Deutscher Dichter 1740-1815

Prolog

***D**ie zierliche Gestalt in dem dunklen Anorak und der übergroßen schwarzen Kapuze sieht hinunter auf Jörg Dellmann, der vor ihr rücklings im Schmutz des Hinterhofbodens liegt und mit teils ängstlichem, teils erwartungsvollem Blick zu ihr aufsieht.*

Erst als dieser den Baseballschläger in der Hand des Gegenübers bemerkt und das verzerrte Lächeln in dessen Gesicht sieht, weichen Erwartungshaltung und Angst einer ihn umklammernden Panik. Mit aufgerissenen Augen will er schreien, doch irgendetwas schnürt ihm die Kehle zu, sodass er glaubt, ersticken zu müssen.

Er registriert, wie die Person, deren schattenumspieltes Gesicht er nicht erkennen kann, sich mit beiden Händen auf den Baseball-Schläger stützt und ihn stumm fixiert.

Der Blick seiner vor Angst geweiteten Augen sucht in dem Gesicht des anderen zu lesen. Langsam kommt ihm die Erinnerung wieder. Er hatte in einer Gaststätte etwas getrunken. Dann wurde ihm übel und der anschließende Blackout hatte ihn vor dem Gefühl, sich übergeben zu müssen, bewahrt.

Ohne seinen Kopf zu bewegen, streifen seine Blicke die Umgebung ab und plötzlich überkommt ihn das Gefühl, schon einmal hier gewesen zu sein.

Die Person scheint seine Gedanken zu erraten. Sie nickt mehrfach mit dem Kopf und lächelt, höhnisch und übermächtig. Mit einer energischen Bewegung schiebt sie die Kapuze in den Nacken und verharrt einen Moment, den Blick auf ihr Opfer gerichtet, des-

sen Augen sich angesichts des Offenbarten mehr und mehr weiten.

Dann tritt die Gestalt auf den Daliegenden zu, der sich, auf die Ellbogen stützend, in eine sitzende Stellung begeben hat und nach hinten wegzukriechen versucht. Seine Muskeln sind noch immer wie gelähmt, so, wie es in der Natur bestimmter Betäubungsmittel liegt. Schweiß hat sich auf seiner Stirn gebildet und läuft, Tränen gleich, an den Falten seiner Wangen hinunter.

Seine panische Angst steigert sich ins Unermessliche. Nun weiß er auf einmal, wo er sich befindet. Sein Blick fällt auf den Baseballschläger, und es ist, als sauge er sich daran fest. Schlagartig wird ihm bewusst, was ihn erwartet.

Noch ehe die zierliche Gestalt ihn mit erhobenem Schläger erreicht, hält er intuitiv beide Arme zur Abwehr vors Gesicht.

„Nein!“

Dann trifft ihn der erste Schlag und zertrümmert seinen rechten Unterschenkelknochen.

Der Schmerz jagt durch seinen gesamten Körper und droht, ihn in eine neue Ohnmacht zu versetzen. Er schreit auf, fasst sich mit beiden Händen an das lädierte Bein, wobei er gleichzeitig seinen oberen Körperbereich entblößt.

Der zweite Schlag trifft ihn unvermittelt im Gesicht, noch ehe er seinen Mund schließen kann. Er spürt nicht mehr, wie er in einem Reflex einen Teil seiner Zähne verschluckt und auch nicht den dritten Schlag, der das Leben des Jörg Dellmann jäh beendet.

Die Gestalt blickt noch einen Moment auf den Toten. Dann nimmt sie einen Zettel aus einer Innenta-

sche des Anoraks, beugt sich über ihn und schiebt das Papier unter dessen Pullover.

„Wer Tod sät, wird Tod ernten", flüstert die Gestalt, während sie sich die Kapuze wieder über den Kopf zieht. „Flieg zur Hölle, Adler!" Doch niemand vernimmt die Worte, und das Flüstern verliert sich ungehört im Rauschen der Bäume des nahen Waldes.

1.Kapitel

Gegenwart

Während Maggie Heidfeld mit leerem Blick aus dem Fenster des fast lautlos dahinschwebenden ICE in die unendliche Ferne blickte, tastete sie zum wiederholten Mal das Innere ihrer billigen, eigentlich zu großen Handtasche ab, bis sie schließlich das kalte Metall der Walther PPK auf ihrer Haut spürte.

Ihre Hand umfasste den Griff der Waffe, und ihre Fingerspitzen glitten über die Riffelung der Hartholzschalen. Ein Schaudern ging bei der Berührung durch ihren Körper. Ihr Daumen fasste den Hahn und zog ihn ein bis zwei Millimeter nach hinten, um ihn dann wieder behutsam in die Ausgangsstellung zurückzuführen.

Maggie verspürte ein eigentümliches Gefühl in der Magengegend, als sie die klobige Tasche schloss und daran dachte, dass gerade sie mit einer Waffe unterwegs war. Zeitlebens war sie ein Gegner von Gewalt gewesen und hatte das Morden in den zahlreichen Kriegen nie nachvollziehen können. Ihrem Vater hatte sie es stets übelgenommen, wenn er die kleine Pistole auseinandernahm und reinigte, damals, als sie ein Kind war. Schon allein den Besitz verachtete sie.

Die Waffe hatte ihrem Vater gehört. Jerry Thompson. Doch der brauchte sie nicht mehr. Er brauchte sie nicht mehr, seit sie 12 Jahre alt war. Heute, mit 30, dachte sie anders über Waffen. Vielleicht lebte er noch, hätte er dieses kleine metallene Mordinstrument bei der Hand gehabt. Damals, 1994. Mit erst 33 musste er sterben. Nicht auf natürliche Weise. Um es genau zu sagen, er starb an den Folgen eines einzigen Schlages. Es war ein Baseballschläger, der ihn mitten ins Gesicht getroffen und es bis zur Unkenntlichkeit deformiert hatte. Ihr Vater hatte keine Chance. Es waren vier Männer, bewaffnete Männer. Es waren dieselben Männer, die sich auch auf ihre Mutter gestürzt und ihr das Schlimmste angetan hatten, was man einer Frau antun konnte.

Damals war Maggie 12. Ein fröhliches Kind wie alle anderen Mädchen in ihrem Alter. Bis zu jenem Tag. Von da an war ihr Herz kalt. Es war mehr und mehr erfroren, wie der Winter, der langsam hereinbrach und schließlich eine Eiseskälte über das Land hauchte. In ihrem Herzen war kein Platz mehr für die schönen Dinge des Lebens. Damals hatte sie sich geschworen, die Mörder ihres Vaters zu finden.

Dann starb die Mutter, mit 38. Sie hatte nie verwinden können, was man ihrem Mann und ihr angetan hatte. Man fand sie in der Scheune, erhängt. Einen Abschiedsbrief hatte sie ihrer Tochter an ihrem Todestag hinterlassen, einen Tag nach Maggies achtzehntem Geburtstag.

Maggie wischte sich eine Träne aus dem Auge. Lange hatte sie nicht mehr geweint, zu stark war ihr seelischer Schmerz. Mit fahriger Hand öffnete sie erneut die billige Handtasche und fasste hinein. Ihre Hand suchte nach einem Fach an der Innenseite und fühlte ein Stück Papier, den letzten Gruß ihrer Mutter. Ihre zarten Finger ballten sich zur Faust, und ohne es wahrzunehmen, zerknüllten sie das, was sie umklammerten, als Maggie die Erinnerungen überfielen.

2. Kapitel

Hermeskeil 1994

Jerry Thompson stand am Fenster des Schlafzimmers, das er sich mit Conny Heidfeld teilte und blickte über die Wiesen und die Dächer der Stadt bis zum Horizont. Eigentlich sah er die Wiesen nicht, denn die Dunkelheit war bereits seit einigen Stunden hereingebrochen. Doch er musste sie nicht sehen, er wusste, dass sie da waren. Er sah ihr Grün mit geschlossenen Augen, und er roch ihren Duft, der nach dem Mähen durch die schweren Traktoren mit ihren riesigen Mähwerken noch intensiver geworden war.

Der Abend lag bleiern und schwül über der Kleinstadt. Dunkle, wassergeschwängerte Wolken zogen von Westen her über den Osburger Hochwald, und das dumpfe Grollen des nahenden Donners in der Ferne kündigte das Ende der Hitzeperiode und den lang ersehnen Regenguss an.

Das Haus der Thompsons befand sich am Ende der Stadt, einige Minuten Fußmarsch von den letzten Häusern entfernt, am Rande eines dichten jungen Fichtenhains. Ohne die Nachbarschaft weiterer Häuser wirkte das kleine Anwesen gespenstig im Dunkel der Nacht. Die kleine Buchenhecke verstärkte den Eindruck der Verlassenheit noch um einiges. Daran änderte auch nichts die Sportanlage, die verlassen, hundert Meter weiter zur Hauptstraße hin, großzügig angelegt worden war.

Das nächste Haus lag knapp einen Kilometer weiter entfernt am Stadtrand. Ein landwirtschaftliches Gehöft, zu dem von den Thompsons aus ein kleiner Feldweg durch die bestellten Äcker führte.

Jerry Thompsons kräftiger Brustkorb hob und senkte sich, bevor er noch einmal einen Blick in den mannshohen Spiegel der mittleren Tür des Kleiderschranks warf.

„Dann wollen wir mal!“, rief er seinem Spiegelbild zu und rückte seine dunkelblaue Krawatte unter der blauen Uniformjacke zurecht. Dann drehte er sich entschlossen um, warf sich den Riemen der schweren Reisetasche über die Schulter und stieg die Treppe der Balustrade hinab ins Wohnzimmer.

Conny Heidfeld erwartete ihn am Ende der Treppe und sah ihm nachdenklich entgegen. Der Moment der Trennung war gekommen. In den nächsten Wochen würde sie alleine sein, alleine in der Abgeschiedenheit, alleine mit Tochter Maggie, die sie Meg nannten, obwohl Meg eigentlich die Abkürzung von Megan war. Conny lächelte, doch ein Hauch von Traurigkeit legte sich um ihre vollen sinnlichen Lippen. Ihr blondes, glattes schulterlanges Haar fiel nach hinten und Jerry blickte in das Gesicht, das er so liebte. Zart und zerbrechlich erschien ihm Conny heute. Ihr Gesicht war blass und ihre blauen Augen erschienen ihm in dieser Blässe wie zwei Edelsteine.

Jerry warf einen Blick auf seine Uhr an seinem kräftigen braungebrannten Unterarm, und als er bei ihr angekommen war, zog er Conny zärtlich zu sich heran.

„Danke für die schöne Zeit, Liebes, aber ich muss mich jetzt langsam aufmachen. Es ist schon spät. Das Manöver beginnt in aller Frühe und wenn …"

„Und wenn du zu spät kommst, kann der Krieg nicht pünktlich beginnen, ich weiß", unterbrach sie ihn leise und schmiegte sich an ihn. Sie gab Jerry einen flüchtigen Kuss, wobei ihr die langen blonden Haare erneut weit nach hinten über die Schultern fielen.

Er sah in ihre blauen Augen, die er so liebte, er spürte ihre zarten Oberarme unter seinen starken Händen. Sie zitterte leicht. Es war nicht die Kälte. Dann entzog sie sich seinen Armen.

„Wirst du lange fort sein? Das Manöver, wann wird es beendet sein?", fragte sie, und Enttäuschung schwang in jedem Wort in ihrer Stimme mit.

„So an die zwei Wochen musst du schon ohne mich auskommen", erwiderte Jerry. „Aber wir fahren ja nicht raus in die weite Welt. Wir werden den Krieg in und um Baumholder führen, immer in der Nähe meiner Kaserne."

Er sagte *meiner* Kaserne. Er sagte es, wie er es fühlte. Conny wusste, dass Jerry Soldat durch und durch war. Nach der Wehrpflicht in den USA hatte er sich freiwillig gemeldet, um in Deutschland stationiert zu werden. In Baumholder kaserniert, stieg er auf der Karriereleiter Sprosse um Sprosse empor.

Sein Dienstgrad war Captain. Die Beförderung zum Major stand bevor. Und es würde weitergehen. Jerry liebte das Soldatenleben, und er liebte Conny. Das war sein Leben, und so sollte es auch bleiben. Conny würde ihn nicht in ein Familienleben herkömmlicher Art und Weise drängen. Nicht, solange sie so zu leben vermochten.

Conny war stolz auf Jerry. Schon über vierzehn, nein, mehr als fünfzehn Jahre waren sie miteinander liiert. Kennengelernt hatten sie sich, als sie noch Sekretärin der überörtlichen Verwaltung gewesen war. Jerry hatte damals mit den zuständigen Ressortleitern über die Häufigkeit von Flugstunden der Düsenjets über diesem Teil des Hunsrücks verhandelt. Solche Treffen gab es immer wieder. Die Bevölkerung beschwerte sich über den unzumutbaren Fluglärm, der Bürgermeister setzte sich mit den Militärbehörden auseinander, und für einige Zeit schien es, als würden die stählernen Vögel die Region tatsächlich meiden. Doch irgendwann ging das Spiel wieder von vorne los. Die Bevölkerung begehrte auf, der Bürgermeister intervenierte, das amerikanische Militär gab klein bei. Das gleiche Problem gab es mit dem deutschen Militär, der Bundeswehr. Eine unendliche Geschichte.

Jerry hatte man stets in schlichtender Mission in den Hunsrück ausgesandt. Als er das erste Mal das Vorzimmer des Bürgermeisters betrat, traf es ihn wie ein Blitz und Conny ging es ebenso. Es war Liebe auf den ersten Blick. Noch am selben Abend hatte Jerry Conny ausgeführt und seit jenem Tag waren sie ein unzertrennliches Paar. Geheiratet hatten sie nie, obwohl sie eine gemeinsame Tochter hatten: Maggie. Sie war zwölf.

Eine Ehe? Warum eigentlich nicht?, dachte Conny in stillen Momenten und gab sich danach selbst die Antwort: *Es ist uns nicht wichtig. Wir gehören zu-*

sammen, auch ohne Trauschein. Aber vielleicht wird er mich ja irgendwann fragen …

„Wenn es keiner merkt, werde ich dich von meinem Feldtelefon aus anrufen", hörte sie wie durch einen Schleier seine Stimme, die sie in die Gegenwart zurückrief."

„Feldtelefon? So etwas gibt es heute noch", lachte Conny und legte ihre Stirn in Falten. „Du nimmst mich auf den Arm!"

„Nein, nein, das war doch nur ein Scherz", lachte nun auch Jerry. „Ich werde mich über mein Handy melden. Öfter, als dir lieb sein wird."

Jerry knöpfte die Jacke seiner Uniform zu und zog die Krawatte gerade. Conny sah ihm dabei zu und betrachtete ihn lächelnd von Kopf bis Fuß.

Eine stolze Erscheinung, stellte sie wieder einmal fest. Jerry, über einen Kopf größer als sie selbst, war mit Muskeln bepackt, wie die meisten US-Soldaten, die dem Sport frönten, wann immer sich ihnen die Gelegenheit dazu bot. Und dennoch konnte er zärtlich sein, auch wenn sie sich dabei in seinen Armen allzu zerbrechlich vorkam.

Sie mochte es, wenn er eine Strähne seines schwarzen Haupthaares mit den Fingern der rechten Hand durchforstete, lässig mit der anderen seine Dienstmütze aufsetzte, um genau darauf zu achten, dass gerade diese Strähne darunter verschwand.

„Gib Meg einen dicken Kuss von mir, morgen, wenn sie aufwacht und ihren Vater vermisst", sagte Jerry plötzlich entschlossen und packte seine Reisetasche aus dunkelbraunem dickem Stoff. Früher, als er noch in der Ausbildung war und auch später als unterer Dienstgrad hatte er immer einen Seesack mit sich herumgeschleppt. Mit einem Ruck hob er die Tasche an und warf den Trageriemen über seine Schulter. „Zwei Wochen gehen schnell vorüber. Mach`s gut, Liebes."

Jerry beugte sich nach vorne und zog Conny zu sich heran, um sie ein letztes Mal zu küssen, doch er verharrte in der gebeugten Stellung. Etwas schien plötzlich anders. Es war Conny, die in seinen Armen erstarrte, es waren ihre aufgerissenen Augen, die an ihm vorbeisahen, als habe sie den Teufel gesehen.

Jerrys Kopf bewegte sich langsam in die Richtung, in welche Conny mit unverwandtem Blick sah und sein Atem stockte. Er hatte manch gefährliche Situation während seiner Militärzeit erlebt. In Afghanistan war er mit seinen Kumpels in eine Falle geraten, die nahezu ausweglos erschien. Doch sie hatten sich freigekämpft. Mit ihren Waffen. Dort hatten sie Waffen. Griffbreit. Geladen. Sie spürten das kalte Eisen, es verlieh ihnen Stärke.

So manches Handgemenge hatte er auch in seiner Heimat zu seinen Gunsten bestritten; da ging es meist um Frauen. Das war lange her, lange vor Conny. Nie ging er Problemen oder Aggressionen aus dem Weg. Darauf war er gedrillt worden, es war ihm in Fleisch und Blut übergegangen.

Heute war es anders. Er hatte keine Waffe in der Hand. Waffen hatten die anderen. Die, die er nicht hatte kommen hören. Die nun in seiner Wohnung standen. Vier an der Zahl. Ihre Gesichter bedeckten Wollmützen mit Sehschlitzen.

Jerry erfasste die Gestalten mit einem Blick. Soldaten waren es keine. Wären es Soldaten gewesen, er hätte es gerochen. Er konnte Soldaten riechen, darauf war er gedrillt. Das hier waren keine. Das bestätigte auch ihre Kleidung. *Normale Straßenkleidung*, dachte er. Einbrecher, Räuber. Ein Überfall. Sie wollten sein Geld. So musste es sein.

„Auf den Boden, Alter! Und die da auch!“, schrie plötzlich der, der am nächsten zu ihnen stand und offensichtlich der Anführer war. „Und keine krummen Sachen! Vergiss alles, was dir dein Militär beigebracht hat. Es wird dir nichts nützen!“

Jerry Thompson richtete sich aus seiner gebückten Stellung auf und schob mit einer starken Armbewegung Conny hinter sich, wobei er sie mit seinem breiten Körper fast vollends verdeckte. Er sah in das Gesicht des Sprechers und starrte in ausdruckslose Augen. Sie waren grau und eiskalt.

„Was wollt ihr? Geld? Wertsachen?“, versuchte Jerry, die Situation von vorneherein zu entschärfen, indem er Bereitwilligkeit demonstrierte. Seine Gedanken überschlugen sich. *Conny!* Ihr durfte nichts geschehen. *Und Maggie! Mein Gott, Meg!* dachte er panisch. Seine Tochter war oben, in ihrem Zimmer hinter der Balustrade. Er betete zu Gott, dass sie schliefe.

In Sekundenbruchteilen versuchte Jerry, die Situation einzuschätzen. Vor ihm standen Männer, das konnte er anhand ihrer Kleidung und der Staturen feststellen. Alle trugen Wollmasken mit Sehschlitzen über dem Kopf und alle waren bewaffnet. Unterschiedlich bewaffnet.

Der ihm Nächststehende war offensichtlich ihr Anführer. Er hielt eine Pistole in der Hand, ein großes Kaliber, das konnte Jerry sofort erkennen, dafür hatte er ein Auge. Der Mann hinter ihm hatte einen Baseballschläger dabei, und von dem Moment an, als der Anführer das erste Wort gesprochen hatte, klopfte er sich damit rhythmisch in die Handfläche. Jerry konnte sich sein provozierendes Grinsen unter der Maske förmlich vorstellen.

Der Anführer der Gruppe trat einen Schritt näher und wiederholte seine Aufforderung. Der Mann hinter ihm, derjenige, der den Baseballschläger in seinen Händen hielt, folgte ihm langsam.

„Ich sagte: auf den Boden!“, zischte der Anführer.

„Was wollen Sie?“, fragte Jerry erneut, und mit einem Mal wurde ihm die Situation erst in aller Konsequenz bewusst: Hier standen vier fremde Männer in seiner Wohnung, bedrohten ihn und seine Frau mit ihren Waffen, und er konnte nichts dagegen tun. Conny stand hinter ihm und klammerte sich an seine kräftige Armen. Er spürte, wie sie zitterte.

Was wollen diese Männer? Mich berauben? Nein, dann hätten Sie ihre Forderungen bereits gestellt. Seine Gedanken jagten ihm durch den Kopf. Jerry hatte keine Feinde. Weder hier im Privatleben noch beim Militär. Das waren auch keine Soldaten, die da vor ihm standen. Soldaten sahen anders aus, auch ohne Uniform. Selbst wenn sie diese Masken trugen, konnte Jerry ihnen ansehen, ob es Soldaten waren. Soldaten gingen anders, Soldaten standen anders da. Soldaten verbreiteten eine Soldatenaura. Die dort vor ihm standen, das waren irgendwelche Galgenvögel, Verbrecher. *Vielleicht sind sie geflohen; aus irgendei-*

nem Gefängnis ... Jerry überlegte fieberhaft. Doch das nächste Gefängnis von hier aus befand sich 20 Kilometer entfernt. Er verwarf den Gedanken sogleich wieder. *Vier Personen, die gleichzeitig flüchten konnten? Wohl kaum.*

Er kam nicht zu weiteren Überlegungen.

„Ich sagte: auf den Boden!“, vernahm er erneut die Stimme des Anführers und seine Gedanken wirbelten ihm durch den Kopf. Er konnte unter keinen Umständen zulassen, dass Conny und seiner Maggie etwas zustieß. Jerry musste handeln. Und er handelte.

„Lauf weg!“, rief er und stieß Conny von sich weg, um gleichzeitig den Angriff nach vorne zu wählen. Während er seine Umhängetasche neben sich warf, stürzte er mit gesenktem Kopf gleich einem Footballspieler nach vorne und rammte ihn in den Magen des Anführers, der sofort in der Körpermitte einknickte und zu Boden ging. Die Pistole polterte auf den Boden, und Jerry setzte zu einem Hechtsprung nach der Waffe an.

Der Baseballschläger traf ihn mitten im Gesicht. Er traf ihn mit voller Wucht. Das Bersten des Schädelknochens erfüllte den Raum. Noch bevor Jerry den Fußboden erreicht hatte, war er bereits tot. Aus einer weit klaffenden Öffnung, an der Stelle, wo sich vorher sein Gesicht befunden hatte, strömte das Blut und breitete sich zu einer Lache unter seinem Kopf aus.

Conny, durch Jerrys Stoß nach hinten getaumelt, war nicht in der Lage, seiner Aufforderung zu folgen und wenigstens den Versuch zu wagen, wegzulaufen. Reglos verharrte sie in der Mitte des Raumes, und als ihn der grausame Schlag mit dem Baseballschläger traf, entschwand alle Kraft aus ihrem Körper; ohnmächtig fiel sie zu Boden.

Der Anführer der Gruppe hatte sich inzwischen wieder aufgerappelt und seine Pistole im Hosenbund untergebracht.

„Zeigt es der Schlampe!“, rief er, noch auf dem Boden kniend und sich die Magengegend haltend.

Die Meute stürzte sich, einer nach dem anderen, auf Conny, deren Ohnmacht die beiden ersten Schänder ihres Körpers aus ihrem Bewusstsein fernhielt.

Als sie kurz darauf dem stinkenden Atem einer der Gewalttäter mit dem Kopf auswich und an ihm vorbeisah, fiel ihr Blick auf die Balustrade der oberen Etage. Dort stand Maggie in ihrem Nachthemd, die langen blonden Haare fielen ihr über die Schultern. Die Arme hingen kraftlos herab, ihr Körper schüttelte sich wie in einem Kälteschock. Maggies Mund war aufgerissen, doch kein Ton verließ ihre Lippen; zu tief saß der Schock in Bezug auf das, was die 12-Jährige miterleben musste.

Connys Blicke hatten die ihrer Tochter erreicht und versuchten, alle telepathischen Kräfte zu bündeln, ihr die Nachricht zu übermitteln, dass sie weglaufen, sich verstecken solle. Conny schüttelte leicht den Kopf und sah Maggie mit weit aufgerissenen Augen durchdringend an.

Lauf weg, mein Kind. Verstecke dich! schrie sie ihr in Gedanken zu. *Dir geschieht dasselbe wie mir, wenn man dich sieht! Lauf, mein Kind!*

Doch Maggie stand wie versteinert. Sie war nicht imstande, den Blick abzuwenden von dem, was man dort unten ihrer Mutter antat. Sie sah ihre großen Augen, die auf sie gerichtet waren, sah die Angst in den

Augen ihrer Mutter. Sie sah die Tätowierung an der rechten Schulter des Mannes, der ihre Mutter bedrängte. Einen Adler im Flug, so groß wie ein Handteller auf dem rechten Schulterblatt dieses Verbrechers.

Sie starrte auf den Adler, der nun immer mehr ein Teil von ihr zu werden schien. Ein Teil ihres Geistes. Der Adler auf der Schulter des Mannes hatte ein neues Zuhause bekommen. Ein Nest in ihrem Kopf. Er würde ihr für die nächsten Jahre zum Freund werden und gleichzeitig zum Feind.

Die Augen Connys hingen weiterhin an Maggie, und es schien, als bündele sie alle telepathischen Kräfte auf ein Ziel, den stummen Schrei: *Lauf! Flieh!*

Und dann geschah es. Maggie rückte langsam von dem Geländer der Balustrade weg, ging weiter rückwärts durch die offene Tür zu ihrem Zimmer und schloss diese leise hinter sich. Dann schien plötzlich die Starre von ihr abzufallen. Sie schaute sich hektisch im Zimmer um, suchend nach einem Versteck. Es gab keines. Sie wusste: Wenn die Männer hierherkamen, würde man sie finden.

Maggie öffnete das Fenster und sprang hinaus. Sie sprang in die Dunkelheit.

Die Rückseite des Hauses war an einer leichten Böschung gelegen, und Maggie kam auf Händen und Füßen auf, als sie den Boden berührte. Dann spürte sie die Schmerzen auf den Knien, auf den Handflächen. Sie kümmerte sich nicht darum. *Ich muss fort von hier. Ich muss Hilfe holen!* Schnell blickte sie noch einmal zurück zum Fenster ihres Zimmers. Niemand stand dort, niemand hatte sie bemerkt.

Dann lief sie, barfuß und in wehendem Nachtkleid, über die Wiese, den frisch bestellten Acker, direkt auf das nächstgelegene Haus zu, das ihr dennoch meilenweit entfernt vorkam. Als sie es erreichte, schlug ein Hund an. Maggie sah die Haustür und rannte. Der Hund bellte jetzt pausenlos. Als Maggie vor der Tür stand, verließen sie die Sinne und ihr zierlicher Körper fiel auf die Eingangsstufen. Das Bellen des Hundes schien nicht enden zu wollen. Es rettete Maggie das Leben.

3. Kapitel

Gegenwart

Wie in Trance blickte Maggie aus dem Fenster des ICE. Die Gegend flog nur so an ihr vorbei, und die auftauchenden Bäume und Masten entlang der Bahnstrecke ließen ihr Spiegelbild in schnellem Wechsel auftauchen und verschwinden. Kurz konzentrierte sie sich auf ihr Gesicht im teilweise beschlagenen Fenster und fuhr sich mit der Hand durch die schulterlangen mittelblonden Haare. Sie schüttelte kurz den Kopf und blies sich eine Strähne aus dem Gesicht, um danach etwas näher an die Glasscheibe zu rücken. So gut es ging betrachtete sie ihr Spiegelbild, das schmale Gesicht mit den hohen Backenknochen, das ihr etwas Exotisches verlieh. Sie versuchte, in ihre Augen zu sehen, doch die Umrisse ihres Kopfes verschwammen in der Dunkelheit.

Maggie schaute auf die Anzeigetafel über der Verbindungstür des Waggons. 175 Kilometer pro Stunde war dort zu lesen. Sie schaute auf die Uhr. In wenigen Minuten würde sie am Ziel sein. Wo sie hinwollte, hielt dieser Zug nicht. Sie musste auf andere Weise dorthin gelangen. Wie, das war ihr gleich. Mit einem Bus, einem Taxi, per Anhalter. Es gab nicht mehr viel auf dieser Erde, was sie interessierte. Alles hatte sich auf eines konzentriert: auf ihre Rache. *Sie werden bezahlen für das, was sie meinen Eltern und mir angetan haben. Alle vier.* Und wenn es vollbracht war, dann wollte auch sie nicht mehr leben.

„Sie fahren auch nach Trier?"

Maggie erschrak, und erst jetzt nahm sie die Anwesenheit des Mannes ihr gegenüber bewusst wahr. Ein junger, adrett gekleideter Mann, Maggie schätzte ihn auf höchstens zwanzig, sah sie freundlich abwartend an.

Sie überlegte kurz, ob sie den Mann und seine Frage ignorieren sollte. Sie entschloss sich dagegen und gab eine knappe Antwort.

„Ja, nach Trier. Von dort aus weiter."

„Zu einer der Ortschaften, die man heutzutage nicht mehr mit der Bahn erreichen kann", stellte der Mann fest und nickte verstehend. „Mir geht es ebenso. Ich muss nach Hermeskeil. Kann nur hoffen, dass um diese Zeit noch ein Bus fährt."

„Wahrscheinlich nicht."

„Was meinen Sie? Kein Bus?"

Maggie schüttelte den Kopf und schaute durch das beschlagene Fenster auf die tief hängenden Wolken, dorthin, wo sie ihre Lieben vermutete.

Wir werden uns wiedersehen, sprach sie lautlos vor sich hin. *Wenn alles vorüber ist, werden wir uns wiedersehen.* Sie hatte sich in den vergangenen Wochen einen Plan zurechtgelegt. Nichts durfte schiefgehen. Sie würde sich Zeit lassen. Eine Woche? Einen Monat? Ein Jahr? Zeit spielte für sie keine Rolle mehr. Ihr Leben war bereits zu Ende gelebt. Was bedeutete da schon Zeit?

„Wir sind da", hörte sie den Mann sagen. Seine Anwesenheit hatte sie bereits wieder ignoriert.

Maggie nickte, und im gleichen Moment ging ein leichter Ruck durch den Zug. Sie hatte nicht wahrgenommen, dass sich draußen die freie, weite Landschaft zunehmend in ein Häusermeer verwandelt hatte und der Zug schließlich in den Bahnhof einlief.

Die Fahrgäste erhoben sich und eilten an ihr vorbei, den Ausgängen entgegen. Türen schlugen, Pfiffe ertönten. Eine weibliche Stimme verkündete monotonfreundlich, dass man sich nun in Trier, der ältesten Stadt Deutschlands befände.

Maggie war an ihrem Ziel angekommen, ihrem vorläufigen Ziel. Langsam erhob auch sie sich und der Mann ihr gegenüber fragte: „Kann ich Ihnen irgendwie helfen? Vielleicht Ihren Koffer …?"

Wortlos schüttelte sie den Kopf und verließ das Abteil und den Zug, ohne dem Mann weitere Beachtung zu schenken, ihre Handtasche mit dem gefährlichen Inhalt fest an ihre Brust pressend. Vor dem Bahnhof rief sie nach einem Taxi. „Nach Hermeskeil. Zu einer Gaststätte, die noch geöffnet hat. Wo man übernachten kann."

Der Mann aus dem Zug war aus ihrem Gesichtsfeld verschwunden.

Das Taxi hielt direkt vor dem Eingang der Kneipe. Im Inneren brannte noch Licht. Es begann zu nieseln. Der Regen fühlte sich warm an. Das Jahr hatte nicht gerade vielversprechend begonnen. Mit Eiseskälte und sehr viel Schnee. Danach war die Temperatur angestiegen, und es hatte ein paar Tage ununterbrochen geregnet, mit Hochwasser in den Tälern. Dann kam wieder Schnee und mit ihm die Angst vor erneutem Hochwasser. Doch schließlich brach der Sommer herein mit allem, was er zu bieten hatte: Hitze, Trockenheit, Dürre. Die Bauern bangten um ihre Ernte und flehten um Regen. Doch nun schienen ihre Gebete erhört worden zu sein.

„Mehr kann ich Ihnen nicht bieten“, sagte der mehr als korpulente Taxifahrer undefinierbaren Alters mit einem Wink seines kahlgeschorenen Kopfes auf die diffus erleuchtete Gaststätte. Er zündete sich eine Zigarette an, und sofort breitete sich ein beißender Geruch im Inneren des Fahrzeuges aus, sodass Maggie begann zu husten.

„Entschuldigen Sie.“ Der Taxifahrer öffnete die Fahrertür und stieg aus, was ihm offensichtlich aufgrund seines Körperumfangs nicht leichtfiel. Er ging um das Fahrzeug herum und öffnete die Beifahrertür.

„Es ist die einzige Kneipe, die noch aufhaben dürfte“, meinte er schulterzuckend. „Ist zwar eine kleine Stadt, aber wenn die Leute am anderen Tag arbeiten müssen … Ist nicht mehr so wie früher.“

Er schaute auf seine Armbanduhr.

„Dreiundzwanzig Uhr fünfzehn“, sagte er. „Zweiunddreißig Euro.“ Er hielt ihr die Innenseite seiner klobigen rechten Hand hin. „Brauchen Sie eine Quittung?“

Maggie schüttelte wortlos den Kopf und bezahlte den Fahrer, der sich daraufhin schnaufend hinter den Fahrersitz quälte und gemächlich davonfuhr.

Zum alten Hermeskeiler flackerte es von einem offensichtlich defekten Transparent an der Hauswand. Maggie zögerte, doch dann gab sie sich einen Ruck und drückte die schmiedeeiserne Klinke der Gaststättentür nach unten. Ein Geruch nach Zigaretten und abgestandenem Alkohol nahm ihr fast den Atem. Sie starrte in die erstaunten, glasigen Augen dreier Männer, die, an einem Tisch sitzend, bei ihrem Eintreten die müden Köpfe hoben.

„Es wird langsam Zeit, dass ihr verschwindet. Schleicht euch! Wie man sich nur so zurichten kann.“ Maggie sah in die Richtung, aus der die Stimme kam. Hinter der Theke stand ein kräftiger Mann mit schütterem rotbraunem Haar, offensichtlich der Wirt; dieser schaute ebenso erstaunt, als sich bei seiner Aufforderung die Tür geöffnet hatte und die unbekannte Frau eintrat.

„So spät noch auf den hübschen Beinen, junge Frau?“, kam es über seine wulstigen Lippen, und Maggie spürte förmlich den abtastenden Blick seiner Augen in dem groben Gesicht mit der kräftigen, leicht gebogenen Nase; schamlos taxierte er ihre hellblaue Bluse mit der darübergezogenen dunkelblauen wollenen Weste, die eng anliegenden Jeans und die braunen Straßenschuhe.

„Sie sind sicher, dass Sie sich nicht verlaufen haben?“

Maggie antwortete nicht. Sie sah sich in der Gaststätte um und fixierte angewidert die besoffenen Männer. Wie auch den Wirt, so ordnete sie die Gestalten in die gleiche Altersklasse ein: *Anfang fünfzig*, dachte sie.

„Ich bin Franz Leonhard, der Gastwirt“, sagte der stoppelbärtige Mann hinter der Theke und zündete sich eine filterlose Zigarette an. „Wollen Sie ein Zimmer? Es ist schon spät. Haben Sie kein Gepäck?“

Maggie überhörte die Fragen.

„Ist das die einzige Gaststätte hier?“, erwiderte sie stattdessen.

„Ist Ihnen wohl nicht gut genug? Nein, ist es nicht. Aber die anderen haben um diese Zeit alle geschlossen. Doch keine Sorge, junge Frau, die Zimmer sind sauber. Agnes … Agnes ist meine Frau … versteht da keinen Spaß, müssen Sie wissen.“

Franz Leonhard legte seine Zigarette in einem Aschenbecher ab und kam hinter der Theke hervor. Er baute sich vor den vier Gestalten auf, die wie ein jämmerliches Häuflein Elend in den Seilen hingen. Den halb vollen Biergläsern auf dem billigen Kneipentisch konnte man entnehmen, dass nichts mehr ging. Sie waren bis zur Oberkante Unterlippe zu, alle vier.

Es war 23 Uhr 20.

„Also, was ist? Ich brauche auch meinen Schlaf“, hustete Leonhard die Aufforderung über die Theke.

„Einen noch“, lallte der am jüngsten aussehende. „Eine Runde noch. Und du trinkst einen mit. Und die da auch.“

„Es gibt nichts mehr, hast du verstanden?“, fuhr der Wirt dazwischen. „Wenn ihr nicht in zwei Minuten verschwunden seid, setze ich euch eigenhändig an die Luft!“

„Is ja gut!“, gab der Angesprochene mit schweren Augenlidern zur Antwort und rempelte seine glasig dreinschauenden Kumpels an. „Lasst uns verschwinden.“

Die vier Gestalten rappelten sich auf und trotteten mit einem letzten wässrigen Blick auf die Frau und den Gastwirt aus der Kneipe. Die Tür fiel mit einem satten Geräusch hinter ihnen zu, und die lallenden Wortfetzen entfernten sich mehr und mehr, bis es draußen still wurde.

„Kann ich einen Tee haben oder ist es bereits zu spät dazu?“, fragte Maggie, während sie sich an einen Tisch setzte und auf das flimmernde Bild des auf stumm gestellten Fernsehers schaute. Ein altes Röhrengerät. Was sollte hier auch schon ein neues? Keiner dieser Barbaren, wie die von heute Abend beispielsweise, würde dorthin sehen. Er gehörte einfach dazu; der Fernseher, als bilderbewegende Kulisse. Bei der nächsten Fußball-WM, da würde sich wieder alles um ihn versammeln. Nüchterne und Besoffene. Falls er bis dahin nicht den Geist aufgegeben hatte.

Es vergingen einige Minuten, bis der Wirt den Tee brachte. „Es ist ein Früchtetee“, erklärte er. Es klang beflissener. „Irgendeiner. Agnes sagt, er schmeckt gut.“

„Es ist in Ordnung so“, erwiderte Maggie, ohne auf den Tee zu blicken.

„Meine Frau sagt, sie könne Ihnen eine Kleinigkeit zu essen machen. Wenn Sie möchten“, meinte Leonhard und sah Maggie erwartungsvoll an.

Maggie schüttelte verneinend den Kopf. „Danke. Ich bin müde. Ein Zimmer wäre gut. Für ein paar Tage. Mit Frühstück.“

„Das geht in Ordnung“, meinte der Wirt. „Sie sehen müde aus. Ich werde Agnes Bescheid sagen, damit sie alles herrichtet. Wenn Sie gleich noch das Anmeldeformular ausfüllen, Frau …“

„Kollinger. Margreth Kollinger.“

„Sie haben kein Gepäck, Frau Kollinger? Wissen Sie denn schon, wie lange Sie hierbleiben wollen?“
Maggie schüttelte den Kopf.

„Kann ich noch nicht sagen“, antwortete sie leise. „Vielleicht länger. Ich habe einige Dinge hier zu erledigen.“

4. Kapitel

„**W**ie? 1994 bis 1996 sagen Sie? Da können Sie lange im Internet suchen. Es tut mir leid, junge Frau, aber die Artikel aus dieser Zeit sind bei uns noch nicht elektronisch erfasst. Diese Art der Archivierung gibt es in unserer Redaktion erst seit … warten Sie mal … seit dem Jahr 2000, glaube ich. Damals …“

„Das bedeutet, Sie können mir nicht weiterhelfen?“

„Nein, nein! Nicht so hastig, junge Frau.“ Der Redakteur des *Trierischen Volksfreunds* durchmaß mit großen Schritten das lang gezogene schmale Büro der Zeitungsfiliale in der Hermeskeiler Innenstadt. Maggie sah ihm nach, doch ihre Gedanken kannten nur ein Ziel: die Presseberichte aus jenen Tagen, als ihr Vater zu Tode kam.

Redakteur Steiner, ein schlanker Mann in den Dreißigern – seine blonden Haare waren kurz geschnitten bis auf eine Strähne an der linken Seite, die er sich beständig aus seinen Augen blies, kam zurück mit einer Visitenkarte in der Hand.

„Sie müssen nach Trier in die Zentrale. Dort sind alle Artikel seit Bestehen unserer Zeitung abgelegt. Man wird Ihnen zeigen, wie Sie sich im Archiv zurechtfinden können. Hier, nehmen Sie. Dieser Kollege …“, der Redakteur schaute auf die Visitenkarte, als sei ihm der Name des dort Aufgeführten völlig fremd, „dieser Kollege, Klaus Krämer heißt er, wird Ihnen weiterhelfen. Aber die Suche ist nicht umsonst.“ Der Redakteur kicherte. „Wäre sie umsonst, könnte man sie ja im Internet durchführen. Aber, keine Sorge, sehr teuer ist es nicht.“

Maggie nahm die Karte an sich und sah in das blasse Gesicht des Redakteurs, der sich kurz über einen nicht vorhandenen Kinnbart strich und auf etwas zu warten schien.

„Danke“, sagte sie, und irgendwie fühlte sie tatsächlich so etwas wie Dankbarkeit. Ihre Suche hatte begonnen. Hier an dieser Stelle, in diesem Büro der Redaktionsfiliale. Sie würde nicht rasten noch ruhen, bis sie die Männer gefunden hatte, die ihr Leben und das ihrer Familie zerstört hatten.

„Danke“, sagte sie noch einmal. Der Redakteur lächelte und beugte sich leicht nach vorne, wobei ihm die Strähne seines dunkelblonden Haares über das rechte Auge fiel. „Suchen Sie etwas Bestimmtes, Frau …?“, fragte er und blies die Strähne aus seinem Sichtfeld.

„Meg“, sagte die junge Frau freundlich. „Nennen Sie mich Meg.“

„Steiner. Albert Steiner. Entschuldigen Sie ... Meg. Es geht mich nichts an, tut mir leid. Wenn ich Ihnen wieder einmal behilflich sein kann, ich stehe stets zu Diensten.“

Sie lächelte. Der Mann war ihr irgendwie sympathisch. Sie nickte. Vielleicht würde sie darauf zurückkommen. Sie würde seine Hilfe in Anspruch nehmen, sollte es einmal erforderlich sein.

Ihr nächster Weg führte sie zu einem kleinen Gebrauchtwagenhandel, wo sie nach kurzem Feilschen einen ockerfarbenen Fiat Cinquecento erstand.

„Wir werden ihn gleich zulassen", sagte der Verkäufer beflissen. „Kommen Sie in einer Stunde wieder."

Maggie nutzte die Zeit für einen Stadtbummel. Sie schlenderte durch ein Kaufhaus, kaufte dies und das, etwas Wäsche und Toilettenartikel, eine neue Handtasche. In der Sportabteilung fiel ihr Blick auf ein in Reih und Glied aufgestelltes Sortiment von Baseballschlägern. Sofort spürte sie, wie sich ihr Herz verkrampfte, und sie schloss die Augen.

Wie durch einen Schleier sah sie ihren Vater auf dem Boden des Wohnzimmers liegen, den Kopf in einer großen Blutlache. Sie sah das Gesicht des Täters, der nach der Tat zufrieden mit dem Schläger in seine Handfläche schlug. Sie sah die flehenden Blicke ihrer Mutter, die auf sie gerichtet waren und ihre Gedanken beeinflussen wollten.

Maggie wollte den Blick von den Baseballschlägern abwenden, doch sie fühlte sich magisch zu ihnen hingezogen. Ihre Hand streckte sich aus und ergriff den, der ihr vom Material her das wenigste Gewicht zu haben schien. Sie versuchte ihn mit der rechten Hand am Schaft festzuhalten und mit der Keule in ihre linke Handfläche zu schlagen. Doch ihr fehlte dazu die Kraft, zu schwer war er für die einzelne weibliche Hand. Dann fasste sie den Schläger mit beiden Händen und hob ihn über den Kopf und wunderte sich, wie problemlos ihr dies gelang. Ihre Augen verengten sich.

„Ihr werdet büßen“, flüsterte sie. „Alle werden ihr bezahlen für das, was ihr uns angetan habt.“

Zwei Stunden später parkte Maggie ihren kleinen Fiat vor der Bibliothek des Trierer Priesterseminars. Beim *Volksfreund* hatte man ihr nicht weiterhelfen können. „Es tut mir sehr leid“, machte ein höflicher Redakteur ihrer Hoffnung vorerst einen Strich durch die Rechnung. „In den Neunzigern wurde hier noch nichts elektronisch erfasst. Wir haben zwar Bände klassisch auf Papier und gebunden im Hause, die sind aber leider nur zur internen Nutzung gedacht.“

Doch der Redakteur hatte ihr den Rat gegeben, in der Bibliothek des Priesterseminars ihr Glück zu versuchen.

„Ich stand vor etlichen Jahren für meine Magisterarbeit vor einem ähnlichen Problem und habe mich einige Wochen in der Bibliothek des Priesterseminars vergraben“, verriet er. „Dort kann man alte Bände mit gesammelten Zeitungsausgaben über Jahrzehnte hinweg öffentlich einsehen.“

Dankbar hatte Maggie das Verlagshaus verlassen, und nun wartete sie auf den Geistlichen in dunkelgrauem Anzug, der sie gebeten hatte, sich einen Moment zu gedulden.

Während sie ihre Handtasche mit der rechten Hand an ihren Körper drückte, sah sie sich in dem geräumigen Raum um. *Ein Lesesaal für die Studenten,* dachte sie. *Eine Bibliothek.* Ihr Blick glitt über die hohen Einbauschränke, die den Raum mächtiger erscheinen ließen, über die darin angeordneten Bücher und über überdimensionale Gebinde. Sie überlegte, ob sich darin die Zeitungen befänden, auf deren Suche sie war.

Sie sah dem Geistlichen nach, der sich ihrer angenommen hatte. Doch ihn schienen die Exemplare, die Maggie ins Auge gefasst hatte, nicht zu interessieren.

„Die Jahre 1994 bis 1996“, hatte ihm Maggie gesagt. „Ich möchte mir die Zeitungsberichte aus diesem Zeitraum ansehen. Es geht um eine Ermittlungssache, einen Strafprozess. Sie wissen ja, die Gerichte. So was kann sich über Jahre hinziehen.“

Der Geistliche hatte nachdenklich und zustimmend genickt. „Ich werde Ihnen die Jahre raussuchen“, versprach er ihr.

Der in Grau Gekleidete war groß und schlank. Maggie beobachtete ihn, wie er an der gegenüberliegenden Wand aus einem Fach über sich mehrere übergroße Gebinde herausnahm, ohne eine Leiter benutzen zu müssen. Wenn sie jemand nach dem Alter des Mannes gefragt hätte, sie hätte kaum eine Antwort darauf geben können. Irgendwie wirkte er jugendlich, zumindest von seiner Statur. Aus der Nähe betrachtet wurden die Zeichnungen des Lebens präsenter. Zwischen 40 und 60 schätzte sie das Alter des Geistlichen ein. Sie schüttelte kurz den Kopf. Unsinn. Was sollte sie sich mit dem Alter eines Priesters befassen, der vielleicht jünger aussah, als er war?

Der Geistliche hatte zwei der Gebinde, bei denen es sich offensichtlich um Tageszeitungen handelte, auf einem kleinen Transportwagen mit Rollen abgelegt. Die restlichen stemmte er nacheinander wieder in ihre ursprüngliche Position, einen Meter über seinem Kopf. Dann kam er zu Maggie herüber.

„Trierischer Volksfreund. Die Jahre 1994 bis 1996.“

Er schob den Wagen neben den Tisch und legte eines der beiden Exemplare vor sie ab. „Wenn Sie mich brauchen, Sie finden mich dort hinten an meinem Schreibtisch.“
Maggie sah dankbar zu dem Geistlichen auf und nickte.

„Danke“, erwiderte sie und nahm das Buch mit der Bezeichnung Trierischer Volksfreund, *Sammlung des Jahres 1993* in die Hand.

Die von Eichenholz umrahmte Uhr über der Eingangstür zeigte 13 Uhr 45 an. Maggie blickte sich um. Außer ihr und dem Geistlichen befanden sich zu dieser Zeit nur wenige Leser im Raum. Sie schlug das Buch auf. Dann vergaß sie die Zeit. Gegen 17 Uhr verließ sie das Priesterseminar. In ihrer Handtasche befand sich nun neben ihrer kleinen Pistole auch ein Bündel Fotokopien, die ihr der Geistliche für wenige Euro gefertigt hatte.

Ihr Gesicht war blass, und ihr Gesichtsausdruck hatte etwas Entschlossenes. Maggie machte sich auf den Weg zurück nach Hermeskeil. Auf den Weg in ihre Vergangenheit. Dahin, wo vor 18 Jahren das Unheil seinen Lauf genommen hatte.

5. Kapitel

Mit gestreckten Armen schob Reporter Hans Satorius sich von der Schreibtischkante ab, wobei sein Oberkörper in der beweglichen Lehne seines Bürostuhls nach hinten wippte. Noch vor einigen Tagen hätte er sich diese luxuriöse Ruhestellung maximal für einige Sekunden gönnen können. Doch momentan war die

Situation eine andere, eine vorübergehend bessere. Es war, wie jedes Jahr um diese Zeit, dasselbe: Der redaktionelle Stress fuhr innerhalb kürzester Zeit auf halbe Kraft zurück. Man nahm nicht nur seine Kollegen in den Großraumbüros als umherhuschende Gestalten wahr, man erkannte sie sogar als lebende menschliche Wesen. Was in der übrigen Jahreszeit während des Dienstes undenkbar war, trat nun ein; man sprach miteinander. Die Redakteure des *Trierischen Volksfreunds* warten einerseits das ganze Jahr auf diese nachrichtenarme Zeit, an der unter anderem die Politiker schuld waren, da sie das Land verlassen und irgendwo versuchten, einen geruhsamen Urlaub ohne Medien zu verbringen. Auch die Sport-Ligen gingen in die Sommerpause, und so überbrückten die Medien diese Zeit mit Berichten über Personen und Ereignisse, für die sonst kein oder nur wenig Platz in einem Zeitungsblatt vorhanden wäre.

Sommerloch nannte man so etwas.

Nun war es da, dieses Sommerloch, und plötzlich stellte sich etwas ein, das man vor Beginn dieses Phänomens nicht erwartet hätte; man wünschte sich den Stress der vergangenen Wochen herbei, wartete sehnsüchtig auf jede noch so kleine Sensation. Doch das Sommerloch ließ sich in dieser Hinsicht nicht umkehren. Kontinuierlich grasten Redakteure und Mitarbeiter ihre Regionen auf der Suche nach personellen Storys oder halbwegs interessanten Ereignissen ab.

Satorius sah durch das riesige Fenster des Verlagshauses auf den blauen Himmel und die Wolken, die langsam Richtung Süden zogen, dabei aber große Teile des blauen Himmels offen ließen.

Urlaub! Er überlegte, wann sein Urlaub fällig würde. Jetzt im Sommerloch war ein großer Teil der Kollegen unterwegs in vermeintlich sonnigere Gefilde. Doch die Welt befand sich in einem Klimawandel, der schon so manchem Mitarbeiter hier die Erkenntnis gebracht hatte, den Urlaub besser in der Heimat zu verbringen.

„Urlaubsgedanken?“

Satorius blickte von unten her über den Rand seiner Lesebrille direkt zu seinem Kollegen Jörg Schmieder auf, der ihn, einen schmalen Ordner in der Hand haltend, lächelnd ansah.

„Weiß nicht, ob das der richtige Zeitpunkt wäre“, gab Satorius lakonisch zur Antwort. „Jetzt, da die ruhige Phase des Jahres in unserem Reporterdasein Einzug gehalten hat.“

„Na ja, bei uns beiden kommt es sicherlich nicht so unbedingt auf die Jahreszeit an, was meinst du?“

Satorius wusste, worauf sein Kollege anspielte. Beide teilten das gleiche Schicksal. Oder nein, Schicksal war der falsche Ausdruck: Zustand wäre zutreffender. Er und Schmieder waren Junggesellen. Unverheiratet. Ungebunden.

„Genau“, antworte Satorius schließlich. „Du hast recht. Wir sind frei in unseren Entscheidungen und können unseren Urlaub nehmen, wann wir Lust dazu haben.“

„Und wenn die Redaktionsleitung es uns erlaubt“, fügte Schmieder hinzu. „Was sind deine bevorzugten Themen in dieser … Sommerflaute?“

Satorius überlegte kurz. „Ich weiß nicht“, antwortete er stirnrunzelnd. „Was eben kommt. Vielleicht gibt es wieder einen Störfall in Cattenom oder die Feuerwehr wird zu einem Einsatz gerufen. Z.B. eine Katze, die von einem Baum geholt werden muss.“

„Unsinn“, sagte Schmieder lächelnd in bedächtigem Ton. Bedächtigkeit war seine Stärke. Es gab kaum etwas, das ihn über Gebühr aufregen konnte. „Katzen kommen immer alleine runter. Oder hast du schon mal eine tote Katze auf einem Baum gesehen?“

„Du weißt schon, was ich meine“, gab Satorius nun fast mürrisch zur Antwort, um seine gute Laune jedoch sogleich wiederzufinden. „Ein Gutes hat das Ganze schon. Ich werde meinen Geburtstag in aller Ruhe feiern können, wie im vergangenen Jahr und im Jahr davor.“

„Aber in diesem Jahr ist es ein runder, mein Freund. Steht deine Einladungsliste schon? Du wirst deinen Vierzigsten doch nicht alleine feiern wollen?“

Satorius stand auf und reckte sich. „Wir werden sehen. Vielleicht werde …“

Mitten im Satz wurde er durch eine weibliche Stimme, begleitet vom Klopfen von Stöckelschuhabsätzen, unterbrochen.

„Meine Herren, nichts zu tun? Ich glaube, das können wir ändern.“

Wie auf Kommando drehten sich die beiden um, und vor ihnen stand Margit Klausner, Leiterin der Reporter-Abteilung. Sie zeigte ihnen die gesamte Breitseite ihrer blendend weißen Zähne, die im krassen Kontrast zu ihrem schwarzen Kostüm stand und dennoch wiederum zum Kragen ihrer weißen, leicht dekolletierten Bluse passte. Ihre schmale Brille mit den dunkel umrandeten rechteckigen Gläsern verlieh ihrer Erscheinung eine gewisse Strenge, die noch durch die zu einem Knoten gebundenen schwarzen Haare verstärkt wurde. Obwohl sie erst um die dreißig war, ihr genaues Alter hatte sie bisher immer mit Erfolg verschwiegen, machte sie diesen Job bereits seit zwei vollen Jahren, und auch die männlichen Kollegen waren sich darin einig: Sie machte ihre Sache gut.

„Wie wär's mit einer Story zum Aufwärmen?", fragte sie unvermittelt und schaute von einem zum anderen.

„Zum Aufwärmen?" Satorius schien nicht zu verstehen. „Und was kommt danach?"

„Mit Aufwärmen meine ich eine Story, die schon einmal durch den Blätterwald rauschte. Vor 15 oder 16 Jahren. Eine schlimme Geschichte, für die Betroffenen. Für uns war sie ein medialer Segen. Und es geschah während der Zeit eines Sommerlochs. Hansi, du kümmerst dich darum, okay?"

Mit einer gekonnten Drehung ihres Handgelenks wischte sie den schmalen Ordner auf den Schreibtisch genau vor Satorius Nase.

„Was ist das?" Ungläubig betrachtete er erst das Papierbündel, dann die lächelnde Kollegin.

„Alles das, was damals passierte, steht da drin, der ganze Schriftkram, die gesammelten Zeitungsartikel, Kommentare, Meinungen und natürlich alles über die zahlreichen Gerichtsverhandlungen."

„Aber ...", wollte Satorius einwenden.

„Sieh es dir in Ruhe an", meinte Margit Klausner nur. „Mach eine neue Geschichte daraus. Stelle fest, was mit den Tätern und den Opfern geschehen ist.

Wie sie heute leben, was sie tun. Rede mit ihnen, ich garantiere dir, das wird eine interessante Story."

Satorius wollte etwas erwidern, brachte jedoch kein Wort heraus. Im Weggehen sagte Margit Klausner: „Du hast zwei Wochen. Streng dich an. Unsere Leser brauchen die Story. Es geschieht zu wenig in dieser Gegend. Da ist man dankbar für interessant aufgewärmte Kriminalgeschichten."

Das Klappern ihrer Stöckelschuhe entfernte sich, und schließlich war es ruhig. Weder Satorius noch Schmieder sagten ein Wort. Sie sahen sich an und blickten wie auf Kommando in die Richtung, wo eine Tür schlug.

„Dann mal viel Spaß, *Hansi*", sagte Schmieder schließlich mit einem schiefen Lächeln und drehte sich auf dem Absatz um. „Wenn du Hilfe brauchst … bitte mich nicht darum. Das Sommerloch, verstehst du? Ich habe es mir redlich verdient."

6. Kapitel

Jörg Dellmann fühlte sich matt und ermüdet. Der heutige Tag hatte ihn geschlaucht wie selten zuvor. Die Arbeit bei der städtischen Müllabfuhr hing ihm aus dem Hals heraus. Anders konnte er es nicht beschreiben. Tagaus und tagein auf der Stehrampe am Heck des Müllwagens zu verbringen mit der einzigen Abwechslung, zwischendurch volle, stinkende Abfalltonnen in die Automatik einzuhängen, abzuwarten, bis das Schlagen des Entleerungs-Mechanismus endlich vorbei war und er die Tonne wieder auf dem Gehweg platzieren konnte.

Missmutig schlenderte Dellmann durch die Hauptstraße der Hermeskeiler Innenstadt und hatte ein bestimmtes Ziel vor Augen. In seiner Stammkneipe würde er sich einige Drinks gönnen, vermutlich mehr, als es sonst der Fall war. Den Frust würde er ersäufen, ehe er auf seinem seit Tagen nicht mehr gemachten Bett in einen komaähnlichen Schlaf fiele. Niemand würde ihn vermissen, wenn er heute die Zeit vergaß, denn niemand wartete auf ihn. Er lebte alleine, und daran wollte er auch so schnell nichts ändern. 44 Jahre war er alt, mehrere Beziehungen hatte er verschlissen, darunter eine gescheiterte Ehe, und daraus eine Lehre gezogen, nämlich die, dass eine weitere Heirat für ihn nie in Frage kommen würde.

Jede seiner Verflossenen hatte ihn hintergangen, ihn mit anderen Männern betrogen. Mit Männern, die finanziell besser dastanden als er. So waren es immer nur kurze Beziehungen gewesen. Dass die Frauen auf ihn flogen, war ihm bewusst. Er besaß eine stattliche Figur, ein wohlgeformtes, markantes Gesicht mit dunkelbraunen Augen umrahmt von dunklem gewellten Haar, das er nach hinten gelegt hatte. Die Strähne, die ihm ab und zu über das rechte Auge fiel, verlieh ihm etwas Verwegenes. Doch die Winkel seines vollen Mundes hatten sich in den vergangenen Jahren leicht nach unten bewegt und spiegelten so seine zunehmende Unzufriedenheit wider.

Inzwischen war die Dämmerung hereingebrochen, und ein Blick auf seine Armbanduhr sagte ihm, dass es kurz vor sieben am Abend war.

Als sich die Tür *Zum alten Hermeskeiler* hinter ihm schloss und er die rauch- und alkoholgeschwängerte Luft einatmete, das Raunen an den Tischen und die

Diskussionen an der Theke vernahm, da fühlte er sich plötzlich geborgen, glaubte er sich unter seinesgleichen, selbst, wenn ihm die meisten der Gäste fremd waren.

„Ein Bier, Franz und einen Klaren", bestellte er, nachdem er sich einen Platz am Ende des Tresens ausgesucht hatte, dort, wo er sich etwas freier bewegen konnte, als mitten unter den anderen Thekenstehern.

„Kommt!", antwortete Franz Leonhard, der Wirt und machte sich sogleich am Zapfhahn zu schaffen. „Aber heute hältst du den Ball flach, verstanden? Um zehn ist hier dicht."

Dellmann winkte ab. Er wusste, was der Wirt meinte. Es kam schon mal vor, dass er im Suff einen Streit vom Zaun brach, und eigentlich musste er Leonhard dankbar sein, dass er ihm bislang kein Hausverbot erteilt hatte.

Er lehnte sich mit dem Rücken gegen die Theke und ließ seinen Blick durch die Gaststube streifen. Einige Gäste saßen da und verspeisten ihre Mahlzeiten. An einem Tisch saß eine Gruppe Halbwüchsiger und diskutierte. Am Ende des Raumes hatte eine junge blonde Frau Platz genommen und wartete, Teller und Besteck vor sich, offensichtlich auf das von ihr bestellte Essen.

Sie ist allein, dachte er vor sich hin. *Abends in einer Kneipe und dann allein. Aber vielleicht kommt ihre Begleitung ja noch. Wie alt sie wohl sein mag*, rätselte er. *Dreißig? Nein, so alt ist sie nicht, vielleicht drei oder vier Jahre jünger.*

Dellmann beobachtete, wie die junge Frau nach einer Zeitschrift griff und darin blätterte. Dann erhob sie ihren Blick und schaute kurz in seine Richtung. Ihre Blicke trafen sich für einen Moment, dann wandte sich die Frau wieder ihrer Lektüre zu.

Dellmanns Blick wanderte weiter, widmete sich flüchtig den essenden Gästen und tastete nun die Thekensteher ab. Heute Abend war niemand dabei, den er kannte. Er suchte die Kneipe von Franz Leonhard hier und da in der Woche auf, wie er es auch mit anderen Gaststätten hielt, und manchmal traf er Arbeitskollegen oder flüchtige Bekanntschaften, mit denen er sich über Belangloses unterhielt. Doch heute war es anders. Er kannte niemanden der Männer. Anscheinend alles Einheimische, die ihre Zeit an der Theke abstanden. Er erkannte es an dem Dialekt. Doch eine Ausnahme gab es: Ein junger Mann, der ebenso alleine an der Theke stand wie er selbst, sprach feines Hochdeutsch. Dellmann hörte es, als der Mann ein weiteres Bier bestellte und mit dem Wirt einige Worte wechselte.

Dellmann bestellte ein weiteres Bier und nach kurzem Überlegen auch noch einen Schnaps dazu. Er spürte den brennenden Stoff seine Kehle herunterrinnen und fühlte ein wohliges Gefühl, das seinen Körper durchflutete.

Als er sich umdrehte und noch einmal die Gäste betrachtete, begegnete er erneut dem Blick der jungen Frau, die ihn zu beobachten schien. Doch dann wandte sie sich wieder ihrer Illustrierten zu.

Dellmann schaute auf die Uhr und bestellte ein letztes Glas. Er fühlte Müdigkeit aufkommen und wollte nur noch nach Hause. Sein Blick streifte noch einmal die Gäste an der Theke. Der junge Mann stand nun an einem Spielautomaten, direkt neben ihm. Als ihre

Blicke sich trafen, nickte dieser ihm kurz zu. Es war ein freundliches Nicken. Während der Automat nach einer Gewinnmöglichkeit suchte, griff der Mann zu seinem Bierglas, das neben dem von Dellmann stand und prostete ihm zu. Dann widmete er sich wieder dem Spielautomaten.

Dellmann zahlte seine Zeche und trank sein Glas leer. Dann nickte er zum Abschied dem Wirt zu, doch irgendetwas bewegte ihn, sich noch einmal umzudrehen und zu der Frau am Ende des Raumes hinüberzusehen. Ihr Blick war auf ihn gerichtet, so, als habe sie ihn die ganze Zeit über beobachtet. Auch als ihre Blicke sich trafen, hielt sie dem seinen stand, und Dellmann war es, als transportiere ihr Blick ein höhnisches Lächeln.

Für einen Moment überkam ihn der Gedanke, zu der Frau hinüberzugehen, sie zu fragen, ob sie ihn kenne, ob sie etwas von ihm wolle. Doch dann schüttelte er den Kopf, als wolle er böse Gedanken verjagen. *Was soll so eine schon von mir wollen?,* dachte er. Schnell schaute er noch einmal zu ihr hinüber, doch sie hatte sich bereits wieder in ihre Zeitschrift vergraben und beachtete ihn nicht.

Entschlossen drehte Dellmann sich um. Kurz darauf fiel die Lokaltür hinter ihm zu.

7. Kapitel

Kriminaloberrat Peter Krauss eilte durch den Flur der fünften Etage des Trierer Polizeipräsidiums und blieb schließlich vor der Tür mit den Namensschildern KHK Spürmann und KOK‘in Schiffmann stehen.

Unwillig schüttelte er den Kopf, als er das Schild mit dem Namen Spürmann mit den Fingernägeln herauszog und in seiner Hand zerknüllte.

Spürmann gab es nicht mehr hier in Trier, nicht mehr in diesem Zimmer. Die Position des Leiters der Mordkommission der Trierer Kriminalpolizei war seit über einem Monat vakant. Kriminalhauptkommissar Heiner Spürmann hatte der Ruf einer Dozentenstelle im Ausbildungszentrum der Bereitschaftspolizei in Hahn ereilt, und er hatte angenommen. Mit Lisa, seiner Lebensgefährtin, hatte er seine Zelte in Forstenau abgebrochen und sich seiner neuen Aufgabe als Lehrer für den Polizeinachwuchs zugewandt. Lisa war glücklich über diese Entscheidung. Das ständige Alleinsein an den meisten Wochenenden und vielen Abenden würde Vergangenheit sein. Die geregelte Arbeitszeit auf dem Hahn würde dem jährlichen Urlaubswunsch nicht mehr im Wege stehen, etwas, das in Forstenau regelmäßig in den Hintergrund hatte treten müssen.

Auf der anderen Seite fiel es Lisa schwer, ihrer vertrauten Umgebung, den Freunden und besonders ihrem geliebten Kirchenchor Adieu zu sagen.

Heiner Spürmann würde seinen Stammtisch im Hochwaldstübchen vermissen. Es hatte noch eine Sause zum Abschied gegeben, und alle waren gekommen. Förster Florian Glasheber, Ortsbürgermeister Detlef Hildebrandt, Feuerwehrchef Siegfried Brandel und Heimatforscher Dieter Lauheim. Pastor Adalbert Schaeflein verkündete bei dieser Gelegenheit, dass er demnächst in Pension gehen und im Saarland Wohnung beziehen werde.

Besonders herzlich wurde Spürmann von Siggi und Lissy Vollmann, den Betreibern der kleinen Gaststätte, verabschiedet. Zu ihnen bestand eine echte Freundschaft, seit sich Spürmann nach dem Todesfall Rietmeier für Siggi stark gemacht hatte. Er hatte damals nachweisen können, dass Siggi nicht der Mörder des *Toten im Tann* war.

Auf der Dienststelle ließ Spürmann seine Kollegin Leni Schiffmann zurück, mit der er seit Jahren ein funktionierendes und erfolgreiches Team gebildet hatte. Spürmann hatte sie vor vollendete Tatsachen gestellt, sie und Heinz Peters vom Erkennungsdienst, mit dem ihn eine freundschaftliche Beziehung verband. Doch das war nun mal des Lebens Lauf. Es würde weitergehen, auch ohne Spürmann.

Krauss als verantwortlicher Leiter der einzelnen Inspektionen hatte sich um Ersatz bemüht. Der Neue würde heute seinen Dienst antreten. Krauss schaute auf seine goldene Armbanduhr, die sich mit ihrem Glanz von dem dunkelblauen Ärmel seines feinen Tuchanzugs abhob und schüttelte ärgerlich den Kopf. *Schon neun Uhr*!, dachte er. *Ein Dienststellenleiter, der gleich am ersten Tag zu spät kommt. Das sind ja schöne Aussichten! Womöglich macht der gleich am ersten Arbeitstag von der gleitenden Arbeitszeit Gebrauch.*

Krauss schüttelte erneut verständnislos den Kopf, klopfte kurz an und öffnete die Tür zum Büro.

„Na, Frau Schiffmann. Noch in Trauer?“, sagte er, bevor er ein *Guten Morgen* hinzufügte. „Um diese Zeit“, er schaute erneut auf seine Uhr, „um diese Zeit wird Ihr Ex-Kollege Spürmann bereits die Schulbank mit dem ihm anvertrauten Nachwuchs drücken. Was glauben Sie? Ist es das, was er immer wollte? Sagen Sie nichts. Ich werde es Ihnen sagen: Ich habe das Gefühl, er hat einen Fehler gemacht."

Als Leni nicht antwortete und ihn nur ansah, fügte er hinzu: „Ich kann Ihren Kollegen nicht verstehen. Einer, der die Praxis so liebte wie er, macht sich zum Theoretiker auf einer Polizeischule."

„Heiner ist kein Theoretiker", nahm Leni ihren Ex-Kollegen in Schutz. „Aber vielleicht ist es ja von Vorteil, wenn auf einer Polizeischule auch einmal praxisorientiert geschult wird. Es müssen ja nicht immer Dozenten unterrichten, die gleich nach ihren Examen, ohne jegliche Praxis, vor eine Klasse mit Polizeischülern gestellt werden."

„Haben Sie solche Erfahrungen gemacht, Frau Schiffmann? Vergessen Sie nicht: Ich war auch ein paar Jahre als Dozent tätig."

Leni schwieg und vertiefte sich in ihre Akten. Ihr war nicht verborgen geblieben, dass auch Krauss einer derjenigen war, die nur mit der Praxis der zum Praktikum abgeordneten Beamten glänzen konnten.

„Ich hörte, wir bekommen einen neuen Kollegen?", fragte Leni und hob ihren Blick wieder aus dem Aktenbündel.

„Sie bekommen einen neuen Chef, Frau Schiffmann." Krauss sah wiederum auf seine Uhr. „Er müsste eigentlich schon längst hier sein. Gleich am ersten Tag zu spät zu kommen, das ist auch keine Art."

„Er wird sich auf die gleitende Arbeitszeit eingerichtet haben. Das ist sein gutes Recht", meinte Leni, und es klang irgendwie vorlaut.

In die Bemerkung hinein klopfte es, und die Tür wurde einen Spaltbreit geöffnet. Ein männlicher Kopf mit einem freundlichen Gesicht und dichtem, nach hinten gekämmtem dunkelblonden Haar erschien in der Öffnung und schaute erst auf Leni, dann auf Krauss.

„Sie sind …?“, fragte Kraus verunsichert.

Dann erschien die ganze Gestalt des Mannes in der Tür, die er mit seinem rechten Fuß ganz aufstieß. Der Grund dafür wurde sogleich offenbart. Unter den rechten Arm geklemmt schleppte er eine mannshohe braune Puppe aus Leder in den Raum. Er schaute sich kurz um, wobei er einen Zopf offenbarte, womit er seine langen Haare gefangen hatte. Er stellte die Puppe neben der Tür gegen einen Aktenschrank. Dann wandte er sich den beiden staunend Zusehenden zu.

„Overbeck. Kriminalhauptkommissar. Tut mir leid, ich habe mich etwas verspätet. Kein Navi. Muss mir schnellstens eines zulegen. Brauche ich hier mit Sicherheit.“

Er gab Krauss, dessen Gesicht sich angesichts der kraftvollen Begrüßung leicht verzerrte, die Hand und steuerte auf Leni zu, die wegen seines fragenden Gesichtsausdrucks grinsen musste.

„Leni Schiffmann“, stellte sie sich vor. „Sie sind der Neue? Mein neuer Chef?“

„Mein Name ist Krauss. Peter Kraus. Kriminaloberrat. Ich bin hier der Inspektionsleiter und warte schon seit eineinhalb Stunden auf Sie“, unterbrach Krauss das Vorstellungsgespräch und sah demonstrativ auf seine Uhr.

„Ich sagte es bereits: kein Navi“, antwortete Overbeck, und Leni stellte mit Vergnügen fest, dass ihm

Krauss‘ Autorität nicht in seiner Art behinderte. Er deutete auf den freien Bürostuhl Leni gegenüber. „Das ist mein Platz?“

„Als Chef steht Ihnen ein Einzelzimmer zu. Wenn Sie mit mir kommen, ich zeige es Ihnen“, erwiderte Krauss und machte Anstalten, den Raum zu verlassen.

„Warten Sie, Herr … Krauss. Eine Frage: Wo hatte mein Vorgänger seinen Platz?“

Bevor Krauss antworten konnte, zeigte Leni mit ihrem ausgestreckten Arm auf den Schreibtisch, der dem ihren gegenüberstand. Er war leer, nicht ein Blatt Papier lag darauf, ein bequemer Sessel stand davor.

„Dann möchte ich hierbleiben“, stellte Overbeck fest, ließ sich auf den Bürostuhl fallen und rollte hinter Spürmanns ehemaligen Schreibisch. „Es sei denn, Sie würden lieber auf meine Anwesenheit verzichten.“ Fragend blickte Overbeck Leni an.

„Ich weiß nicht, ob das eine gute Idee ist …“, versuchte Krauss ihn umzustimmen, doch Leni ergriff die Initiative.

„Ich freue mich auf eine gemeinsame Zusammenarbeit.“ Dann hielt sie ihm ihre Hand hin. „Unter Kollegen ist man per du. Ich heiße Leni.“

„Overbeck. Ich freue mich ebenfalls. Ich glaube, wir werden ein gutes Team.

„Overbeck? Und wie noch?“, wollte Leni wissen.

„Einfach Overbeck. Alle sagen nur Overbeck.“

Hinter ihnen schloss sich die Tür. Krauss hatte das Zimmer verlassen.

„Warum hast du dir gerade Trier ausgesucht?“, fragte Leni, um keine Debatte über den Namen Overbecks zu beginnen. Das würde sie sich für später aufheben, nahm sie sich vor. „Was war denn deine letzte Dienststelle?“

„Ludwigshafen. Mordkommission Ludwigshafen. Du heißt also Leni?“

Leni nickte.

„In Ludwigshafen kannte ich eine Lena Odenthal. War aber nicht in meinem Team. Eine Streberin. Arbeitet dort mit einem Deutsch-Italiener zusammen. Warum ich weg wollte? Du wirst es nicht glauben, es hat ganz einfach damit zu tun, dass mir die Luft dort im wahrsten Sinne des Wortes zu dick wurde. Die Industrie, verstehst du?“

„Verstehe. Erzähle mir mehr über dich.“

„Freut mich, dass du dich für mich interessierst. Ich bin sechsunddreißig, einen Meter und zweiundachtzig groß, wiege 80 Kilo und bin Single, also noch zu haben.“

„Was schleppst du denn da mit dir rum?“

Leni zeigte auf die lederne Puppe, die Overbeck neben den Aktenschrank gestellt hatte.

„Ach das. Das ist Billy, meine Trainingspuppe.“

„Du boxt?“

„So etwas Ähnliches. Karate, Aikido, Judo. Kampfsport eben. Das dort ist mein Trainingspartner.“

„Was macht er hier in diesem Büro?“

„Ich hatte ihn eigentlich nur für das Büro gedacht. Für meine Wohnung habe ich noch einen. Mal sehen, wo ich ihn hinstellen kann“, meinte er nachdenklich.

Overbeck schaute sich im Raum um, der im Vergleich zu den meisten Büros im Präsidium das doppelte Volumen hatte.

„Ach ja, dort hinten in der Ecke, das wäre ein guter Platz. Allerdings nur, wenn du nichts dagegen hast?“

Overbeck bedachte Leni mit einem fragenden Blick.

„Nee, nee, mach du nur“, antwortete Leni irritiert und sah ihm dabei zu, wie er die Puppe, der man ihr Gewicht nicht ansah, durch den Raum zog. Dann stemmte er sich mit dem Rücken gegen den Schrank, der in der von ihm ausgewählten Ecke stand, und schob ihn so weit zur Seite, wie er glaubte, dass es nötig sei. Dann stellte er die Puppe, die etwa seine Körpergröße hatte, in der Ecke ab und trat ein paar Schritte zurück. Er schien zufrieden, denn er nickte und drehte sich lächelnd zu Leni um.

„Ist ein angenehmer Zeitgenosse“, sagte er lachend. „Er ist stumm und verschwiegen. Und er schlägt nicht zurück.“

„Jetzt sag mir doch mal, wozu der gut ist? Hast du vor, hier in diesem Raum zu trainieren?“

„Nein, wo denkst du hin. Ich trainiere in einem Dojo in der Stadt. Das heißt, ich muss mich erst noch nach einem solchen umsehen. Hatte noch keine Gelegenheit dazu.“ Overbeck streichelte Billy über die rechte Wange.

„Dojo?“, fragte Leni gedehnt.

„Dojo“, erklärte er ihr, „nennt man einen Trainingsraum für asiatische Kampfsportarten. Du kannst natürlich auch Trainingsraum dazu sagen. Aber wenn man Traditionen im Kampfsport pflegt, dann macht man sich auch die entsprechenden Namen und Ausdrücke zu eigen. Das gilt für jede Technik, die Räumlichkeit und deine Lehrer.“

„Wer ist dein Lehrer?“, wollte Leni wissen. Sie wollte eigentlich mehr erfahren von Overbeck und dem, was er tat. Es faszinierte sie. *Kampfsport*, dachte sie. *Müsste ich auch mal drüber nachdenken.*

„Ich unterrichte selbst", erwiderte Overbeck, und es klang nicht nach Angabe, einfach nach Feststellung. „In Ludwigshafen hatte ich ein eigenes Dojo. Gesponsert zum Teil. Anders geht das nicht. Vielleicht ergibt sich ja hier auch die Möglichkeit dazu. Wir werden sehen."

„Und diese Puppe, die haust du dann windelweich?" Overbeck antwortete nicht. Leni, die links neben ihm stand, sah plötzlich, wie sein rechtes Bein in die Höhe schnellte und er sich ein wenig in die Hüfte lehnte. Dann traf der Spann seines Fußes den Schläfenbereich der Puppe, die seitlich wegkippte und auf den Boden schlug. Overbeck stand da, als sei nichts gewesen.

„Ich muss sie noch befestigen", sagte er schließlich. „Ein Haken an der Decke und ein Seil, das ich am Kopf befestigen kann. Dann fällt sie nicht mehr um."

Leni stand mit weit geöffnetem Mund da und sah ihren neuen Kollegen bewundernd an. Vor ihr stand ein junger drahtiger Mann, in den Hüften schmal, die Schultern breit, dessen Unterarme unterhalb seiner Hemdsärmel sehnig und muskulös hervorlugten.

„Was … was war das?"

„Das war ein Mawashi-geri, um es genau zu sagen, ein Mawashi-geri-jodan, ein Halbkreistritt in den oberen Körperbereich."

„Hä?" Leni verstand nichts.

„Ich sagte doch eben: Jede Technik hat ihren Namen. Wenn man den Sport gerne macht, identifiziert man sich mit ihm, seiner Geschichte, mit allem eben. Ich kenne Kampfsportler, die leben in ihren vier Wänden sogar auf asiatische Art. Mit Räucherstäbchen, Teezeremonie und allem, was dazugehört."

„Und du?"

„Ich nicht.“ Overbeck hob die Puppe wieder auf und stellte sie zurück an ihren Platz. Dann richtete er seine Haare, denn bei dem schnellen Fußtritt hatte sich das Band, das seinen Zopf zusammenhielt, verschoben.

„Ich lebe den Sport, nicht die Tradition. Das reicht.“

„Vielleicht … vielleicht kannst du mir ja mal einige dieser Techniken beibringen?“

Overbeck musste Leni die Antwort schuldig bleiben, denn die Tür öffnete sich, und Krauss trat erneut ins Zimmer.

„Machen Sie sich bereit, meine Herrschaften. Es gibt Arbeit. Herr Overbeck, für Sie ist das eine gute Gelegenheit, einen Teil unseres wunderschönen Hunsrücks kennenzulernen. Wir haben eine Leichensache. In Hermeskeil. Ein Mann. Erschlagen. Der Kollege, der mich anrief, schien schockiert. Eine Identifizierung sei noch nicht möglich gewesen. Der Kopf und das Gesicht des Toten sollen bis zur Unkenntlichkeit deformiert sein. Der Tote wurde am Rande der Stadt aufgefunden. Funken Sie die Kollegen unterwegs an, sie werden ihnen den Weg beschreiben.“

„Die Spurensicherung?“, fragte Leni, während sie ihre Pistole ins Halfter unter der Achsel schob.

„Peters ist verständigt“, erwiderte Krauss. „Er ist mit seinem Team schon auf dem Weg.“

„Gut, dann fahren wir über Forstenau“, sagte Leni. „Habe dort sowieso noch was zu erledigen.“

„Forstenau? Weit von hier?“ Overbeck sah Leni fragend an.

„Nicht so weit wie Hermeskeil. Zwanzig Minuten Fahrzeit. Wir nehmen meinen Wagen mit. Du kannst dann mit Peters zurückfahren.“

„Deinen Wagen?“, fragte Overbeck irritiert. „Was soll das? Mit Peters zurückfahren? Wir fahren zum Tatort!“

„Ich weiß“, meinte Leni trocken. „Aber ich möchte mir heute Abend eine unnötige Fahrt nach Trier zurück ersparen. Ach ja“, erklärte sie mit einem verschmitzten Lächeln um die Lippen „Ich wohne in Forstenau. Hatte ich das nicht erwähnt?“

„**I**ch glaube, wir sind da. Dort scheint es zu sein.“

Leni tippte auf die Windschutzscheibe und Overbeck nickte.

„Kein Menschenauflauf, Gott sei Dank. Hat sich wahrscheinlich noch nicht bis in die Stadt herumgesprochen, dass hier etwas passiert ist.“

Das Haus befand sich einen guten Kilometer hinter der Stadt Hermeskeil, idyllisch gelegen, wie Overbeck für sich feststellte. Ein massives zweistöckiges Gebäude mit einem angrenzenden Schuppen, der bis zur Decke mit Brennholz angefüllt war.

„Welcher Sterbliche erhält hier eine Baugenehmigung?“, fragte Overbeck, doch er erhielt keine Antwort.

„Die Kollegen.“ Leni deutete zur rechten Seite des Anwesens. In der Nähe des Schuppens standen ein blau-weißer Dienstwagen und davor ein Notarztwagen. Auch das Fahrzeug der Spurensicherung war schon dort.

Overbeck parkte sein Fahrzeug neben dem der Kollegen. Sie stiegen aus und hörten Stimmen, die von der Rückseite des Hauses kamen. Eine davon erkannte

Leni; es war Heinz Peters, der, auf welchen Wegen auch immer, vor ihnen angekommen war.

Als Peters die beiden ankommen sah, erhob er sich aus seiner gebeugten Haltung und dehnte mit in die Hüfte gestemmten Händen seine Wirbelsäule. „Hallo Leni“, stöhnte er und schaute fragend auf Overbeck.

„Das ist Overbeck, mein neuer Kollege und … Chef. Was genau ist vorgefallen?“

Peters nickte Overbeck zu und deutete entschuldigend auf seine behandschuhte Hand. „Angenehm. Peters. Unter Kollegen Heinz.“ Er sah Overbeck fragend an. Dieser nahm das Angebot lächelnd zur Kenntnis. „Overbeck“, sagte er kurz und bahnte sich den Weg zwischen zwei uniformierten Kollegen nach vorne.

„Overbeck?“ Peters blickte Leni fragend an.

Sie zuckte die Achseln. „Overbeck. Scheint sein Vor- und Familienname zu sein.“

„Und nun?“

„Kannst ihn ruhig duzen“, meinte Leni. „Er hat es dir angeboten.“

„Weil er *Overbeck* sagte?“

„Genau.“

„Aber er muss doch einen Vornamen haben. Jeder Mensch hat einen Vornamen!“

„Vermutlich. Aber ich kenne ihn nicht. Noch nicht. Wenn ich ihn herausfinde, werde ich ihn dich wissen lassen. Komm jetzt. Sag mir, was passiert ist.“

„Es ist ein Mann. Ich schätze ihn auf 40 bis 50 Jahre. Schwer zu sagen. Er liegt gleich da, hinter dem Haus. Aber ich warne dich. Kein schöner Anblick. Sein Gesicht …“ Peters sah Leni von der Seite an. „Sein Gesicht … es existiert nicht mehr.“

Obwohl Leni dank Peters‘ Aussagen vorbereitet war, erschrak sie doch, als sie neben Overbeck trat, der bereits neben der Leiche kniete. Als er Leni bemerkte, stand er auf und nickte gedankenverloren vor sich hin.

„Sieht aus wie ein Schlag mit einem Eisenrohr oder einem harten Stück Holz“, stellte er trocken fest. „Der Täter muss mehrmals zugeschlagen haben.“

Der Tote lag auf dem Rücken. Er trug eine blaue Jeanshose und einen schwarzen Sommerpullover mit einem schmalen Bundkragen. Sein Kopf lag in einer riesigen Lache aus Blut, Gehirnmasse und zersplitterten Knochen. Ein Gesicht fehlte. Wo früher Nase, Mund und Augen dem Lebenden Ausdruck verliehen hatten, klaffte nun eine riesige mit Knochenteilen und Hautteilen durchsetzte Vertiefung. Lediglich die Ansätze von Stirn und unteren Kieferteils waren mit einiger Vorstellungskraft zu erkennen.

Overbeck zog sich ein paar Einweg-Gummihandschuhe an und ließ sich erneut vor dem Toten in der Hocke nieder. Leni sah ihm zu, wie er den Kopf der Leiche in alle Richtungen bewegte, als denke er über etwas Bestimmtes nach.

„Ist da was Besonderes?“, fragte sie schließlich.

„Ich weiß nicht, versuche es gerade herauszufinden.“

Das ist nun mal Sinn der polizeilichen Leichenschau, dachte er. *Nach etwas zu suchen, das vielleicht gar nicht vorhanden ist, aber dennoch vorhanden sein könnte. Und wenn es dann erst später oder überhaupt nicht festgestellt würde … Es wäre nicht das erste Mal, dass man durch Vortäuschung eines Gewaltverbrechens von der eigentlichen Todesursache ab-*

lenken wollte, um so die ursprüngliche Tat zu verschleiern.

Nichts gegen die Ärzte, die anschließend noch einmal eine Leichenschau durchführen mussten; nach ihren Kriterien. Aber Overbeck hatte schon zahlreiche Leichenfälle bearbeiten müssen, und er kannte sich aus. In den Jahren seiner Zeit bei der Mordkommission hatte er eine Menge Ärzte am Tatort angetroffen. Nicht alle arbeiteten so, wie er sich das vorstellte. Er wusste, warum er so gewissenhaft vorging.

Overbeck besah sich den Kopf des Toten von allen Seiten, so, wie es die Vorschrift bei einer polizeilichen Leichenschau verlangte.

Kein Genickbruch, konstatierte er. Dann tastete er den Hals ab, hob den Kragen des Pullovers etwas an und untersuchte den Hals des Toten. *Keine Würgemale*.

Dann schaute er zu Peters auf. „Kann ich?"

Peters nickte. Er wusste, worauf Overbeck aus war.

„Okay", meinte dieser, „dann mache ich es schnell hier. Ich weiß nicht, ob wir noch Zeit haben werden, die Leichenhalle heute Abend aufzusuchen."

Overbeck zog Pullover und Hemd des Toten nach oben, streifte dessen Hose und Unterhose herunter bis zum Knie und begann, den Körper nach irgendwelchen Unregelmäßigkeiten abzusuchen. Dabei fiel ihm auch die Brieftasche des Ermordeten in die Hände. „Schau mal einer an", meinte er, ohne aufzusehen, „jetzt haben wir auch die Identität unseres Toten." Overbeck entnahm den Personalausweis und blätterte kurz darin. „Jörg Dellmann ist sein Name. Geboren am 10.7.1967. Also 44 Jahre alt. Wohnt hier in Hermeskeil. Feldbachstraße 154a.

Im Übrigen keine weiteren Verletzungen erkennbar“, sagte er schließlich mit einem Blick auf Leni. „Die brutalen Schläge ins Gesicht dürften die Todesursache darstellen. Der Doktor wird mir Recht geben, schätze ich.“

„Wer macht denn so etwas?“, würgte Leni hervor.

„Sieht nicht nach einem Überfall aus. Was meinst du?“ Peters sah Leni fragend an. „Bei einem Überfall reicht ein Schlag. Dann hat der Täter sein Ziel erreicht. Das hier ist etwas anderes.“

„Du meinst, es hat einen Streit gegeben?“, fragte Leni und versuchte, den Blick von dem Toten abzuwenden, doch irgendwie zog der Anblick ihre Augen magisch an.

„Ja“, bestätigte Peters, „einen Streit, vielleicht. Oder wir haben es mit einem vorsätzlichen Mord zu tun. Kümmerst du dich um das Beerdigungsinstitut?

„Wer redet denn da von Überfall?“

Overbeck drehte sich zu Leni und Peters um. In seiner Hand hielt er ein DIN A5-Papierblatt.

„Kannst du mir sagen, was das ist?“

Leni beugte sich nach vorne und sah auf den Zettel. Darauf war eine Zeichnung, schnell dahingekritzelt, und dennoch konnte man das Motiv erkennen. Overbeck hielt den Zettel mit den Fingerspitzen nach oben.

„Ein Adler im Flug“, sagte er dann.

„Woher …?“

Overbeck unterbrach Lenis erstaunte Frage.

„Man hat ihm die Zeichnung unter den Pulli geschoben. Hab es zuerst übersehen. Als ich dem Toten den Pullover wieder nach unten zog, hatte ich plötzlich das Papier in der Hand. Die Zeichnung ist offensichtlich für uns bestimmt. Ein Adler. Es soll doch einen Adler darstellen, oder?“ Overbeck blickte in die Runde.

„Da will uns jemand ein Rätsel aufgeben“, meinte Leni.

„Oder uns einen Hinweis geben.“

„Der Mörder wird uns kaum einen Hinweis auf sich selbst geben“, wandte Leni ein. „Nein, da muss etwas anderes dahinterstecken. Warum gerade ein Adler?“

Hinter Leni erklang eine sonore Männerstimme, und als sie sich umdrehte, erkannte sie den herannahenden Arzt. Es war ein alter Bekannter: Dr. Julius Kämmerlein. Er war hager wie eh und je. Die Haare an seinem kurz geschorenen Haarkranz waren weniger geworden, seit sie ihn das letzte Mal gesehen hatte.

Die Hose schlackerte immer noch um seine dünnen Beine, und sein Oberhemd schien drei Nummern zu groß.

„Tag, Frau Schiffmann, lange nicht gesehen. Wo Sie sind, ist auch Ihr Kollege Spürmann nicht weit.“ Kämmerlein schaute sich suchend um, und Leni kam seiner Frage zuvor.

„Heiner Spürmann hat es vorgezogen, uns zu verlassen und in Zukunft an der Polizeischule zu lehren“, erklärte sie ihm.

„Aha. Was Ihnen offensichtlich nicht so recht gefällt?“

„Dort ist sein Nachfolger.“

Leni deutete mit dem Kopf in Richtung des an der Leiche knienden Kollegen. „Overbeck. Fragen Sie ihn nicht nach seinem Vornamen. Sagen Sie einfach Overbeck.“

„Overbeck? Nur Overbeck? Das gibt es nicht. Jeder Mensch hat doch einen Vornamen.“

Dann sah er hinüber zu dem Toten. „Was liegt denn nun genau an?“, wollte er wissen.

„Eine männliche Leiche, 44 Jahre, übel zugerichtet.“

„So schlimm?“

Leni nickte und ging voran. Kämmerlein folgte ihr.

„Overbeck, das ist Dr. Kämmerlein. Du wirst des Öfteren mit ihm zu tun haben, wenn du einen Fall im Bereich von Hermeskeil bearbeitest.“

Overbeck stand auf. „Dann überlasse ich Ihnen den Toten vorübergehend. Ihr Patient, Doktor.“

Kämmerlein warf Leni einen Blick zu und zuckte mit den Schultern. Dann beugte er sich hinunter zu dem Toten und begann mit seiner Arbeit.

„Die Personalien des Toten haben Sie also?“, hakte er nach, während er seine Arzttasche öffnete.

„Ja“, gab Overbeck zu verstehen, „Jörg Dellmann ist sein Name. Wohnt hier in Hermeskeil.“

Sind die Angehörigen verständigt?“, fragte Kämmerlein und erhielt hierauf nur eine knappe Antwort.

„Sie machen Ihr Ding, Doktor, wir das unsere.“

Kämmerlein zuckte zusammen.

„Todeszeit?“, fragte Overbeck, als sich Kämmerlein an dem Toten zu schaffen machte.

„Schwer zu sagen. Vor ungefähr acht bis zehn Stunden. Vielleicht ein bis zwei Stunden länger. Warten wir die Obduktion ab.“

Dann sagte er etwas, das die anderen in Erstaunen versetzte. „Haben Sie sich die Leiche schon näher angesehen? Sein rechter Unterschenkel ist zertrümmert.“

Verblüfft sahen sich Overbeck und Leni an.

„Wie … zertrümmert?“, fragte Leni irritiert.

„Nun, man hat ihm den Unterschenkel zerschlagen.“

„Das wirft meine Theorie ja vollends durcheinander.“ Overbeck trat einen Schritt näher an den Toten. „Das bedeutet: Der Täter hat sich sein Opfer mit diesem Schlag zurechtgelegt, ehe er es final erschlug. Von wo aus wurde der Schlag denn ausgeführt? Können Sie das feststellen?“

Kämmerlein nickte. „Das sieht nicht nach einem Problem aus. Der Schlag wurde von oben nach unten geführt. Aber Sie sind der Kriminalist. Sehen Sie, wäre der Schlag ausgeführt worden, während der Mann gestanden hat, gäbe es zumindest eine kleine Schleifspur des Fußes nach hinten. Entweder durch die Kraft des Schlages oder aber durch eine Reflexbewegung kurz vor dem Schlag. Nichts in dieser Richtung. Außer den Spuren vor seinen Füßen. Aber die hat das Opfer offensichtlich verursacht, als es vor seinem Mörder rückwärts kroch.“

„Das bedeutet, dass der Mann auf der Erde gelegen hat. Warum hat er auf der Erde gelegen? Hätte der Täter ihn auf den Boden gezwungen, wären Spuren von Gewalt zu erkennen“, sinnierte Overbeck, worauf Leni meinte, er sei vielleicht genötigt worden und habe sich letztlich freiwillig auf den Boden gelegt.

„Wie dem auch sei“, meinte Overbeck und schritt um den Toten und Kämmerlein herum.

„Der Tote hat keine Abwehrspuren an den Händen. Wenn dir jemand ins Gesicht schlägt“, überlegte er laut, „ob jetzt mit der Hand oder mit einem Gegenstand, Leni, was tust du dann?“

„Nun, ich hebe reflexartig die Hände zum Schutz vors Gesicht.“

„Genau. Aber das ist hier nicht geschehen. Lass uns später darüber nachdenken.“

„Wer hat die Leiche gefunden?“, fragte Leni in Richtung Peters, der damit beschäftigt war, seine Spurensicherungsutensilien zusammenzupacken.“

„Der hiesige Jagdpächter. Name und Anschrift haben die Kollegen der Schutzpolizei. Sie stehen genau hinter dir.“

„Du kennst deine Kollegen wohl nicht mehr“, hörte Leni eine Stimme hinter sich. Heribert Gehweiler und Eddy Müller von der Polizeiinspektion Hermeskeil kamen grinsend näher.

„Ich könnte mir schönere gemeinsame Treffen mit dir vorstellen“, feixte Gehweiler, wobei er seine Polizeimütze anhob und die angegrauten Haare mit der rechten Hand durchpflügte. „Aber man muss ja schon froh sein über solche Gelegenheiten, so traurig sie auch immer sein mögen. Hier sind die Personalien des Jagdpächters. Ein gewisser Dominik van Heelen. Ein Holländer. Ist noch bis übermorgen in seinem Jagdhaus anzutreffen. Hier hast du seine Adresse und die Telefonnummer.“

Leni steckte den Zettel in ihr Notizbuch. „Wo ist eigentlich Franz Petzky von der Hermeskeiler Kriminalpolizeiinspektion?“, wollte Leni wissen. Die örtliche Polizei war zwar nicht zuständig, sondern die Mordkommission übernahm alle Fälle, die nach Kapitalverbrechen aussahen. Aber in die Ermittlungen wurde sie dennoch einbezogen.

„Franz Petzky und Michael Wallen sind zu einer Tagung in Mainz“, antwortete Gehweiler und lächelte. „Ich weiß auch nicht, warum der Chef und sein Stellvertreter gleichzeitig der Dienststelle fernbleiben dürfen. Soll mich auch nicht weiter interessieren.“

„Der Inspektionsleiter auch? Na so was. Dann vertrittst du also gewissermaßen deine Dienststelle“, wunderte sich Leni und sah zu dem hochgewachsenen Kollegen hoch.

„Gewissermaßen, ja“, lachte Gehweiler und kratzte sich am Hinterkopf. Trotzdem bin ich froh, dass die Verantwortung bei euch liegt.“

Helmut Franzen, Peters jüngerer Kollege von der Spurensicherung, bog um die Ecke des Schuppens. In der Hand hielt er ein kräftiges Stück Holz, das sich bei näherem Hinsehen als ein Baseballschläger entpuppte.

„Hat hinter dem Schuppen gelegen“, rief Franzen, und Leni sah ihm die Freude über seinen Erfolg an. „Wenn das nicht das Tatwerkzeug ist …“

„Zeig mal her!“ Peters nahm den Schläger in die Hand und betrachtete ihn von oben bis unten. „Eindeutig die Tatwaffe. Das halbe Gesicht hängt ja noch dran“, sagte er schließlich. „Ist leichter, als ich mir so ein Ding vorgestellt habe. „Aber es ist tatsächlich die Tatwaffe“, wiederholte er. „Mit etwas Fantasie kann man sich den Abdruck eines Gesichts darauf vorstellen. Die Blutspuren an dem gewölbten Teil werden mit dem Blut des Toten identisch sein.“

Peters bemerkte Lenis zusammengekniffene Augen und winkte ab. „Ja, ja, ich weiß. Pietät. Aber eines möchte ich doch feststellen: Und nun sieh mal bitte her, Leni!“

Peters zeigte auf das obere Drittel, jenen Bereich, der zum Treffen eines Baseballs vorgesehen war.

„Dem Mann ist gezielt geschlagen worden. Sieh dir sein Gesicht an. Ich wette, da passt dieser Bereich der Waffe genau hinein.“

„Also wurde der Schlag nicht von oben nach unten geführt“, stellte Overbeck fest. „Ist ja auch logisch, sonst wäre der Schädel von oben her zertrümmert. Es sei denn, der Mann hat auf dem Boden gelegen. Wieso schlägt jemand einem Menschen mit einem Baseballschläger ins Gesicht und dann noch auf so eine Art und Weise?“

Overbeck zog sich erneut ein Paar Gummihandschuhe über, griff nach dem Schläger und hob ihn mit beiden Händen über den Kopf.

„Er ist leichter, als ich dachte“, sagte er und sah Peters an, der sich sogleich in seiner vorherigen Aussage kopiert sah und seinen Unmut in einen passenden Gesichtsausruck fließen ließ. Doch Overbeck schien nichts zu bemerken und fuhr fort: „Muss man ein Mann sein, um einen solchen Schlag auszuführen?“

„Die Antwort kannst du dir gleich selbst geben“, meinte Peters.

Kurze Zeit später hielt auch Leni den Schläger in der Hand und schwang ihn mehrere Male zur Seite und abwärts zum Boden und tat so, als schlüge sie auf jemanden ein.

„Na ja“, erklärte sie, „für eine zierliche Frau wird es schon problematisch, aber eine sportlich durchtrainierte …“

„Schlägt ihm vielleicht erst das Bein entzwei“, gab Overbeck zu bedenken.

„Um ihn erst einmal kampfunfähig zu machen“, ergänzte Kämmerling. „Das Opfer sollte wehrlos sein, wenn es die tödlichen Schläge erhielt. Also erfolgten die Schläge ins Gesicht erst, nachdem das Opfer den Schlag auf das Bein erhielt. Ich mache Ihnen die Todesbescheinigung fertig. Wenn Sie mich brauchen, Sie wissen, wo Sie mich finden."

„Das sieht nach Hass aus", raunte Peters, als Kämmerlein gegangen war und nahm Leni den Schläger aus der Hand.

„Helmut, eine Plastiktüte!", rief er seinem Kollegen zu.

„Oder nach Rache." Overbeck zog seine Gummihandschuhe aus, indem er sie langsam vom Gelenk her nach innen kehrte.

„Ein überraschender Racheakt", bekräftigte Leni. „Ja, so hat es ganz den Anschein."

„Was ist eigentlich mit den Hausbewohnern, Kollege Gehweiler?" Overbeck blickte kurz zu dem uniformierten Kollegen hinüber. „Habt ihr sie befragt?"

„Es gibt keine Hausbewohner", erwiderte dieser. „Das Haus ist leer, verlassen. Hier wohnt schon längere Zeit niemand mehr. Fenster und Türen sind verschlossen."

„Ein verlassenes Haus? Wer weiß etwas darüber?" Franzen kam mit einer blauen Plastiktüte herbeigeeilt und gab sie Peters, der den Baseballschläger darin versenkte.

„Ihr werdet doch keine voreiligen Schlüsse ziehen, wenn ich euch sage, dass in diesem Haus schon einmal ein Mord geschehen ist?"

Gehweiler musterte erst Leni, dann Overbeck und schließlich Peters in Erwartung der unumgänglichen Fragen.

„Ein Mord? In diesem Haus?" Leni schaute hinüber zu dem Toten. „Und der da? Vermutest du einen Zusammenhang?"

„Ich sagte ja: Zieht keine voreiligen Schlüsse“, mahnte Gehweiler. „Der Mord, den ich meine … er ist etwa 18 bis 19 Jahre her.“

„Und du kannst dich daran erinnern? Was ist damals passiert?“ wollte Leni wissen.

„Nun ja, ich kann mich deshalb so genau daran erinnern, weil ich kurz vorher meinen Dienst in Hermeskeil angetreten hatte. Ich war vorher in Bad Kreuznach, doch ich stamme aus Geisfeld und wollte einfach in die Nähe meiner Heimat. Meine Frau …“

„Harry! Was war passiert?“

Leni ruderte genervt mit beiden Armen.

„Ja, ja, ist ja schon gut. Also: In diesem Haus wurde eine Familie von vier Männern überfallen. Den Mann hat man erschlagen, die Frau vergewaltigt. Die Täter wurden wenige Tage später gefasst und haben inzwischen ihre Strafen abgesessen.“

„Warum steht das Haus bis heute leer?“

„Es war zwischenzeitlich bewohnt. Aber warum sich die Situation heute derart darstellt, kann ich dir nicht sagen. Lasst euch die Unterlagen kommen, es muss da Berge von Akten geben.“

„Was ist aus der Familie geworden?“

Overbeck hatte Gehweiler schweigend zugehört, doch sein Interesse schien geweckt.

„Ich weiß es nicht. Wie gesagt, seht euch die Akten an, dann habt ihr eine verbindliche Informationsquelle.“

„Das werden wir tun“, erklärte Overbeck. „Vielleicht ergibt sich ja der eine oder andere Hinweis auf die Tat oder auch auf die Vergangenheit des Toten. Leni, komm, wir fahren ins Präsidium. Aus deinem geplanten Feierabend wird heute wohl nichts mehr.

Die Leiche kommt in die Leichenhalle des Trierer Brüderkrankenhauses, wegen der Obduktion", wandte er sich an Gehweiler. „Würdest du dich darum kümmern?"

Gehweiler nickte.

„Und haltet mir die Neugierigen fern. Hat sich inzwischen wohl schon herumgesprochen, dass es hier etwas zu sehen gibt. Ach ja, noch eine Frage: Bei dem Toten wurde die Zeichnung eines fliegenden Adlers gefunden. Kannst du etwas damit anfangen?"

Gehweiler schüttelte den Kopf. „Ein Adler? Fällt mir nichts ein dazu."

8. Kapitel

Overbeck lief wie ein angeschossenes Wild im Büro auf und ab. Zwischendurch verharrte er kurz vor dem Dashboard mit den Flipcharts, auf dem in Reih und Glied die Fotos vom Tatort die schreckliche Tat in Hermeskeil widerspiegelten.

„Etwas stimmt hier nicht, Leni", rief er mit ausgebreiteten Armen und lief ein paar Meter von der Tafel weg, um gleich darauf wieder zu ihr zurückzukehren.

„Mein Gefühl sagt mir, dass wir irgendetwas falsch interpretieren. Warum kommt jemand hinter einem Haus, das noch dazu außerhalb der Ortschaft gelegen ist, um die Ecke und wird dann von einer Person, die ja mehr oder wenig auf der Lauer gelegen haben muss, vollkommen überraschend mit einem Baseballschläger ins Gesicht geschlagen? Nein, nein, da stinkt etwas gewaltig zum Himmel!"

„Ich frage mich, warum der Täter den Mann nicht einfach erschossen hat, wenn er ihn schon umbringen wollte."

Leni schob das Bündel Akten, das sie soeben studiert hatte, beiseite. „Kaum jemand würde den Schuss gehört haben, die Entfernung zur Stadt ist zu weit."

„Ich habe nochmal mit Peters gesprochen", überging Overbeck Lenis Frage. „Er ist der festen Überzeugung, dass der Fundort auch der Tatort ist. Ich habe mit Dr. Kämmerlein telefoniert. Er ist der gleichen Ansicht. Also müssen wir das so hinnehmen. Jemand hat den Mann hinter diesem Haus erschlagen."

„Wobei das Opfer auf dem Boden gelegen haben soll, wie Kämmerlein auf kriminalistische Art und Weise konstatierte", bemerkte Leni und Anerkennung schwang in ihrer Stimme mit.

Overbeck nickte. „Wie auch immer. Es muss ein Motiv geben für den Mord, natürlich. Aber es muss auch einen Grund geben, die Tat gerade an diesem Ort zu begehen. Niemand stellt sich irgendwo hinter einer Hauswand auf und wartet, bis der Mensch, den man umbringen will, dort auftaucht."

„Es sei denn, der Täter hat sein Opfer dorthin bestellt." Leni sah Overbeck herausfordernd an. „Wenn du eine bessere Theorie hast, immer her damit."

„Dann werden wir uns mal intensiver mit dem Toten befassen. Wer war Jörg Dellmann, was ist seine Vergangenheit, und warum musste er sterben? Wir brauchen alles über den Mann. Polizeiliche Erkenntnisse, falls vorhanden und die übliche Prozedur. Wenn es sein muss, zurück bis in seine Kindheit. Einen Mord ohne Motiv gibt es nicht. Wir müssen das Motiv finden, und das geht nur über die Person des Toten, sein Umfeld, seinen Lebenswandel."

„Und die Zeichnung des Adlers. Wir müssen herausbekommen, was es damit auf sich hat", warf Leni ein.

„Ja, das muss was sein, von dem der Täter glaubt, dass wir es wissen müssten. Dieser Adler. Das ist ein Hinweis. Nur worauf?" Overbeck legte die Stirn in Falten. „Vielleicht gibt uns die Person des Toten darüber Aufschluss. Das mit dem Jagdpächter bringt uns jedenfalls nicht weiter. Keine brauchbare Aussage. Dem armen Kerl schlottern heute noch die Knie."

„Ich kann mich darum kümmern, Overbeck", beeilte sich Leni zu sagen, wobei sie den Namen „Overbeck" provozierend betonte.

„In Ordnung", lächelte Overbeck zurück. „Du gibst wohl keine Ruhe, oder?"

„Das siehst du richtig. Overbeck."

Dann schüttelte Leni den Kopf. „Du musst doch einen Vornamen haben. Warum sagst du ihn mir nicht. In deiner Personalakte steht er drin und Krauss weiß ihn ohnehin."

„Aber er wird mich nicht beim Vornamen rufen."

„Ich könnte ihn danach fragen", stichelte Leni weiter. „Aber mal im Ernst. Warum verheimlichst du ihn? Oder ist es ein Gag von dir, dass du dich nur „Overbeck" nennen lassen willst, so wie Kojak oder manche Fernsehhelden?"

„Unsinn. Ich habe schon meinen Grund."

Overbeck kratzte sich hinter dem Ohr. „Also, wenn du schweigen kannst, werde ich ihn dir verraten."

„Wie ein Grab", versprach Leni feierlich und streckte drei Finger zum Schwur in die Höhe.

„Meine Mutter stammt aus Bayern“, sagte Overbeck leise. „Da hat man so komische Vornamen.“

„Du heißt Sepp, stimmt‘s?“, rief Leni.

„Nein“, erwiderte Overbeck, und es klang noch leiser als zuvor. „Es ist weit schlimmer.“

„Auweia. Noch schlimmer?“

Leni dachte nach. „Wastl? Oder vielleicht Beppo?“

„Nepumuk.“ Das Wort war kaum zu verstehen, so leise hatte Overbeck es ausgesprochen.

„Nepumuk?“

Leni prustete los. „Pumuckl! Wie goldig! Pumuckl ist doch die Verniedlichungsform von Nepumuk, nicht wahr?“

„Jetzt lass mal gut sein!“ Overbeck wirkte verärgert. „Du hast versprochen, nicht drüber zu reden. Also, in Zukunft: Overbeck.“

„Nepumuk. Ich kann‘s nicht fassen.“

Leni hatte immer noch das schalkhafte Grinsen im Gesicht. „Pumuckl ...“

„So, jetzt ist aber genug, Leni!“

Overbeck hatte seine Fassung wiedergefunden und baute sich vor seiner Kollegin auf.

„Wir haben Wichtigeres zu tun.“

„Ich weiß, ich weiß.“ Leni lächelte immer noch verhalten.

„Aber mein Schweigen kostet dich eine Kleinigkeit. Ich weiß auch schon, was du dafür tun musst. Du bringst mir bei, wie man ... wie man die Puppe da hinten umhaut.“

„Kein Problem. Aber dazu musst du schon in mein Dojo kommen.“

Overbeck sah man an, dass er froh war, sein Namensproblem in einem vergleichsweise kurzen Dialog abgearbeitet zu haben. „Wenn du dich also um das Umfeld des Toten kümmerst, werde ich zur Obduktion gehen.“

Overbeck sah auf seine Uhr.

„Wir sehen uns spätestens morgen. Kann mir vorstellen, dass du gleich in deinem Ort …“

Overbeck stockte.

„Forstenau“, half ihm Leni freundlich auf die Sprünge.

„Na ja, also dass du gleich in Forstenau bleiben wirst. Bin mal gespannt, welchen Obduzenten sie schicken werden. Hier gibt es ja nicht mal eine Gerichtsmedizin.“

„Hier gibt es alles, was eine Gerichtsmedizin ausmacht!“, wehrte sich Leni. „Aber wir haben zu wenig Todesfälle, als dass sich die Polizei einen eigenen Gerichtsmediziner leisten könnte. Und deshalb fordern wir ihn bei Bedarf an. Ich gehe davon aus, dass uns Professor Schneider die Ehre geben wird. Er wird dir gefallen. Und falls sein Gehilfe Wladimir Kornsack dabei sein sollte, grüß ihn von mir. Und achte auf sein rechtes Auge. Wenn er dir zublinzelt, hast du seine Sympathie.“

„Was soll denn das heißen?“ Overbeck legte die Stirn in Falten, strich sich über seine blonden Haare und richtete das Halteband an seinem Zopf.

„Ist er vom anderen Ufer?“, fragte er Leni.

„Nein, nein, das glaube ich nicht. Der arme Kerl. Er hat nur irgend so ein Leiden. Die Nerven, glaube ich. Aber du wirst es selbst sehen. Sind schon ein tolles Paar, die beiden.“

9. Kapitel

Es war am späten Nachmittag, als Leni in Hermeskeil eintraf. Ihr erster Weg führte sie zur Dienststelle der Polizeiinspektion, wo sie um Unterstützung bat. Der Zufall wollte, dass Gehweiler Dienst hatte und sich bereiterklärte, Leni zu begleiten.

„Lass uns als Erstes noch einmal zu dem Haus, dem Tatort, fahren“, sagte Leni. Gehweiler trat das Gaspedal durch, und kurz darauf hielt der Wagen vor dem gespenstisch anmutenden Anwesen.

„Konntest du die letzten Bewohner dieses Hauses ermitteln?“, fragte Leni und Gehweiler nickte. Für ihn war es kein Problem gewesen. Eine Nachfrage beim Einwohnermeldeamt, und er hatte alle Eigentümer des Hauses bis zu den Erbauern vor rund 30 Jahren.

„Es ist eine traurige Geschichte.“

„Was meinst du?“, fragte Leni irritiert.

„Die Geschichte dieses Hauses. Sehr traurig. Du erinnerst dich, dass ich dir von einem Mord erzählte? Von einem Mord in diesem Haus?“ Gehweiler griff hinter sich, und als er sich wieder umdrehte, hielt er eine schmale Aktenmappe in seiner Hand.

„Du hast die Unterlagen dabei? Erzähl mir Näheres davon.“

„Ich kann mich noch genau daran erinnern, weil es die erste schwere Tat war, mit der ich hier in Hermeskeil konfrontiert wurde. Ich hatte meinen Dienst erst wenige Tage vorher angetreten. Die Gräueltat hatte das ganze Städtchen in Aufruhr gebracht.“

Leni schaute Gehweiler erwartungsvoll und ungeduldig zugleich an. Doch sie schwieg, wollte den Beginn der Geschichte nicht weiter hinauszögern.

„Es sah alles nach einem geplanten Überfall aus. Vier maskierte und bewaffnete Männer stürmten das Haus."

„Ein Raubüberfall?"

„Nein, oder besser gesagt, man weiß bis heute nicht so genau, ob ein Raub geplant war. Man hatte nichts gestohlen. Der Hauseigentümer wurde mit einem Baseballschläger erschlagen und seine Ehefrau von den Verbrechern vergewaltigt."

Leni zuckte innerlich zusammen.

„Der Mord erfolgte mit einem Baseballschläger?", wiederholte sie.

Gehweiler nickte. „Die Täter hat man gefasst."

Leni blickte auf das Haus und versuchte sich vorzustellen, wie das damals wohl gewesen war. Ein einsam gelegenes Haus. Es lud geradezu zum Einbrechen ein. Leni schaute Richtung Stadt. Sie konnte gerade mal die ersten Häuser im Tal erkennen. Ein Rufen oder gar einen Schuss würde man dort sicherlich kaum gehört haben.

„Die beiden hatten eine 12-jährige Tochter", fuhr Gehweiler fort. „Man hat sie am Tatort nicht finden können und vermutete schon das Schlimmste."

Leni blickte Gehweiler fragend an. „Hatte sie sich irgendwo im Haus versteckt? Auf dem Speicher vielleicht, im Keller oder im Schrank?"

„Nein. Wie sich später herausstellte, ist sie durch ein Fenster an der Hinterseite des Hauses geflüchtet und zum nächstgelegenen Anwesen gelaufen."

„Was ihr offensichtlich das Leben gerettet hat."

Gehweiler nickte. „Ja, das dürfte ihr das Leben gerettet haben."

„Was ist mit der Mutter, mit der Tochter geschehen?“

„Die Tochter, ich glaube ihr Name war Maggie, wurde von der Familie, bei der sie in der betreffenden Nacht Zuflucht gesucht hatte, als Pflegekind aufgenommen. Irgendwann ist dann die ganze Familie nach Amerika ausgewandert. Die inzwischen volljährige Maggie haben sie mitgenommen.“

„Aber diese Maggie hat doch eine Mutter gehabt. Ich verstehe nicht. Warum ist das Kind nicht bei seiner Mutter geblieben?“

Gehweiler nickte schwer mit dem Kopf.

„Die Mutter hat den Tod ihres Mannes und die Schmach an ihr nie verwinden können. Man musste sie in eine Nervenheilanstalt einweisen. Als sie kurz nach dem 18. Geburtstag ihrer Tochter entlassen wurde, hat sie sich das Leben genommen.“

Gehweiler zeigte auf das Haus.

„An der Rückseite des Anwesens gibt es einen Schuppen. Dort hat man sie gefunden. Erhängt.“

Leni zeigte auf die Akten in der Hand Gehweilers.

„Die Täter? Das Motiv?“

Gehweiler schüttete den Kopf.

„Keiner der vier Täter machte vor Gericht den Mund auf. Nicht einmal ihre Rechtsanwälte konnten über Motive oder Tathergang irgendwelche Angaben machen. So wurden alle vier mit der gleichen Strafe belegt: lebenslänglich.“

„Und diese Maggie? Hat sie die Täter nicht belastet?“

„Sie hat die Täter nur maskiert gesehen wie ihre Mutter auch. Keiner der Täter hat die Maske während des Überfalls fallen lassen. Hinzu kam, dass die Tochter noch lange Zeit nach dem Vorfall stark unter Schock stand. Man beließ es somit bei dieser einen Befragung."

„Und nun sind alle vier wieder auf freiem Fuß", sinnierte Leni. „Das nennt sich nun *lebenslänglich.* Mal gerade 15 Jahre haben sie abgesessen."

Gehweiler nickte und deutete mit dem Kopf auf die Stelle, wo der Tote gefunden wurde. Doch er wurde unterbrochen. Lenis Handy läutete. Am anderen Ende meldete sich Overbeck.

„Das Ergebnis der Überprüfung des Opfers Dellmann ist da. Wir haben es da mit einem schweren Jungen zu tun."

„Ich glaube, ich weiß auch warum", erwiderte Leni. „Ich stehe mit Kollege Gehweiler gerade vor dem Tatort in Hermeskeil. Er hat die Akten von dem Fall vor 18 Jahren dabei. Das meinst du doch. Dass der Tote einer der Mörderbande war, der den Überfall auf die ehemaligen Bewohner dieses Hauses verübten? Lass uns morgen darüber reden."

„Du hast dich ja in der Kürze gut informiert, Leni. Das ist gut. Ich fahre jetzt ins Brüderkrankenhaus, zur Obduktion. Wir sehen uns morgen."

„Mein Kollege Overbeck", informierte Leni Gehweiler kurz und verstaute ihr Telefon. „Er weiß, wer der Tote ist."

„Overbeck, hm. Wie heißt er mit Vornamen?"

Leni überging die Frage. „Der Name Dellmann kommt sicherlich auch in deiner Akte vor."

„Ja, nun sind es nur noch drei. Dellmann war der vierte der Bande."

„Was glaubst du, Harry, gibt es einen Zusammenhang?"

„Du meinst, ob der Mord an Dellmann etwas mit der Tat vor 18 Jahren zu tun hat? Vielleicht. Was meinst du?“

„Ich weiß nicht. Aber es ist doch seltsam, dass man den Toten gerade hier findet. Dort, wo er sein Verbrechen begangen hat, ist er auch gestorben.“

„Ihr habt den Baseballschläger sichergestellt“, merkte Gehweiler an. „Das Tatwerkzeug. Ein Zufall, dass Dellmann mit einem Baseballschläger getötet wurde?“ Er sah Leni fragend an und knöpfte sich die Uniformjacke auf.

„Es ist heiß heute. Wir bekommen ein Gewitter“, fügte er hinzu. Was meinst *du*?“

„Ja, ist aber auch kein Wunder. Es ist Sommer.“

Gehweiler schüttelte lächelnd den Kopf.

„Das meine ich nicht. Glaubst du an einen Zufall, dass Dellmann mit einem Baseballschläger umgebracht wurde?“

Mit einem Mal wurde Leni die Situation klar. Gehweiler hatte möglicherweise recht. Und ob sie da einen Zusammenhang erkannte. Im Geiste sah Leni den Toten hinter dem Haus auf dem Rücken liegen, das Gesicht zur Unkenntlichkeit deformiert, ein Klumpen blutiges Fleisch mit zerborstenen Knochenteilen. Der Tote war einer von vieren, die gemeinsam eine grausame Tat verübt hatten, den es genauso erwischt hatte wie den, den sie auf dem Gewissen hatten.

„Ewald Kerner, Rainer Balthoff und Franco Romano.“

„Was meinst du?“ Leni war stehen geblieben und schaute zu Gehweiler auf.

„Ich nannte gerade die Namen der Mittäter Dellmanns. Die mit ihm den Mord begangen haben, mit ihm in der JVA Trier einsaßen und auch mit ihm entlassen wurden."

„Das sagst du so, als ob sie auch mit ihm sterben würden." Leni drehte sich plötzlich um. „Komm, wir müssen zur Dienststelle. Wenn ich das hier richtig einschätze, haben wir es mit einem Racheakt zu tun. Nach 18 Jahren, Harry. Da hat jemand geradezu auf die Entlassung der Täter gewartet."

„Du siehst das also genau wie ich. Das könnte der Anfang einer Mordserie sein."

„Der Beginn eines Rachefeldzuges, ja." Lenis Brust hob und senkte sich vor Aufregung. „Wenn wir nichts unternehmen, wird man uns eine weitere Leiche präsentieren. Wir müssen es verhindern."

„Obwohl es jeder Einzelne verdient hätte", fügte Gehweiler leise hinzu und folgte Leni zu ihrem Wagen.

Bevor sie die Autotür öffnete, wandte sie sich zu Gehweiler um. „Wie auch immer. Wir machen unseren Job, auch wenn es uns manchmal schwerfällt. Was diesen Fall angeht, müssen wir verhindern, dass es weitere Opfer geben wird."

10. Kapitel

Overbeck hatte sich verspätet. Vor dem Leichenschauhaus erwartete er die letzte Freundin Dellmanns, Jeanette Köhler. Er hatte sie ausfindig gemacht und dazu überreden können, die Leiche zu identifizieren. Die Suche nach ihr hatte sich als schwieriger erwiesen als erwartet. Letztendlich hatten ihm Nachbarn des Toten den entscheidenden Tipp gegeben.

Nun stand sie da, und obwohl Overbeck nur mit ihr telefoniert hatte, wusste er gleich, wen er vor sich hatte. Sein erster Gedanke war: *eine Nutte.*
Sein Blick glitt über die roten gelockten Haare über dem blassen schmalen Make-up-lädierten Gesicht mit den wulstigen, rot geschminkten Lippen über die weit ausgeschnittene Bluse über den vollen Brüsten bis hin zu den engen Jeans und den unpassend roten Stöckelschuhen dazu.

Als sie ihn kommen sah, zertrat sie ihre halb gerauchte Zigarette mit der Spitze ihres Schuhs und schaute ihm entgegen.

„Liegt er da drin?“ Die emotionslose Frage der Frau traf Overbeck überraschend, und ehe er darauf antworten konnte, sprudelten weitere Worte zwischen ihren monströs aufgeblasenen Lippen hervor; Overbeck tippte insgeheim übrigens auf Botox.

„Wer erstattet mir meine Kosten“, plapperte sie ungerührt. Ich musste immerhin den Bus nehmen und eine Strecke von über 20 Kilometern zurücklegen. Ich habe meine Zeit auch nicht gestohlen. Es gibt doch sicher Zeugengeld dafür? Gibt es doch, oder nicht?“

Overbeck hatte sich wieder gefangen. „Eher Letzteres.“

Die Frau verstummte und überlegte. Offensichtlich begriff sie nicht, was Overbeck meinte. Ihr Intellekt ließ ein Verstehen des Sinnes der gesprochenen Worte nicht zu.

„Was, *Letzteres*?“, fragte sie mit aufgerissenen Augen.

„Oder nicht“, wiederholte Overbeck. „Sie sagten es doch gerade selbst: Es gibt kein Zeugengeld.“

„Und warum nicht?“, erwiderte sie pampig.

„Weil es keine Zeugenaussage ist. Sie sollen nur die Identität des Toten feststellen. Sie kannten Dellmann doch, oder?“

„Ja, ja, ich kannte ihn. Aber nur kurz. Die meiste Zeit hat er im Knast gesessen. Und wenn er dann mal draußen war, musste ich ihn durchschleppen. Mann, sogar heute muss ich selbst für meine Kosten aufkommen. Was ist das nur für ein Staat?“

„Kommen Sie?“ Overbeck hatte keine Lust, noch weiter mit der Frau zu diskutieren. Der Obduzent wartete, und insgeheim hoffte Overbeck, dieser habe noch nicht mit seiner Arbeit begonnen. Es würde die Identifizierung durch die Frau nur erschweren.

„**W**arten Sie hier“, sagte er zu der Frau, als sie an der Tür zum Sektionsraum angekommen waren.

Als Overbeck den Raum betrat, war ein älterer schlanker Herr mit weißem Schnäuzer und ebensolchen Haaren gerade dabei, eine männliche Leiche auf einem der Seziertische zu untersuchen. Der Obduzent, den Overbeck als solchen vermutete, war in einen grünen Kittel gehüllt, und ein Mundschutz hing überflüssigerweise unter seinem Kinn.

Mit dem Rücken zu ihm gewandt stand in gebeugter Haltung eine weitere Person, ebenfalls in grünem Kittel. Die grau melierten, leicht gewellten Haare fielen ihm bis auf die Schultern. Der Mann sortierte offensichtlich irgendwelche Behältnisse.

Beide schwiegen, während sie arbeiteten.

Hinter Overbeck fiel die schwere Tür ins Schloss.

„Herr Spürmann“, sagte der Weißbehaarte, ohne aufzusehen, und ein leiser Vorwurf klang in seiner

Stimme mit. „Sie sind spät an! Bin ich von Ihnen gar nicht gewohnt.“

Der Mann, der mit dem Rücken zu Overbeck stand, drehte sich triumphierend lächelnd um; sein rechtes Auge war geschlossen, wie Overbeck bemerkte; sofort erinnerte er sich an Leni und das, was sie bezüglich dieses Mannes gesagt hatte. Bei Overbecks Anblick gefror dem Mann jedoch sein Lächeln.

„Mein Name ist Overbeck“, sagte Overbeck irritiert. Der weißhaarige Mann hob den Kopf, hielt in seiner Arbeit inne und schaute über den Rand seiner schmalen Lesebrille, die er auf der Nasenspitze trug.

„Overbeck? Wo ist Spürmann?“

„Ich bin sein Nachfolger“, antwortete Overbeck, der noch immer in der Nähe der Tür stand. „Ich ermittle im Fall Dellmann.“

„Was ist mit Spürmann?“ Der Obduzent ging auf Overbeck zu.

„Entschuldigen Sie, es ist nur so, dass ich nichts von einem Nachfolger weiß. Ich hatte ja keine Ahnung, dass Spürmann nicht mehr bei der Mordkommission ist. Mein Name ist übrigens Schneider, Theodor Schneider. Ich bin der Professor, der die Toten aufschneidet. Und der da“, er deutete auf die andere männliche Person mit dem hängenden Augenlid, „das ist mein fleißiger Gehilfe Wladimir Kornsack.“

Kornsack nickte kurz herüber, und Schneider deutete mit einem Grinsen auf seine behandschuhten Hände. „Tut mir leid, Herr Overbeck“, meinte er, „aber die Hand geben sollte ich Ihnen jetzt besser nicht …

Overbeck unterbrach ihn. „Draußen steht die Exverlobte des Toten; oder seine Exfreundin, oder was weiß ich. Sie muss die Leiche identifizieren.“

„Dann bringen Sie die Dame doch herein. Es ist ja noch früh genug", grinste Schneider. „Aber machen Sie schnell. Mir läuft die Zeit bereits davon."

„Ist das Jörg Dellmann?" Overbeck betrachtete erwartungsvoll das Gesicht der Frau, deren Name Jeanette Köhler war. Jetzt, im grellen Schein der Neonröhren, schien ihr Gesicht förmlich zerbröseln, so intensiv zeigten sich die Falten ihres Lebens, die sie mit einer rötlichen Substanz zugespachtelt hatte.

Sie klappte ihr kleines rotes Handtäschchen auf und entnahm ihm ein weißes Taschentuch, das sie sich vor Mund und Nase hielt. Overbeck wusste nicht so recht, ob es wegen eventuell austretender Tränen war oder wegen des Geruchs, der sich allmählich zu intensivieren begann.

„Und?", hakte Overbeck nach.

„Ja, er ist es. Kann ich jetzt gehen?"

„Sagen Sie mir den Namen des Mannes."

„Den kennen Sie doch!" Die Frau musterte ihn, als habe er nach der Lösung von zwei plus zwei gefragt.

„Ob *ich* ihn kenne, spielt keine Rolle", stellte Overbeck ungehalten klar. „Ich will wissen, ob *Sie* ihn kennen."

„Ja, es ist Dellmann, Jörg Dellmann. Der Ohrring da am linken Ohr. Er hat ihn von mir als Geschenk erhalten. Das Gesicht … das Gesicht ist ja hin. Wie ist das geschehen?"

Schweigend sah Overbeck die Frau an, und in diesem Schweigen las sie eine Portion Ungeduld heraus.

„Ja, ich kann sagen, dass es Dellmann ist. War es das?"

„Gut“, erwiderte Overbeck, „dann wären wir fertig. Sie müssen nur noch ein Formular unterschreiben.“

„Sie ermitteln also im Fall des gesichtslosen Mannes?“, sagte Schneider, als die Frau gegangen war. „Sie schien nicht in großer Trauer?“ Er deutete mit dem Kopf in die Richtung, in welche die Frau gegangen war.

Overbeck nickte. „Sie wird ihn nicht vermissen.“

Schneider wechselte das Thema. „Es ist gut, dass Sie hier sind. Ich glaube, ich brauche Ihre Hilfe.“

„Wie soll ich Ihnen helfen können?“, fragte Overbeck verwundert.

„Na, mit Ihren Ermittlungen zum Beispiel. Sagen Sie, welchen Eindruck hatten Sie am Tatort? Ich meine, wie stellte sich Ihnen der Tathergang dar? Beschreiben Sie mir die Auffinde-Situation. Oder haben Sie Fotos dabei? Das wäre gut.“

„Ja, natürlich.“ Overbeck öffnete umständlich seine Aktentasche und nahm einen Hefter mit diversen Papieren heraus.

„Die Akte Dellmann, was wir bis jetzt haben. Und die Fotos vom Tatort.“

Overbeck breitete die Fotos auf einem Tisch aus, auf dem sich ein Telefon und ein Telefonbuch befanden. Schneider war ihm gefolgt und sah sich die Bilder an, ohne sie anzufassen.

„Was meinen Sie?“, fragte er Overbeck.

„Der Tathergang?“ Overbeck zuckte die Schultern. Wir gehen davon aus, dass man dem Mann aufgelauert hat und ihn dann mit einem Baseballschläger vermutlich aus dem Stand erschlagen hat.“

„Sie meinen, in der Art, wie man im Sport auf einen Baseball eindrischt?“

„Das ist die Theorie. Pflichten Sie mir bei?“

Schneider schüttelte bedächtig den Kopf.

„Kommen Sie mit.“ Overbeck folgte ihm, und sie blieben vor der Leiche auf dem Sektionstisch stehen. Der Mann lag auf dem Rücken und war unbekleidet. Der Hinterkopf lag auf einem Stück Holz. Es war ein kräftiger Körper, der breite Brustkasten ragte über dem eingefallenen Bauch nach oben.

Overbecks Blick blieb auf dem Gesicht des Toten haften, vielmehr auf dem, was einmal ein Gesicht gewesen war. Es wirkte nicht mehr so schlimm wie zur Zeit der Auffindung. *Schneider, nein, nicht Schneider, der gibt sich nicht mit solchen Arbeiten ab,* überlegte Overbeck. *Kornsack wird es getan haben.* Was bisher noch wie ein undefinierbarer Klumpen Fleisch, Fett, Haut und Augen ausgesehen hatte, wies nun Konturen auf. Overbeck sah Teile der zertrümmerten und eingedrückten Nase, die sich unter der gewaltsam nach oben verschobenen Oberlippe befand. Die Augen waren noch da, doch sie lagen an anderen Stellen als an denen, die von der Natur angedacht waren. Wangenknochen und Zähne, die sich noch an ihren angestammten Plätzen befanden, leuchteten in Fragmenten durch das zerschlagene Fleisch, und irgendwie glaubte Overbeck, das Gaumenzäpfchen irgendwo im Hintergrund zu erkennen.

Overbeck versuchte genauer hinzusehen. Wenn man ihn jetzt um seine Meinung zur Tatausführung befragt hätte, er würde eine Antwort schuldig bleiben. Er verwarf seine Theorie, die er sich angesichts der Örtlichkeiten und der Tatumstände entworfen hatte. Er wartete darauf, was Schneider ihm zu sagen hatte.

Deshalb sagte er nur: „Die Umstände … ich hätte geschworen …“

„Kann ich gut verstehen“, unterbrach ihn Schneider. „Ich will Ihnen etwas sagen: Ich bin der Ansicht, dass der Mann auf dem Boden lag, als man auf ihn einschlug.“

„Auf einen wehrlosen Mann.“

„Auf einen *offensichtlich* verteidigungsunfähigen Mann“, bekräftigte Schneider seine Aussage und ging um den Seziertisch herum zur gegenüberliegenden Seite.

„Wenn der Mann sich verteidigt hätte, als er auf dem Boden lag, was glauben Sie, welche Verletzungen würden wir vorfinden?“

Overbeck überlegte kurz. Dann wusste er, was Schneider meinte. Er nickte und sah zu Schneider, der väterlich lächelnd seinen Blick erwiderte.

„Kommt ganz darauf an, ob er Links- oder Rechtshänder war. Sein Arm wäre auf jeden Fall zerschmettert gewesen, wegen der Abwehrbewegung.“

„So ist es, Herr Overbeck. Diese erste Verletzung würden wir feststellen. Natürlich auch die anderen, die wir hier vor uns sehen. Aber jeder, der angegriffen wird, versucht, sich irgendwie zu schützen. Wenn man also im Vollbesitz seiner geistigen Kräfte ist, will man instinktiv einen Angriff abwehren.“

„Was dieser Dellmann nicht getan hat.“

„Das ist so nicht richtig. Ich vermute, er hat noch reagiert. Doch sein Mörder hat ihn hereingelegt.“

„Wie meinen Sie das?“

„Also, Herr Overbeck“, begann Schneider gedehnt. „Ich möchte ihnen meine Theorie erzählen, so, wie der Tote sie mir auftischt.“ Schneider schaute zu der

Leiche Dellmanns hinüber, dann wieder auf Overbeck. „Ich vermute, dass der Mann“, er schaute wieder zu Dellmann hinüber, „dass dieser Mann dort auf dem Boden lag, aus welchen Gründen auch immer. Ich habe bereits eine Vermutung. Der Täter hat mit dem Baseballschläger ausgeholt, und Dellmann hat sein Gesicht zu schützen versucht. Doch der Schlag wurde nicht gegen sein Gesicht geführt.“

„Sondern gegen seinen rechten Unterschenkel“, sagte Overbeck leise.

„Ich sehe, Sie beginnen zu verstehen“, lächelte Schneider. „Also weiter: Der Schlag kam demnach unerwartet, und das Opfer fasste sich reflexartig an sein verletztes Bein.“

„Und den Reflex nutzte der Täter aus“, nickte Overbeck.

„Genau, den Reflex, den er provoziert hatte. Ich würde mich nicht wundern, wenn die Proben dort“, Schneider zeigte auf die mit Blut und Gewebeteilen gefüllten kleinen Behältnisse auf dem hölzernen Tisch, „wenn diese Proben ergeben, dass man Dellmann zuvor betäubt hatte.“

„Sie meinen vor seinem gewaltsamen Tod?“

„Genau. Irgendwie muss der Täter sein Opfer doch an den Tatort geschafft haben. Sie sagten, das Anwesen, wo es geschah, liegt weit außerhalb der Ortschaft. Wie sonst, als ihn zu betäuben, will der Täter das geschafft haben, zumal Sie nicht ausschließen, dass es sich dabei um eine Frau handeln könnte.“

„Wann wird das Ergebnis vorliegen?“, fragte Overbeck gespannt und zückte sein Handy. „Entschuldigung“, sagte er zu Schneider, und kurz darauf hatte er Leni an der Strippe.

„Du musst unbedingt die Wohnorte der anderen drei Personen … na du weißt schon, die Tätergruppe von damals … ausfindig machen. Sammle alle Erkenntnisse über sie. Wir werden mit ihnen reden müssen, so schnell wie möglich!“

„Das ist bereits geschehen, Overbeck“, tönte es aus dem Handy. „Kollege Gehweiler hat mich mit allem versorgt. Ich bin derzeit bei der Dienststelle in Hermeskeil. Ich werde mit Gehweiler mal sehen, was die drei so treiben. Bin gespannt auf ihre Gesichter, wenn sie vom Mord an ihrem Komplizen erfahren.“

„Ich vermute ein Betäubungsmittel“, merkte Schneider an, als Overbeck fertig war. „K.-o.-Tropfen, oder so was.“

Overbeck überlegte und nickte. „Unter diesen Umständen wäre es für den Täter ein Leichtes gewesen, das wehrlose Opfer zum Tatort zu bringen und dort ungestört sein Vorhaben zu vollenden.“

Das Gespräch wurde abrupt durch das Kreischen einer Knochensäge unterbrochen. Kornsack stand gebeugt hinter der Leiche und führte die Säge mit der kleinen Schnittscheibe durch den oberen Bereich des Kopfes Das Gesicht des Toten war nicht mehr zu erkennen, denn Kornsack hatte die gelöste Kopfhaut unter dem Kinn verankert.

Overbeck folgte Schneider zu Kornsack, der nun das Gehirn aus dem Schädel gelöst hatte und übergab die Masse, die er kurz mit der Dusche abgebraust hatte, in die Hände des Professors.

„Eine Gewebeprobe vom Gehirn und eine Blutprobe dazu würden sicherlich reichen, um ein Medikament oder ein Gift nachzuweisen“, meinte Schneider, während er mit einem scharfen Messer das Gehirn in circa zwei Zentimeter dicke Scheiben schnitt. „Aber Sicherheit geben wird uns eine Haarprobe. Über die Haare kann jedes Gift nachgewiesen werden. Und ein Betäubungsmittel ist ein Gift, angewandt in einer kleineren Dosis."

Plötzlich verzog er das Gesicht. Ein penetranter Geruch verbreitete sich von einem Moment auf den anderen im Obduktionsraum. Overbeck sah zu Kornsack hinüber und erkannte die Ursache. Der Gehilfe des Professors hatte die Leiche vom Hals abwärts bis über den Unterbauch hinaus mit einem Skalpell aufgeschnitten und griff erneut zu einer Knochensäge. Damit schnitt er ein trapezförmiges Teil aus dem Brustkasten, der ihm den Zugriff auf die oberen Organe erlaubte.

„Sie entschuldigen."

Schneider wandte sich von Overbeck ab und ging hinüber zu Kornsack. Nun, nachdem die Vorarbeiten erledigt waren, begann die eigentliche Arbeit des Professors. Dieser beugte sich über die Leiche, als sei der penetrante Geruch überhaupt nicht vorhanden. Er führte noch einige erforderliche Schnitte durch. Dann packte er mit beiden Händen unter die Windungen des gesamten Darmkomplexes, und mit einer kräftigen Bewegung beider Hände, die er wie Schaufeln benutzte, wuchtete er das gesamte Gedärm neben den Toten auf den Seziertisch. Dann löste er nach und nach die Organe wie Herz, Leber, Lunge, Milz und Nieren aus dem Körper, um kleine Teile davon abzuschneiden und sie Kornsack zu übergeben. Der wiederum beschriftete Behältnisse und verstaute die Teile darin.

„Sie stört der Geruch?" Schneider drehte sich zu Overbeck herum. „Ist doch noch erträglich. Die Verwesung hat begonnen, die Zersetzung der Eiweißmoleküle ist nun mal mit Geruch oder auch Gestank verbunden."

Overbeck brannte eine Frage auf den Lippen.

„Was ist, wenn es K.-o.-Tropfen waren?", sagte er unvermittelt. „Ich habe mal irgendwo gelesen, dass ein Nachweis nicht geführt werden kann."

„Schmarren." Schneider wischte die Frage mit einer energischen Handbewegung weg. „Im Blut sind die Stoffe zwar maximal acht Stunden nachweisbar, im Urin 20 Stunden", referierte er. „Aber die Substanzen können auch noch nach langer Zeit über die Haare nachgewiesen werden. Das Schlimme an den Tropfen ist eigentlich, dass es sich um eine farblose Flüssigkeit handelt, die fast allen Getränken beigemischt werden kann, ohne dass das Opfer dies bemerkt."

„Also sind sie auch geschmacksneutral?"

Schneider überhörte die Frage. „Verantwortlich dafür ist die Substanz Gammahydroxybuttersäure, kurz GHB genannt. Sie wirkt einschläfernd und muskelentspannend, und ihre Wirkung setzt schon nach wenigen Minuten ein. In geringer Dosis wirken sie berauschend und enthemmend, in höherer Dosis hingegen wirken die Substanzen einschläfernd, machen erst willenlos und dann bewusstlos!

„Die Verabreichung der Tropfen kann ja nicht am Tatort erfolgt sein", murmelte Overbeck vor sich hin. Laut fragte er: „Wie lange hält die Wirkung an?"

„Grobe Schätzung? Na ja, etwa eine Stunde würde ich sagen. Hängt auch vom Körpergewicht des Opfers ab. Dieser Mann dort", er zeigte auf Dellmann, „hat eine kräftige Konstitution. Bei ihm wird die Wirkung maximal eine Stunde angehalten haben. Eher weniger.

„Gehen wir einmal davon aus“, warf Overbeck ein, „eine Frau käme als Täter infrage, mal rein hypothetisch; wäre sie in der Lage, ihr willenloses Opfer innerhalb einer gewissen Zeit zu dem späteren Tatort zu bringen? Ich meine, hätte das Opfer sich dagegen gewehrt?

„Herr Overbeck, Sie wissen doch aus eigener dienstlicher Erfahrung, wie es jenen Frauen ergeht, denen man nachgewiesenermaßen in Diskotheken diese Tropfen verabreicht hat. Bei einer gewissen Dosierung werden sie willenlos, was aber nicht bedeutet, dass sie bewusstlos waren. Genau so wird das hier der Fall gewesen sein; allein die Dosis war offensichtlich ausschlaggebend.“

„Wenn sich der Verdacht auf K.-o.-Tropfen bestätigt“, fügte Overbeck nachdenklich hinzu. Er sah auf seine Uhr. „Ui, schon so spät! Sie werden Verständnis haben, dass ich meine Kollegin unterstützen muss“, sagte er schließlich. „Wenn Sie jetzt auf mich verzichten können …?“

„Ja, gehen Sie nur“, antwortete Schneider, und wieder hatte er den väterlichen Blick im Gesicht. „Die Todesursache scheint klar: Tod durch Zerschmettern des frontalen Schädels durch mehr als einen Hieb mit einem offensichtlich abgerundeten Gegenstand. Sie erhalten meinen Bericht.“

Wieder an der frischen Luft atmete Overbeck tief durch und sog den Sauerstoff in seine Lungen. Es war 16 Uhr und immer noch sehr warm. Er wollte Leni anrufen.

„Verdammter Mist! Kein Empfang.“

Er überlegt kurz. Dann machte er sich auf den Weg zum Polizeipräsidium.

11. Kapitel

Die Eigentümer des Hauses, hinter dem Dellmann ermordet worden war, waren keine große Hilfe für Leni und Gehweiler.

„Das Haus steht seit drei Jahren zum Verkauf“, sagte die Eigentümerin, eine Frau Gelhausen. „Einige Makler haben sich bereits daran versucht. Es ist nicht einfach, in der heutigen Zeit ein Haus zu verkaufen, zumal es nicht den heutigen Ansprüchen genügt. Natürlich wissen wir, was damals dort passiert ist. Aber wir haben die Familie Thompson nicht gekannt. Der Nachbesitzer hat das Haus an mich und meinen Mann verkauft“, antwortete Ehemann Gelhausen auf Lenis Frage. „Der Kaufvertrag müsste noch irgendwo sein. Wollen Sie ihn einsehen?“

Frau Gelhausen machte sich auf die Suche und kam einige Zeit später mit dem Vertrag zurück.

„Friedrich Landauer, ein Industrieller aus dem Ruhrgebiet“, erklärte die Frau. „Soweit ich mich erinnern kann, hatte er die Jagd hier irgendwo gepachtet und das Haus nur an Wochenenden bewohnt.“

„Sagen Sie“, begann Gehweiler seine Frage langsam und bedächtig, „das Nachbarhaus ... ja, ich weiß, es liegt ein gutes Stück von dem Anwesen entfernt … haben Sie die Leute dort gekannt?“

„Nachbarhaus ist gut! Es liegt fast einen Kilometer entfernt. Aber nein. Die Leute wohnten zu diesem Zeitpunkt nicht mehr dort. Wie man sich erzählte, sollen sie nach Amerika ausgewandert sein. Es tut uns leid, dass wir Ihnen nicht mehr sagen können.“

„Was wissen Sie über die Täter von damals?“

„Was wir über die Täter wissen? Frau Gelhausen und ihr Mann warfen sich einen kurzen Blick zu. „Nicht mehr, als die Zeitungen berichtet haben", meinte Herr Gelhausen schließlich. „Hermeskeil ist zwar eine Stadt, aber irgendwo immer noch ein Dorf, verstehen Sie? Die Polizei wird darüber sicherlich mehr wissen. Sie sind doch die Polizei."

Irgendwie klang es ungeduldig, und den beiden war anzusehen, dass sie das Gespräch am liebsten beenden würden. Momentan gab es auch nicht mehr zu klären, deshalb verabschiedeten sich Leni und Gehweiler.

„Jetzt sind wir so weit wie vorher", meinte Gehweiler resigniert, als sie im Auto saßen. „Was tun wir als Nächstes?"

„Wir sollten die restlichen drei Täter von damals unter die Lupe nehmen", schlug Leni vor.

„Ich weiß nicht, ob das eine gute Idee ist", wehrte Gehweiler ab. „Bisher ist es doch nur eine Vermutung, dass die Tat in Zusammenhang mit den Morden vor 18 Jahren steht. Wer weiß, was geschieht, wenn wir jetzt in ein Wespennest stechen. Ich bin der Meinung, dass sich Dellmanns Tod bis zu seinen ehemaligen Komplizen rundsprechen wird. Wenn sie einen Zusammenhang mit ihren Taten sehen, werden sie sich danach richten."

„Möglich." Leni lehnte sich im Polster des Beifahrersitzes zurück. „Wir können nur hoffen, dass du in diesem Punkt recht behältst."

12. Kapitel

Hans Satorius hatte sich einen Plan zurechtgelegt. Wenn er einen längst zu den Akten gelegten journalistischen Fall wieder zum Leben erwachen lassen wollte, dann musste er zurück in die Vergangenheit. Er musste genau wissen, was damals passiert war. Er musste mit Zeitzeugen sprechen, die damaligen Artikel seiner Zeitung hinzuziehen, und vielleicht würde er ja den einen oder anderen Tipp von der Polizei bekommen. Schließlich war der Fall abgeschlossen, die Täter verurteilt, und wenn er richtig informiert war, mussten sie inzwischen wieder auf freiem Fuß sein.

Satorius nippte an seinem Kaffee und sah zum Fenster seines Büros hinaus. Im Westen bildeten sich dunkle Wolken. Bald würde es regnen. Die Schwüle der vergangenen Tage forderte ihren Tribut.

Er griff zum Telefon.

„Hauptkommissar Spürmann, bitte."

Enttäuschung macht sich auf seinem Gesicht breit, als er seinem Gegenüber zuhörte.

„Nein, danke. Schon gut", sagte er schließlich und legte auf. Spürmann gab es nicht mehr beim Trierer Polizeipräsidium, wie man ihm zu verstehen gegeben hatte. Zu ihm hatte Satorius stets gute Kontakte gepflegt, und man war respektvoll miteinander umgegangen, etwas, was im Verhältnis Polizei zur Presse nicht immer der Fall war.

Satorius überlegte kurz. Dann wählte er die Nummer der Kollegin Spürmanns. Marlene Schiffmann hatte er kennengelernt, als er in der Kantine des Polizeipräsidiums zu Mittag aß, was hier und da vorkam, wenn er in der Innenstadt etwas zu erledigen hatte. Aber es war eben eine flüchtige Bekanntschaft, und so recht glaubte er nicht daran, dass ihm Frau Schiffmann behilflich sein würde.

Satorius hatte bereits fünf Mal läuten lassen, ehe sich die Stimme einer jungen Dame meldete und fragte, ob sie ihm weiterhelfen könne.

Er legte auf, ohne sich zu erkennen zu geben und blätterte erneut in seinen Akten. Die Namen der Täter von damals waren darin vermerkt. Nicht aber, wo sie zu jenem Zeitpunkt wohnten. Dann fasste er einen Entschluss.

Eine Stunde später stand er einem uniformierten Polizisten der Hermeskeiler Inspektion gegenüber. Es war ein junger Kollege mit einem runden Bubigesicht, der zum Zeitpunkt der Tat vor 18 Jahren noch nicht im Dienst der Polizei gestanden haben konnte.

„Warten Sie hier", sagte er und begab sich in einen Nebenraum.

Der Bereitschaftsraum, dachte Satorius. Kurz darauf kam der junge Beamte zurück. „Es gibt einen Kollegen auf der hiesigen Dienststelle, der mit dem Fall vertraut ist", sagte er.

„Kann ich mit ihm reden?", fragte Satorius, und ein Fünkchen Hoffnung kam bei ihm auf.

„Kollege Gehweiler ist unterwegs", erklärte der Polizist mit dem Bubigesicht. Satorius überlegte, ob seine Kollegen ihn wohl Babyface nannten.

„Wir hatten hier nämlich einen Mordfall, müssen Sie wissen. Aus diesem Grund ist Gehweiler mit einer Kommissarin von der Kripo unterwegs. Auf Ermittlungen", fügte er schnell hinzu.

„Sie wissen nicht zufällig, ob es sich bei der Kommissarin um Frau Schiffmann handelt?“

„Ja, Frau Schiffmann, genau. Aber ich kann Ihnen nicht sagen, wann die beiden wiederkommen.“

„Ist schon gut.“

Satorius bedankte sich und verließ die Dienststelle. Er überlegte, ob er hier bis zur Rückkehr der beiden warten oder einige Runden durch die Stadt drehen sollte. Vielleicht würde der Zufall sie ja zusammenführen.

Er sah sich um und entdeckte ein kleines Bistro schräg gegenüber der Dienststelle. Der Inhaber hatte dort drei Tische mit Stühlen aufgebaut. Einer der Tische war besetzt. Satorius hatte sich entschieden.

Gerade, als er seinen zweiten Espresso schlürfte, fuhr ein Polizeiwagen vor. Ein Mann in Uniform und eine Frau in Jeans und heller Bluse stiegen aus.

Satorius erkannte Leni Schiffmann sofort. Er legte einen Geldschein zwischen Tasse und Untertasse und eilte über die Straße.

„Frau Schiffmann!“

Leni drehte sich nach dem Rufer um.

„Ja, bitte?“

„Sie kennen mich nicht mehr, stimmt‘s? Mein Name ist Hans Satorius vom Trierischen Volksfreund. Ich habe schon in Trier versucht, Sie zu erreichen …“

„Also ist es wichtig?“ Leni zeigte sich neugierig.

„Für mich ist es wichtig. Dürfte ich Sie einen Augenblick sprechen?“

Leni sah zu Gehweiler, der das Gespräch mitanhörte.

„Ihr könnt mein Büro haben“, sagte Gehweiler. „Ich habe noch auf der Wache zu tun.“

„Was gibt es denn so Wichtiges?“, fragte Leni wenig später. „Hat die Presse also schon Wind von dem Mord bekommen?“

„Wind bekommen? Ich …“

Satorius biss sich auf die Zunge. Er verstand nicht. Von einem Mord hörte er jetzt zum ersten Mal, ja, er hatte nicht einmal die geringste Ahnung, um was für einen Mord es sich handeln könnte. In der Redaktion hatte man ihn nicht informiert.

„Von *dem* Mord, meinen Sie?“, fragte er drauflos.

„Ja, von *dem* Mord“, erwiderte Leni ungehalten. „Und nun warten Sie schon in Tatortnähe auf den nächsten, oder wie soll ich Ihre Anwesenheit hier in Hermeskeil verstehen?“

Obwohl es nicht Lenis Art war, begann sie sich zu ereifern. *Diese Presseleute, dachte sie aufgebracht, wenn die was in der Nase haben, sind sie wie Schmeißfliegen!* Dann beruhigte sie sich langsam wieder. Der Mord war gestern geschehen. Natürlich hatte die Presse Kenntnis davon. Aber wer hatte über Einzelheiten geplaudert? Darüber, dass möglicherweise weitere Morde geschehen würden?

„Ich weiß nicht, was Sie meinen“, gab Satorius stotternd zu. „Ich wollte Sie eigentlich nur um Ihre Hilfe bitten.“

„Ich soll Ihnen also sagen, wie weit unsere Ermittlungen gediehen sind, wer das nächste Opfer sein wird und vielleicht wollen Sie ja auch noch Tatzeit und Tatort genauestens wissen, um dann möglichst vor der Polizei am Tatort zu sein.“

Leni stand auf. „Unser Gespräch ist beendet. Guten Tag.“

Langsam erhob sich auch Satorius und schüttelte den Kopf. „Nein, Frau Schiffmann, nein“, versuchte er sie zu beschwichtigen. „Nichts von alledem liegt mir im Sinn. Es ist Folgendes: Ich schreibe an einer Story, die mehrere Jahre zurückliegt. Eigentlich hat man mir den Auftrag erteilt, darüber zu schreiben, aber egal. Ich habe mir ganz einfach Hoffnungen gemacht, dass Sie mir irgendwie weiterhelfen können.“

„Wenn Sie irgendwelche Akten einsehen wollen, müssen Sie sich schon an die Staatsanwaltschaft wenden. Ich kann Ihnen da beim besten Willen nicht weiterhelfen.“

„Ich brauche keine Akten“, erwiderte Satorius resignierend. „Ich wollte lediglich ein paar Tipps, wo ich bestimmte Leute finden kann, die zu einem Interview bereit sind. Die Tat liegt immerhin 18 Jahre zurück, da hat sich einiges verändert. Und das Einwohnermeldeamt, na ja … Sie wissen, der Datenschutz.“

Satorius wandte sich schon zum Gehen, da hielt ihn Lenis Stimme zurück.

„Vor 18 Jahren, sagten Sie? Um welche Tat handelte es sich?“

Satorius Miene hellte sich auf. Schnell zog er die Unterlagen seiner Redaktion aus der Aktentasche und legte sie vor Leni auf den Schreibtisch.

„Es muss eine grauenvolle Tat gewesen sein“, sagte er. „Vier Männer überfielen hier in Hermeskeil ein Ehepaar, wobei der Mann erschlagen wurde. Die Frau …“

„… wurde vergewaltigt und brachte sich einige Zeit danach selbst um“, fiel ihm Leni ins Wort. „Und diesen Fall wollen Sie neu aufrollen?“

„Ich möchte keinen Fall neu aufrollen. In der Pressebranche ist es üblich, dem Leser interessante Fälle aus vergangener Zeit wieder zu präsentieren. Zum Beispiel unter dem Motto: *Was macht eigentlich* der und der …, oder in ähnlicher Form.

„Wen genau wollen Sie denn interviewen?“

Lenis Interesse stieg von Minute zu Minute, was Satorius nicht verborgen blieb. „In der Hauptsache die Täter“, antwortete er. „Und da war doch noch die Tochter des Ehepaares. Ihren Aufenthalt herauszufinden …“

„Die beiden waren kein Ehepaar“, erwiderte Leni leise. „Und wo sich diese Tochter aufhält, niemand weiß es. Damals hieß es, die Pflegeeltern seien nach Amerika ausgewandert und hätten die Kleine mitgenommen.“

Dann sah sie Satorius direkt an und sagte bestimmt:

„Suchen Sie sich eine andere Story. Ich kann und darf Ihnen nicht weiterhelfen. Um es deutlich zu sagen: Ich muss Sie bitten, sich von diesem Fall fernzuhalten. Sie behindern unter Umständen polizeiliche Arbeit und bringen Menschen unnütz in Gefahr.“

„Aber …“

„Auf Wiedersehen, Herr Satorius. Und denken Sie daran. Keine Exkursionen in unsere Zuständigkeiten. Es könnte Konsequenzen für Sie haben.“

13. Kapitel

„Noch einen Kaffee, Frau Kollinger?“ Maggie schreckte aus ihren Gedanken auf und schaute irritiert in das Gesicht des Wirtes. Franz Leonhard stand vor ihrem Tisch und sah sie freundlich und abwartend an.

„Entschuldigen Sie, was sagten Sie?“, fragte Maggie, die sich langsam wieder in der Gegenwart einfand. Auch dass der Wirt sie mit Frau Kollinger angesprochen hatte, irritierte sie. Es war der Name, mit dem sie sich in der Anmeldung eingetragen hatte und den sie seit 16 Jahren neben ihrem eigentlichen Namen Heidfeld als Doppelnamen führte. Ihre Pflegeeltern hatten es so gewollt. Sie selbst konnte sich mit diesem Namen nicht so recht identifizieren.

Du bist uns wie unser eigenes Kind, hatte Maria Kollinger ihr immer wieder liebevoll versichert. *Wir haben nur dich. Trage deshalb auch unseren Namen.*

Maggie tat ihnen den Gefallen, doch ihre Herkunft abstreiten wollte sie nicht. Da Jerry Thompson, ihr Vater, nicht mit Sylvia Heidfeld verheiratet gewesen war, trug Maggie den Namen ihrer Mutter. Unter keinen Umständen hätte sie ihn abgelegt oder verleugnet. Deshalb machte sie von der Möglichkeit eines Doppelnamens Gebrauch und nannte sich seither Margreth Kollinger-Heidfeld.

Wie sehr ihre Pflegeeltern sie geliebt hatten, verdeutlichte ihr die plötzliche Erbschaft, die sie nach dem Tod der beiden erreichte. Karl und Maria Kollinger waren am 11. September 2001 Opfer des terroristischen Anschlags auf das World Trade Center in New York geworden und hinterließen ihrer Pflegetochter ein Vermögen, das ihr ein sorgenfreies Leben gewährleistete. Maggies Schmerz über den Tod der beiden, die ihr vor Jahren das Leben gerettet hatten, war überwältigend und hatte ihr fast das Herz aus dem Leib gerissen. Zum zweiten Mal in ihrem Leben hatte sie ihre Eltern verloren. Doch die Arbeit als Journalistin bei der New York Times vereinnahmte sie so sehr, dass der Schmerz mit der Zeit auf ein Mittelmaß abebbte.

Mit der rechten Hand faltete sie die vor ihr liegende Zeitung zusammen und legte beide Hände flach darauf.

„Ob Sie noch einen Kaffee möchten, Frau Kollinger?“, wiederholte Leonhard geduldig.

„Ja, bitte. Oder nein, warten Sie. Bringen Sie mir einen Cognac. Ja“, sagte sie nochmals, wie zur Bestätigung. „Einen Cognac.“

Leonhard schritt gemächlich zur Theke, um seiner Frau den Auftrag weiterzugeben, und Maggie faltete die eben zusammengelegte Zeitung für einen kurzen Moment wieder auf.

Grausiges Verbrechen in Hermeskeil.
Täter noch unbekannt.

Die Schlagzeile des Aufmachers im Trierischen Volksfreund sprang ihr regelrecht entgegen. Ein Bild von einem Toten hatte man nicht veröffentlicht, wohl aber eines von dem Haus und der Stelle hinter dem Anwesen, an der man den Toten gefunden hatte.

Nachdem der Wirt den Cognac mit einem Prosit auf ihre Gesundheit vor Maggie abgestellt hatte, gab sie sich der Lektüre hin und sog Wort für Wort, Satz für Satz des Inhalts in sich auf. Sie lächelte bei der

Passage, die besagte, dass die Polizei im Dunkeln tappte und Hinweise aus der Bevölkerung bei jeder Polizeidienststelle entgegengenommen würden.

Sie las den Artikel nochmals und dann noch einmal. Irgendetwas schien sie nicht zu verstehen, denn sie schüttelte mit leicht zugekniffenen Augen fast unmerklich den Kopf.

Der Cognac brannte in ihrer Kehle, doch dann fühlte sie eine wohlige Wärme in sich emporsteigen. Sie faltete die Zeitung zusammen und verstaute sie in ihrer Handtasche.

Als Leonhard an ihrem Tisch vorbeikam raunte sie ihm zu, er solle den Verzehr mit auf die Gesamtrechnung setzen.

„Haben Sie vor, länger in unserem Hotel zu wohnen?“, fragte der Wirt erwartungsvoll.

Maggie nickte und lächelte. *Hotel* hatte er gesagt. Eine Absteige würde sie diese Unterkunft eher nennen. Leicht hätte sie sich eine andere Bleibe suchen können, doch sie wusste: Nah am Menschen war man nur in einer Kneipe wie dieser. Hier wurde an der Theke über alles geredet, was in der kleinen Stadt so geschah, anders als in der schweigenden Lobby eines übersituierten Hotels. Ja, sie würde noch einige Zeit hier bleiben, solange, wie sie es für notwendig empfand.

Wenn alles vorbei sein würde, dann würde sie sich um eine Anstellung bemühen, bei irgendeiner Zeitung im Lande, vielleicht sogar beim Trierischen Volksfreund. Die Zeit würde ihr eine Lösung anbieten, da war sie sich sicher. So oder so. Doch erst hatte sie Wichtigeres zu erledigen.

Maggie lehnte sich in dem alten Wirtshausstuhl zurück und schwenkte das Glas mit dem noch vorhandenen Schluck Cognac. Ihr Blick wanderte durch das Lokal, das an diesem Nachmittag wenig besucht war. Zwei Männer mittleren Alters standen an der Theke. Sie unterhielten sich gelangweilt, wie es den Anschein hatte. Mit etwas Abstand von ihnen stand ein junger Mann, vielleicht um die 18, wie Maggie schätzte. Ab und zu warf er eine Münze in den Geldautomat an der Wand neben der Theke.

Zwei Tische waren mit Gästen besetzt, bei denen es sich offensichtlich um Urlauber oder Feriengäste handelte.

Ihr Blick streifte die Theke, wo Leonhard, der Wirt, und seine Frau Agnes sich leise unterhaltend auf die nächsten Bestellungen der Gäste warteten.

Als ihr Blick auf den Chronometer an der gegenüberliegenden Wand fiel, kam ihr der Gedanke, dass die Läden der kleinen Stadt noch für mindestens drei Stunden geöffnet waren. Sie brauchte etwas Neues zum Anziehen, einige Toilettenartikel und einen Koffer für spätere Reisen.

Sie trank den letzten Schluck Cognac und verließ das Gasthaus.

Vor der Tür stieß sie mit einem Mann zusammen, der seine Blicke in der Gegend umherschweifen ließ und dabei Maggie vollkommen übersah.

„Oh, das tut mir leid, entschuldigen Sie! Ich war völlig in Gedanken. Verzeihen Sie, bitte.“

„Schon gut … ist ja nichts passiert“, erwiderte Maggie schnell und wollte an dem hochgewachsenen Mann, den sie auf etwa 40 Jahre schätzte, vorbei.

„Darf ich meine Schusseligkeit irgendwie gutmachen?“, fragte er lächelnd und zeigte eine Reihe blendend weißer Zähne in seinem braungebrannten Gesicht. „Vielleicht bei einem Abendessen in diesem … Lokal? Ach, wie dumm! Verzeihen Sie mir. Ich habe mich Ihnen noch nicht vorgestellt. Satorius. Hans Satorius. Ich bin Reporter der örtlichen Zeitung und habe, wie man so schön sagt, mein Tagewerk vollbracht. Na, habe ich Chancen, dass Sie mein Angebot annehmen?“

„Ein Reporter? Interessant.“ Maggie erwähnte mit keinem Wort, dass er eine Kollegin vor sich hatte. *Ein Reporter?* Eigentlich konnte ihr nichts Besseres widerfahren. Infos aus erster Hand … die Gelegenheit würde sich nicht so oft bieten.

„Margreth Kollinger.“ Keck taxierte Maggie Satorius von der Seite und reichte ihm ihre Hand. „Wenn Sie eine Stunde warten können? Ich habe noch einige Dinge zu erledigen, bevor die Läden schließen. Haben Sie schon einmal hier gegessen?“ Maggie zeigte zur Gaststättentür.

„Ach was“, winkte Satorius ab. „Ich habe noch in keiner Gaststätte in Hermeskeil gegessen. Sie sagen das so, als ob …“

„In der Nähe der Kirche gibt es ein Restaurant“, unterbrach ihn Maggie. „*Am Saar-Hunsrück-Steig* heißt es, oder so ähnlich. Treffen wir uns dort.“

„In einer Stunde also?“

„Sagen wir lieber in zwei Stunden. Was sind schon 60 Minuten zum Shoppen für eine Frau?“

14. Kapitel

„Ich habe alles an Akten, was für uns interessant sein könnte, bei der Staatsanwaltschaft kopiert“, sagte Overbeck und legte einen Stapel bedruckten weißen Papiers vor Leni auf dem Schreibtisch ab.

„Die Akte Thompson?“ Lenis Interesse war auf Anhieb geweckt und sie schaute Overbeck erwartungsvoll an.

„Die Akte Thompson-Heidfeld. Die beiden waren nicht verheiratet.“

„Aha, interessant.“

„Was soll daran interessant sein. Nicht jedes Pärchen heiratet gleich. Wie steht es eigentlich mit dir? Hast du einen Freund? Oder bist du verheiratet?“

„Finde es heraus, wenn es dich so sehr interessiert. Sollten wir nicht lieber jetzt die Akten durchforsten?“

„Okay, schon gut.“ Overbeck ließ sich auf seinen Bürostuhl fallen. „Ein Kaffee wäre nicht schlecht.“

„Gute Idee“, erwiderte Leni. „Machst du mir einen mit?“ Während dieser schlagfertigen Antwort war sie bereits dabei, in den Akten herumzublättern. Aus den Augenwinkeln bemerkte sie, wie Overbeck sich tatsächlich erhob und sich an der Kaffeemaschine zu schaffen machte. Kurz darauf stellte er eine Tasse mit dampfendem Inhalt vor Leni auf dem Schreibtisch ab, und das ohne eine anzügliche Bemerkung, wie Leni erstaunt feststellte.

„Also, da haben wir den Tatortbericht, den Bericht der Spurensicherung und die Ergebnisse der Auswertungen.“ Overbeck zeigte auf einige der beschriebenen Blätter. „Das da sind die erkennungsdienstlichen Unterlagen der Kriminaltechnik. Fotos der Täter, des

Tatortes und … natürlich die des toten amerikanischen Soldaten."

„Wie sieht es mit Zeugenvernehmungen aus?" Leni hoffte inständig, es möge noch lebende Zeugen für die Tat vor 18 Jahren geben.

„Als einzige Zeugen sind Karl und Maria Kollinger damals vernommen wurden. Das ist das Ehepaar, zu dessen Haus die kleine Maggie während des Überfalls geflüchtet war."

„Die zur Sache offensichtlich nichts aussagen konnten. Als die von ihnen verständigte Polizei eintraf, war der Spuk schon lange vorbei. Sie kümmerten sich um die ohnmächtig vor der Haustür liegende Maggie, die ohne das Anschlagen des Hundes vermutlich nicht überlebt hätte."

„Verständlicherweise ist da viel Zeit verstrichen, in der die Verbrecher ihr Unwesen treiben konnten. Aber das kann man den Leutchen ja nicht verübeln", meinte Leni leise.

„Außerdem musst du die Entfernung zwischen den beiden Anwesen berücksichtigen. Wer weiß, wie lange die Kleine in ihrer Angst und Verzweiflung für die Strecke gebraucht hat?"

„Wie ist die Tat beschrieben? Wurde das Opfer auch so zugerichtet wie unser Freund Dellmann?"

„Laut Bericht ist der Soldat an nur einem Schlag auf den vorderen Kopfbereich, so steht es hier, verstorben", antwortete Overbeck. „Du kannst dir auch gerne das Foto ansehen. Aber du wirst kein Gesicht mehr erkennen können."

Er suchte aus einem der Stapel einige Blätter heraus und legte sie nebeneinander auf dem Schreibtisch ab.

„Es sind Farbkopien, aber gute, wie ich meine. Die Originale liegen aber auch bei uns irgendwo im Archiv. Falls erforderlich können wir darauf zurückgreifen."

„Schädel-Hirn-Trauma", las Leni laut vor.

„Klingt besser als Schädelbruch mit Hirnquetschungen durch Eintritt von Knochenteilen in die Hirnmasse. Sieh mal auf das nächste Blatt."

Leni erschrak, als sie die Verletzung in Nahaufnahme sah. „Das war ein kräftiger Schlag. Brutal und mit voller Kraft."

„Dann weißt du jetzt, mit welch einer Energie das Gesicht von Dellmann zertrümmert wurde." Overbeck klaubte ein paar der weißen Seiten aus dem Stapel. „Hier sind die Täter. Fotos, Vernehmungen und die Ergebnisse der Durchsuchungen ihrer Wohnungen."

Leni schaute Overbeck erstaunt an „Vernehmungen? Es hieß doch, dass sie selbst vor Gericht keinerlei Aussagen machten. Also haben sie doch auch vor der Polizei geschwiegen."

„Das stimmt ja auch. Sie haben lediglich erklärt, dass sie zur *Sache* keine Angaben machen werden."

„Die Täter!", forderte Leni ungeduldig.

„Ja, ja." Overbeck legte fein säuberlich die kopierten Seiten mit den Fotos, den darin enthaltenen persönlichen Daten und den aufgelisteten Vorstrafen nebeneinander auf dem Schreibtisch ab. „Bitte, da hast du alle deine Täter. Und nun?"

„Die Daten sind mir mehr oder weniger bekannt. Kollege Gehweiler hatte die Unterlagen dabei. Offensichtlich stimmen die Anschriften nicht mehr mit denen dort überein." Leni deutete auf die ausgelegten DIN-A4-Blätter.

„Du hast doch nicht im Ernst vor, den schweren Jungs nachzulaufen und sie vor einem bösen Onkel zu warnen? Glaube mir, wenn sie von Dellmanns Tod erfahren und vor allem, unter welchen Umständen er ums Leben kam, dann werden sie auf sich selbst aufpassen.“

„Aber wir können doch nicht einfach zusehen …!“

„So, Leni, nun hör mir mal zu. Wenn eine aufgebrachte Ehefrau bei uns auf der Dienststelle erscheint, weil ihr Mann in der letzten Nacht und vielleicht auch der davor nicht nach Hause gekommen ist, dann begeben wir uns auch nicht gleich auf die Suche. Ich brauche dir doch nicht zu erklären, dass verschiedene Umstände vorliegen müssen, damit wir tätig werden können.“

„Ich weiß, Verdacht auf eine Straftat, Hilflosigkeit oder die begründete Vermutung, dass man sich umbringen will. Aber das hier ist doch etwas anderes.“

„Es ist überhaupt nichts anderes, Leni. Denk nur an die einschlägigen Motorradgangs und an einzelne ausgestiegene Mitglieder, die der Polizei entsprechende Tipps zur Klärung von Straftaten gaben. Die Hinweisgeber leben immer noch.“

„Es hat aber auch schon Opfer gegeben“, gab Leni zu bedenken.

„Was die Polizei nicht hatte verhindern können, ja. Mich würde es auch nicht wundern, wenn die Presse die Zusammenhänge schneller erkennt, als uns lieb ist. Glaub mir, die Reporter werden alles daransetzen, mit den Tätern von damals Kontakt aufzunehmen.“

„Das heißt, wir werden einfach zusehen …“

„Das heißt, dass wir unserer Arbeit nachgehen. Unsere Aufgabe ist es, den Mörder des Mörders zu ermitteln.“

„Nur der Richtigkeit halber: Wir wollen den Mörder eines Menschen ermitteln, nicht den Mörder eines Mörders. Der, um den es geht, hat seine Strafe abgesessen. Nach unserem Recht ist er danach ein Bürger wie jeder andere auch.“

„Ist ja gut, du Moralistin“, erwiderte Overbeck. „Willst du eigentlich nicht wissen, was die Obduktion von Dellmann ergeben hat?“

„Ich kann‘s mir vorstellen. Die Todesursache ist ebenso offensichtlich wie selten.“

Overbeck grinste. Er ließ sich Zeit mit seiner Antwort. Mit schräg angelehntem Kopf betrachtete er seine Kollegin, und zum ersten Mal fiel ihm auf, wie hübsch und attraktiv sie doch war. Heute hatte Leni ihre brünetten Haare zu einem Knoten zusammengebunden, was ihr einen Hauch von Strenge verlieh. In ihrem natürlichen, ungeschminkten Gesicht traten die Wangenknochen leicht hervor, und Overbecks Blick verweilte kurz auf Lenis vollen Lippen. Die leger getragene hellblaue Bluse und die enge Jeans taten ein Übriges dazu, ihre Weiblichkeit hervorzuheben.

„Stellst du dir an mir irgendeine Todesursache vor?“ Lenis Stimme brachte Overbeck wieder auf den Boden der dienstlichen Tatsachen zurück.

„Ja, die Todesursache ist wohl offensichtlich“, begann Overbeck zerstreut. „Hast du dir schon einmal Gedanken darüber gemacht, warum Dellmann gerade hinter dem besagten Haus umgebracht wurde?“

„Du wirst es mir gleich mitteilen“, forderte Leni. „Oder soll das hier ein Ratespiel werden?“

„Dellmann wurde betäubt“, erwiderte Overbeck.

„Betäubt? Und dann zum Tatort geschafft?“

„Das müssen wir noch herausfinden. Vielleicht ist er sogar freiwillig mitgegangen.“

„Freiwillig?“ Leni zog die Stirn kraus. „Zu seiner eigenen Hinrichtung? Wie stellst du dir das vor?“

„Nun“, erklärte Ovebeck, „die Obduktion hat ergeben, dass Dellmann vor der Tat offensichtlich K.-o.-Tropfen verabreicht wurden. Du kennst ihre Wirkung. Der Betroffene ist unter dem Einfluss dieser Substanzen praktisch willenlos und leicht manipulierbar. Die Wirkung setzt ungefähr 10 bis 20 Minuten nach der Einnahme ein. Dem Täter blieb also genug Zeit, mit seinem Opfer Kontakt aufzunehmen, um es dann an einen anderen Ort zu bringen.“

„Wo Dellmann für ihn dann eine leichte Beute war. Verstehe.“

„Genau. Das meinte ich eben mit freiwillig. Na ja, zumindest war er nicht in der Lage, sich dagegen zu wehren.“

Leni sammelte die leeren Tassen ein und machte sich an der Kaffeemaschine zu schaffen, und wenige Minuten später brodelte das Gerät vor sich hin.

„Wer hätte ein Interesse daran, Dellmann so hinzurichten?“, fragte Leni, als sie mit der Bemerkung „das hier ist frischer, eben das war Brühe“ zwei Tassen mit Kaffee füllte.

„Seine geschiedene Ehefrau hatte kaunm eine Regung gezeigt, als Gehweiler und ich sie vom Tod ihres Ex in Kenntnis gesetzt zu haben.“

„Meinst du, sie hat etwas damit zu tun?“

„Gegenfrage: Sollen wir es außer Acht lassen? Aber wenn sie hinter der Tat steckt, was für ein Motiv hat sie dann? Erbt sie? Bekommt sie eine stattliche Lebensversicherung? Ich glaube nicht. Die beiden sind geschieden. Welchen Vorteil sollte sie also aus dem Tod Dellmanns ziehen? Denke an die Umstände der tat und die Örtlichkeit. damit hat die Frau nichts zu tun."

„Wir können sie uns später ja noch einmal vorknöpfen.

„Da ist ja auch noch die Zeichnung mit dem Adler. Und wir haben einen Tatort, der identisch ist mit einem Tatort vergangener Zeit, an dem das jetzige Opfer Dellmann damals als Täter beteiligt war. Aber wer ein Interesse am Tod Dellmanns gehabt haben könnte? Die Familie Thompson gibt es nicht mehr, der Soldat und seine Ehefrau …"

„Lebensgefährtin", verbesserte Leni Overbeck.

„Wie auch immer. Der Soldat und seine … Lebensgefährtin sind tot."

„Was ist mit der Tochter?", sinnierte Leni. Sie ist damals als Zwölfjährige von den Nachbarn aufgenommen worden. Als sie achtzehn und damit volljährig wurde, ist sie mit ihnen nach Amerika ausgewandert."

„Das heißt: Sie kann für die Tat nicht infrage kommen."

„Es sei denn, sie befindet sich wieder in Deutschland und vielleicht sogar in Hermeskeil."

„Na ja, Leni, das ist eine gewagte These. Aber eine, die es zu überprüfen wert ist. Wir werden Interpol bemühen müssen. Aber ich glaube, das Ergebnis bereits jetzt zu kennen."

„Wir müssen herausfinden, was es mit dem Adler auf sich hat." Leni trank einen Schluck des Kaffees und setzte die Tasse mit einer ruckartigen Bewegung ab. „Verdammt, ist der heiß!“

Overbeck grinste. Es machte Leni in seinen Augen sympathisch, wenn sie fluchte. Ihr entschlossener Blick jedoch ließ ihn sich wieder den eigentlichen Aufgaben zuwenden.

„Also gut, Leni. Fassen wir einmal zusammen. Ein Mann wurde ermordet. Dabei handelt es sich um einen Mann, der selbst als Mörder oder Mordgehilfe in Erscheinung getreten war.“

„Und deswegen verurteilt wurde.“

„Natürlich. Dieser Mann wird nun an *dem* Haus erschlagen aufgefunden, in dem ein entweder von ihm begangener oder aber unterstützter Mord vor 18 Jahren geschehen war.“

„Man hat ihn auf brutale Art und Weise sozusagen hingerichtet“, ergänzte Leni, „was auf einen Racheakt oder eine Tat voller Hass schließen lässt.“ Vorsichtig nippte sie einen Schluck Kaffee.

„Und nicht zuletzt die Zeichnung des Adlers“, fügte Overbeck hinzu. „Vielleicht als Hinweis für uns, für die Polizei gedacht. Aber was hat es nur mit diesem Adler auf sich?“

„Was sagt Peters?“, wollte Leni wissen. „Irgendwelche Spuren, von denen wir nichts wissen?“

Overbeck telefonierte kurz, und wenige Minuten später stand Peters in der Tür.

„Keine Fingerspuren auf dem Baseballschläger“, berichtete er. Das Gleiche gilt übrigens für den Zettel mit der Zeichnung.“

„Dem Adler?“

„Ja, Leni, dem Adler. Was soll das eigentlich mit dieser Zeichnung? Habt ihr da schon einen Hinweis?“

Er schaute zu Leni, dann zu Overbeck. „Also nichts, dachte ich's mir doch."

„Was dachtest du?" Overbeck schien verärgert. „Habt ihr irgendwelche Reifenspuren gefunden dort oben? Zu Fuß wird weder der Täter noch das Opfer dorthin gekommen sein."

„Keine verwertbaren Reifenspuren", gab Peters kleinlaut zu.

„Dacht' ich's mir doch." Overbeck sah Peters von der Seite an. Seine Bemerkung tat ihm plötzlich leid. Vor ihm stand ein Kollege, der sein Vater hätte sein können. Er sah unter sich. „Nichts für ungut, Heinz, aber mit unseren Ermittlungen … es ist zum Kotzen! Wir treten auf der Stelle."

„Was hat Dellmann denn so getrieben in den letzten Jahren, nach seiner Entlassung aus dem Gefängnis? "

„Hartz IV", antwortete Leni. „Jedenfalls die meiste Zeit. Vielleicht hatte er Probleme, eine Arbeitsstelle zu bekommen, was ja verständlich wäre."

„Es wird ein weiterer Mord geschehen."

Overbeck und Leni sahen Peters erstaunt an.

„Was meinst du mit „ein weiterer Mord"? "

„Ihr wisst es genauso gut wie ich; der Vorfall vor 18 Jahren. Einer der Täter war Dellmann. Der Baseballschläger. Die Zeichnung mit dem Adler. Das alles ist kein Zufall: Das ist der Beginn eines Horrortrips, ihr werdet sehen."

15. Kapitel

„**H**abe ich Sie lange warten lassen? Tut mir leid, aber ich hatte Sie vorgewarnt. Was sind schon zwei Stunden für einen Einkaufsbummel?“

Satorius wandte sich um. Etwa eine halbe Stunde hatte er nun vor dem *Restaurant am Hunsrück-Steig* gestanden und die verstrichene Zeit kaum wahrgenommen, so sehr war er im Geiste mit den Recherchen für seinen künftigen Artikel beschäftigt.

„Frau Kollinger!“ Satorius war bass erstaunt ob der Erscheinung, die vor ihm stand. Als er sie vor rund drei Stunden vor dem seltsamen Lokal angesprochen hatte, stand ihm eine ansehnliche, aber mehr oder weniger trist gekleidete junge Frau gegenüber. Was seine Augen nun von oben bis unten abtasteten, war das Erscheinungsbild einer jungen Dame, gekleidet in eine elegante blaue Jeans mit einer zartblauen geraff-ten Bluse. Warum sie nun größer wirkte als vorhin, daran waren die beigen High Heels schuld, die sie auf Augenhöhe mit ihm brachten.

„Zum Frisör hat es leider nicht mehr gereicht“, lachte Maggie. Ich denke, Sie werden auch so mit mir vorliebnehmen. Wollen wir?“

„Die Frisur ist doch toll, ich …“, murmelte er, doch Maggie hatte sich schon umgedreht, und er beeilte sich, vor ihr die Gaststätte zu betreten, um ihr die Tür aufzuhalten.

„Sie sind also Reporter?“, begann Maggie die Konversation, als der Ober die Vorspeise, einen Sommersalat mit Mozzarella, vor ihnen abgestellt hatte.

„Ich arbeite für den Trierischen Volksfreund, ja.“

„Um diese Zeit ist doch sicher schon Dienstschluss. Aber ich kann mir vorstellen, dass ein guter Reporter Tag und Nacht arbeitet."

„Da mögen Sie wohl recht haben. Wissen Sie, wenn Sie erst einmal an einer Sache dran sind, werden Sie von ihr derart in ihren Bann gezogen, dass Sie kaum noch loslassen können."

„Und solch eine Sache zieht Sie nun in Ihren Bann?", fragte Maggie interessiert, während sie sich mit dem Hauptgang beschäftigte, einem gefüllten Kalbsfilet im Kokosmantel.

„Ja, aber es will mir nicht so recht gelingen, zu den Ursprüngen meiner zukünftigen Story zu gelangen. Es ist eine Geschichte, die schon einige Jahre zurückliegt, verstehen Sie?"

„Über eine Begebenheit aus der Vergangenheit wollen Sie berichten? Meinen Sie, der Leser interessiert sich für so etwas? Also, ich für meinen Teil bin da eher am aktuellen Geschehen interessiert."

Der Ober brachte den Nachtisch, vorzüglichen Obstsalat mit Mascarpone-Creme. Nachdem sie einige Löffel der Köstlichkeit zu sich genommen hatten, antwortete Satorius auf ihre Frage.

„Wenn der Stoff gut ist, kann man den Leser auch für längst vergangene Dinge neu erwärmen."

„Das bedeutet, Sie haben eine Sache ausgegraben, von der Sie überzeugt sind, dass sie den Leser erneut in ihren Bann ziehen wird. Sie machen mich neugierig. Darf man erfahren, worum es geht, Herr Satorius?"

„Hans, bitte."

„Also gut, Hans. Sagen Sie es mir oder handelt es sich um eine geheime Kommandosache?“ Maggie lachte leise vor sich hin.

„Nein, nein, Frau …“

„Nennen Sie mich Grethel. Wie im Märchen der Gebrüder Grimm. Einfach Grethel. Margarethe klingt mir zu altbacken.

„Grethel!“ Satorius lachte laut und hielt sich die Serviette vor den Mund.

„Was gibt es da zu lachen?“ Maggies Augenbrauen zogen sich zusammen, und ihre Augen verengten sich. „Haben Sie etwas auszusetzen an meinem Namen?“

„Nein, nein!“ Satorius lachte immer noch verhalten. „Aber Grethel und die Gebrüder Grimm und jetzt noch mein Vorname …“

„Hans … Hänsel, ach so!“ Nun musste auch Maggie lachen.

„Das scheint der Beginn einer märchenhaften Bekanntschaft zu werden“, meinte Satorius und faltete seine Serviette zusammen. Nach kurzem Schweigen fuhr er fort:

„Das, woran ich arbeite, ist bei Gott kein Märchen, Grethel. Alptraum wäre der richtige Ausdruck für das, was damals geschah.“

Maggie neigte sich nach vorne und hing an Satorius‘ Lippen. Sie ahnte, welchen Vorfall er ihr nun schildern wollte, und das Herz klopfte ihr bis zum Hals. „Nennen Sie mich Meg, Hans. Meine Freunde nennen mich so. Ursprünglich haben sie es als eine Art Abkürzung für Margreth gesehen. Ich glaube aber, dass kaum jemand, der mich Meg nennt, meinen richtigen Namen kennt.“ Sie beugte sich noch etwas weiter nach vorne. „Erzählen Sie mir von diesem … Vorfall?

Was ist passiert?“ Sie versuchte, gleichgültig zu erscheinen.

Satorius nickte. Irgendwie war er froh, jemanden gefunden zu haben, mit dem er über diese Sache sprechen konnte. Möglicherweise konnte er sogar davon profitieren. *Irgendwie*, dachte er.

„Oben am Waldrand, einige 100 Meter von der Ortsgrenze entfernt geschah es, vor rund 18 Jahren“, begann er. „Ein Mord. Ein brutaler Mord. Der Eigentümer des Hauses wurde erschlagen, seine Frau vergewaltigt. Es sollen vier Täter gewesen sein.“

„Das ist … das ist schlimm.“ Maggie zögerte, denn die Erinnerungen kamen langsam wieder in ihr hoch. Mit einem Mal sah sie die Situation wieder ganz deutlich vor sich, so, als stünde sie tatsächlich auf der Balustrade des Wohnzimmers. Dann verschwamm alles vor ihren Augen. Nur das Abbild eines Vogels, eines tätowierten Adlers, erfüllte ihren gedanklichen Blick. Sie sah das Gesicht des Mannes nicht. Er war maskiert. Sie sah nur den Adler. Sie sah ihn deutlich vor sich, so sehr hatte er sich in ihr Gedächtnis eingebrannt.

„Meg, ist Ihnen nicht gut? Was haben Sie?“ Die Stimme Satorius‘ rief sie in die Gegenwart zurück.

„Ich überlegte nur gerade, wie ein Mensch so etwas tun kann“, sagte sie leise.

„Sie wissen nichts davon?“, fragte er ungläubig. „Ihnen ist nicht bekannt, was damals geschah? Sind Sie denn nicht hier zu Hause? In Hermeskeil oder in der Region weiß doch jeder, was damals geschehen ist. Es ging durch alle Zeitungen, bundesweit. Eine grauenvolle Tat.“

„Nein, ich habe nichts davon gewusst“, entgegnete Maggie abwesend, und Satorius gewann plötzlich den Eindruck, er säße alleine an diesem Tisch im Restaurant.

„Ich habe lange im Ausland gelebt und bin erst seit einigen Tagen wieder hier“, hörte er die Frau auf der anderen Seite des Tisches sagen. Doch dann schien sie sich wieder gefangen zu haben, als sie fragte:

„Und über diese Sache wollen Sie noch einmal berichten? Jetzt, nach so langer Zeit?“

„Meg ist die amerikanische Abkürzung für Megan“, sagte Satorius, ohne auf ihre Frage einzugehen. Führen sie ihn als Zweitnamen?“

„Nein, ich sagte es doch bereits, mein Bekanntenkreis hat sich diese Abkürzung einfallen lassen. Womit Sie allerdings recht haben, ist die Tatsache, dass diese Freunde in Übersee leben.“

„Ja, sehen Sie, jetzt wird ein Schuh daraus“, lachte Satorius. Das ist typisch für die Amerikaner. In solchen Dingen greifen sie zur einfachsten Variante.“

„Ja, vielleicht“, antwortete Maggie und hoffte, dieses Thema sei nun erledigt. „Warum wollen Sie noch einmal berichten?“, schob sie ihre bereits gestellte Frage nach.

„Unsere Leser interessiert, was mit den Beteiligten von damals geschehen ist. Da ist noch Tochter, die von Pflegeeltern aufgezogen wurde, da sind die Täter, die ihre Strafe abgesessen haben und sich wieder auf freiem Fuß befinden. Was all diese Menschen heute tun, wie sie leben, wie sie mit der Tat fertiggeworden sind, all das wollen unsere Leser wissen. Doch erst muss ich nach diesen Menschen suchen. Aber, Meg, Ihnen muss ich doch nicht erklären, wie unser Geschäft läuft. Sie sagten, sie seien Journalistin. Also, was halten Sie von der Sache?"

„Was soll ich wohl davon halten?" Maggie sah Satorius an, und ihre Stimmung wandelte sich von einem Moment auf den anderen ins Positive. Ihn hatte der Himmel gesandt. Da saß ihr ein Mann gegenüber, der ihr bei ihrer Suche nach Vergeltung helfen würde. Er würde sie zu den Tätern von damals führen. Sie hörte seine Stimme und nickte bereits zustimmend, bevor er zu Ende gesprochen hatte.

„Herr Satorius, hätten Sie etwas dagegen, wenn wir uns gemeinsam auf die Suche begeben? Es wäre eine gute Gelegenheit für mich, die Zeit zu überbrücken, bis ich wieder eine Anstellung gefunden habe."

16. Kapitel

Aus dem Kopfhörer bahnte sich die eingängige Melodie von Johnny Logans Grand-Prix-Siegertitel *It's another year* den Weg durch die Gehörgänge von Ewald Kerner.

Er hatte die Lautstärke seines Walkmans auf einen hohen Pegel justiert, um das Geratter und Scheppern nur in mäßiger Lautstärke mitzubekommen; hier, auf dem Parkplatz des Thalfanger Supermarktes, sammelte Kerner die Einkaufswagen ein, um sie dann in Schlange aneinandergereiht in Abstellboxen zu bringen.

Ab und zu glitt sein Blick hinüber zu einem Teil des Parkplatzes, auf dem man für heute ein kleines Fest für die Kunden ausgerichtet hatte. Zahlreiche Besucher hatten sich dort auf Bänken niedergelassen oder standen am Bierstand. Der Duft von gegrilltem Fleisch lag in der Luft. Nach Feierabend, und das würde in wenigen Minuten sein, würde er sich ebenfalls dorthin begeben und ein Bier oder gar mehrere trinken.

Plötzlich spürte er eine Hand, die ihm unsanft den Kopfhörer vom Ohr riss.

„Wenn Sie die Dinger auf dem Kopf haben, können Sie ja nicht mitkriegen, wenn die Leute nach Ihnen rufen! Ich habe Ihnen den Job hier gegeben, damit Sie gute Arbeit machen!“, schrie ihn ein Mann an, der sich nun vor ihn stellte und sich als der Filialleiter des Supermarktes entpuppte.

„Dort hinten stehen Einkaufswagen und behindern die Fahrzeuge auf den Parkplätzen. Sollen die Kunden hier selbst für Ordnung sorgen?“ Das runde Gesicht des klein gewachsenen Filialleiters, der in zu engem weißen Kittel über seinem hervorstehenden Bauch vor ihm wütete, war dunkelrot angelaufen. Seinen Blick ließ er schnell über den Parkplatz wandern, um sich offensichtlich zu vergewissern, dass man es auch hörte, wie er mit Untergebenen sprach.

„Nein, natürlich nicht“, antwortete Kerner kleinlaut. „Ich werde mich sofort darum kümmern.“

„Das will ich aber auch hoffen!“, schnauzte der Filialleiter grimmig. „Sie wissen, dass Sie diesen Job brauchen. Wer gibt schon einem Knastbruder eine Anstellung? Also, dass mir so etwas nicht noch einmal vorkommt. Ihre Schicht ist gleich zu Ende, also beeilen Sie sich!“

Kerner nickte und schob die Einkaufswagen an ihre Stelle. Dann machte er sich auf, das angesprochene Problem zu lösen. Sein Blick glitt über den Parkplatz des Supermarktes und blieb schließlich an einem ockerfarbenen Fiat Cinquecento hängen. Eine junge Frau lehnte am vorderen rechten Kotflügel. Vor ihr standen drei ineinandergeschobene Einkaufswagen.

Er ging zu dem Fahrzeug und wollte gerade die Einkaufswagen wegschieben, als er die Stimme der jungen Frau hörte.

„Wollen Sie sich ein paar Euro dazuverdienen?“

Kerner drehte sich in Richtung der Stimme und betrachtete die junge Frau näher. Bluejeans, hellblaue Bluse, hohe Stöckelschuhe und bis auf die Schultern fallendes, glattes mittelblondes Haar ließen seinen Blick länger auf der Person ruhen, als er das sonst aus einem so geringen Abstand getan hätte. Er wunderte sich, warum gerade sie ihn ansprach. Doch dann dachte er an das Trinkgeld, das vielleicht üppig ausfallen könnte. Er konnte jeden Cent gebrauchen.

„Was muss ich tun?“, fragte er.

„Fahren Sie meinen Wagen durch die Waschanlage. Ich werde derweil dort hinten unter einem der Sonnenschirme bei einem kühlen Glas auf Sie warten.“

„Warum tun Sie es nicht selbst?“, fragte er. „Sie könnten sich das Trinkgeld sparen.“

Die Frau sah ihn freundlich an und fragte: „Wollen Sie oder wollen Sie nicht?“

„Okay“, willigte Kerner ein. „Ich bring noch schnell die Wagen an ihren Platz. Bin gleich zurück.“

„Die Schlüssel! Nehmen Sie. Ich werde dort hinten auf Sie warten.“ Sie zeigte auf den kleinen Parkplatz, wo sich inzwischen eine große Anzahl von Kunden um Bierstände und Grillstätten umherbewegten.

Kerner nahm den Autoschlüssel entgegen, und mit klappernden Absätzen und wiegendem Hinterteil stolzierte die Frau davon.

Unverständlich schüttelte Kerner den Kopf und nahm sich der Einkaufswagen an, die er in Richtung des Supermarktes schob. Kurz darauf saß er in dem kleinen Fiat und beobachtete das Wasserspiel der Waschanlage auf den Fensterscheiben des Autos.

Er fuhr den Wagen auf den Parkplatz zurück und stellte ihn in einer freien Box ab. Die Frau hatte sich an einem kleinen Tisch niedergelassen, der gerade frei geworden war und winkte Kerner zu, der sich suchend nach ihr umschaute. Er legte die Autoschlüssel vor der Frau auf dem Tisch ab und blieb abwartend stehen.

„Setzen Sie sich. Sie haben doch Feierabend, wie ich mitbekommen habe. Nehmen Sie sich was zu trinken."

Als er mit einem Glas Bier zurückkam, legte die Frau ihm einen Geldschein auf den Tisch. Kerner stutzte. „Das ist doppelt so viel, wie ich für die Autowäsche ausgelegt habe", sagte er und starrte auf den Geldschein.

„Nehmen Sie nur", erwiderte die Frau. „Ich kann es mir leisten. Sie arbeiten schon lange hier?"

„Nicht sehr lange", antwortete Kerner, und ihm war auf einmal nicht besonders wohl. *Was will die Frau von mir?*

„Was haben Sie davor gemacht? Ich meine, vor dieser Arbeitsstelle hier. Sie machen mir nicht den Eindruck, dass man Ihnen keine anständige Arbeitsstelle anbieten würde."

Kerner schwieg. Er konnte ihr doch nicht sagen, dass er erst vor Kurzem aus der Haft entlassen worden war, in der er als Schwerverbrecher 18 Jahre eingesessen hatte.

„Sie schweigen?“, fragte die Frau amüsiert. „Ist Ihre Vergangenheit so schlimm, dass Sie nicht darüber reden wollen?“

Kerner hob den Blick und sah der Frau direkt in die Augen. Er erschrak. Sie hatte ein sehr schönes Gesicht, blass, aber wohlgeformt, mit dicken weichen Lippen und großen, ausdrucksvollen blauen Augen, die einen frischen Kontrast zu ihren blonden Haaren darstellten. Doch darüber war er nicht erschrocken. Es war ihr Blick, mit dem sie ihn ansah; ein kalter, ja eisiger Blick, der ihn erschauern ließ.

Er machte Anstalten, sich zu erheben, um einfach wegzugehen. Doch der stumme Blick der Frau fesselte ihn an die hölzerne Partybank.

„Was wollen Sie von mir?“, fragte er zaghaft. „Warum wollen Sie etwas über meine Vergangenheit wissen?“

„Lassen Sie mich raten“, sagte die Frau. „Sie waren außer Landes, für längere Zeit. Vielleicht hatten Sie ja eine Erbschaft gemacht oder eine Menge Geld gespart. Das haben Sie in fremden Ländern durchgebracht. Deshalb sind Sie jetzt mittellos.“

Kerner schüttelte den Kopf. Eigentlich wollte er sich nicht auf das Frage- und-Antwortspiel einlassen, und dennoch tat er es, wenn auch nur mit einer Kopfbewegung. Nun, nachdem er dieses stumme Zeichen als seinen Teil der Unterhaltung von sich gegeben hatte, konnte er nicht mehr so einfach davongehen. Immerhin hatte ihm die Frau auch ein beachtliches Trinkgeld gegeben. Das verpflichtete.

„Also keine Reise in fremde Länder“, hörte er die Frau sagen. Es war keine Frage, es war eine Feststellung.

Kerner schüttelte erneut den Kopf.

Die Frau beugte sich zu ihm über den Tisch und offenbarte ihm ein üppiges Dekolletee. Er versuchte, nicht hinzusehen. Irgendwie erfasste es sein Blick dennoch. Er dachte an einen Kumpel, den er vor Jahren gekannt hatte. *Wenn eine Frau einem Mann in die Augen schaut, sieht sie nur die Augen des Mannes, verstehst du? Wenn aber ein Mann einer Frau in die Augen schaut, kann er ihre ganze Erscheinung mit einem Blick erfassen. Hat mit der Physiognomie der beiden Geschlechter zu tun, hab ich mal gelesen. Frauen sind eben anders,* pflegte er zu sagen. Heute sah Kerner ein, dass er recht hatte.

„Ich glaube, ich weiß, wo Sie waren“, sagte die Frau leise. „Die meisten, die nicht darüber sprechen wollen, waren dort.“

„Es tut mir leid, ich muss nun gehen.“ Kerner versuchte erneut, sich zu erheben, doch der Blick der Frau fesselte ihn wiederum.

„Warum waren Sie im Gefängnis? Sie waren doch im Gefängnis, nicht wahr?“

Mit einer plötzlichen Bewegung erhob sich Kerner. „Glauben Sie, Ihr großzügiges Trinkgeld berechtigt Sie zu solchen Fragen? Ich kenne Sie nicht, warum also sollte ich weiter mit Ihnen über mich reden?“

„Es gibt zahlreiche Menschen, die sich kennen, ohne sich jemals gesehen zu haben“, erwiderte die Frau. „Und es gibt Menschen, die sich nicht kennen, obwohl sie sich tagtäglich sehen. Was glauben Sie? Haben wir uns schon einmal gesehen?“

„Ich kenne Sie nicht, und ich habe Sie auch noch nie gesehen."

„Wie können Sie sich da sicher sein, wenn Sie nicht einmal darüber nachdenken?"

Die Frau konnte sehen, wie sein Hirn zu arbeiten begann.

Kerner legte die Stirn in Falten; er schätzte die Unbekannte auf etwa 30 Jahre. Die Gedanken jagten durch den geringen Anteil seiner Bekanntschaften, Freunde seiner Freunde, Bekannten seiner Bekannten. Er sah, wie sich die Frau erhob und nach ihrer Handtasche griff.

„Denken Sie nach, Herr Kerner", forderte sie ihn auf. „Ich bin mir ziemlich sicher, Ihnen fällt irgendwann ein, dass Sie mich doch kennen. Sie müssen es mir dann nicht mitteilen. Wenn ich es wissen will, werde ich Sie persönlich fragen."

„Woher wissen Sie meinen Namen …?"

„Wir sehen uns", überging sie seine Frage. „Ganz bestimmt werden wir uns wiedersehen."

Dann verschwand sie im Gewühl der Menge.

Kerner war so in seine Gedanken versunken, dass er auf einer jungen Frau auflief, die ein Kind an der Hand führte.

„Tschuldigung", stotterte er und beeilte sich, um an dem Bierstand, den man in seinen Kreisen *Männerkarussell* nannte, einen Platz zu ergattern.

„Ein Bier!", bestellte er. „Und einen Schnaps."

„Schnaps gibt es keinen", antwortete der Mann hinter dem Zapfhahn gleichgültig. „Ihr Bier." Er stellte es vor Kerner ab.

„Machen Sie mir noch eins."

Kerner schüttete das kalte Getränk in einem Zug in sich hinein, bis ihm die Tränen in die Augen traten. Als er die Hälfte des zweiten Biers getrunken hatte, fühlte er sich besser. *Was will die Frau von mir, und vor allem, wer ist sie?,* überlegte er. *Warum und woher sollte ich sie überhaupt kennen?* Nach seiner Entlassung aus dem Knast hatte Kerner kaum Gelegenheiten gehabt, Frauen kennenzulernen. An diese hätte er sich bestimmt erinnert. Und im Knast? Nein, da war erst recht nichts mit Frauen gewesen, auch nichts mit Besucherinnen. Also woher kannte sie ihn?

Kerner orderte ein weiteres Bier, und der junge Mann neben ihm bestellte eine Cola. Als die Bedienung ihm die Flasche über den Tresen reichte und das Bierglas Kerners gleich danebenstellte, stieß der Mann so unglücklich gegen den Flaschenhals, dass Kerner nur mit einer blitzschnellen Bewegung verhindern konnte, dass die Flasche umfiel und der gesamte Inhalt sich über dem Tisch ergoss. Der junge Mann bedankte sich artig und setzte die Flasche an seine Lippen. Kerner trank ebenfalls, und als sein Glas leer war, bestellte er ein neues. Er schaute nach links. Der junge Mann, der neben ihm gestanden hatte, war gegangen.

Kerner spürte die wohlige Wirkung des Alkohols und die Konturen vor ihm begannen sich langsam unkontrolliert zu bewegen. Er bezahlte und ging. *Ich werde alt*, dachte er. *Drei Bier und eine solche Wirkung. Kommt vom schnellen Trinken. Ich werde wohl früh zu Bett gehen.* Auf dem Weg zu seiner Behausung wunderte er sich, wie sich sein Gesichtsfeld mehr und mehr verengte. Dann fühlte er eine Hand auf seiner Schulter.

17. Kapitel

„**D**ie Presse wird auch langsam lästig“, bemerkte Leni, als sie die Stadtgrenze von Hermeskeil erreicht hatten und Overbeck das Gas durchtrat. „Ein Reporter namens Satorius. Er wollte Einzelheiten über den Mord an Thompson vor 18 Jahren.“

„Die Presse will Auskünfte über einen Vorfall aus längst vergangener Zeit?“, wunderte sich Overbeck. „Was wollte er wissen und warum?“

„Er wollte von mir die Anschriften der entlassenen Täter, von Zeugen und Menschen, die damals mit der Angelegenheit konfrontiert waren.“

„Und warum das Ganze?“ Overbeck bog hinter dem Stadtteil Höfchen nach links ab Richtung Schwarzwälder Hochwald.

„Angeblich hat er den Auftrag, mit dem Abstand der 18 Jahre die Story noch einmal aufzuwärmen. Menschengeschichten nennen sie das.“

„Sommerloch nenne ich das“, lachte Overbeck. „Irgendwas muss ja in den Zeitungen stehen, jetzt, da sowieso nicht allzu viel los ist.“

Lenis Gedanken waren längst wieder bei dem Fall, den sie zu bearbeiten und aufzuklären hatte.

„Ich zermartere mir schon die ganze Zeit das Hirn, wer für den Mord an Dellmann in Frage kommen könnte“, erwiderte sie stattdessen. „Mit der Suche nach einem Motiv tue ich mich echt schwer, denn ich denke, dass nur Überlebende von damals einen solchen Rachegedanken spinnen können. Vielleicht ist es ja auch nur ein Sympathisant, ein Freund der Familie oder so was Ähnliches, was weiß ich.“

„Ein Rachefeldzug nach 18 Jahren, Leni. Da steckt eine Menge Hass dahinter. Das ist nicht nur eine Vergeltungstat."

„Du spielst auf die Brutalität an? Das sehe ich auch so. Aber das macht es nicht einfacher. Wenn es tatsächlich ein Racheakt war, und einiges spricht ja dafür, dann wird es weitere Morde geben. Morde, die wir verhindern müssen."

Inzwischen hatten sie Forstenau erreicht, und Overbeck lenkte den Wagen von der Hunsrückhöhenstraße in den Ort.

„Lass uns noch etwas zusammen trinken", schlug Leni vor. Im *Hochwaldstübchen*. Dort wohne ich nämlich."

Auf dem Parkplatz neben der Gaststätte stand Lenis Auto, das sie am Morgen nach der Abfahrt in Trier dort abgestellt hatte. Sie deutete mit dem Kopf auf ihr Fahrzeug.

„Ich werde hierbleiben und bin morgen früh rechtzeitig auf der Dienststelle." Und spitzbübisch fügte sie hinzu: „Ich glaube, ich werde mir mehr als *ein* Bier genehmigen, heute Abend."

Der Betrieb im *Hochwaldstübchen* hielt sich in Grenzen. Vieles war nicht mehr so wie früher. Der Stammtisch wies leere Stühle auf. Ganz offensichtlich hinterließ Heiner Spürmann eine Lücke, was insbesondere der Kulturbeauftragte Dieter Lauheim zu spüren bekam; ihm fehlten die Diskussionen auf kommunalpolitischer Ebene und auch die ständigen Fragen im kulturhistorischen Bereich. Wie oft hatte Spürmann ihn zurate gezogen; dann konnte er sich in Referaten über die verschiedensten Themen auslassen, und meist hatte Spürmann davon profitiert.

Und Pastor Adalbert Schaeflein? Seine Pensionierung stand kurz bevor und damit auch sein Weggang von Forstenau. Er hatte bereits mehrfach angekündigt, im Falle seiner Emeritierung im Saarland ansässig zu werden. Seine Haushälterin, die nichts anderes kannte als das Dasein im Pfarrhaus und die Arbeiten für ihren Pfarrer, werde er mitnehmen, als seine private Haushälterin. Sie sollte, solange er lebte, versorgt sein und eine Bleibe haben.

Florian Glasheber, den Förster des Staatswaldes, hatte man lange Zeit nicht im *Hochwaldstübchen* gesehen. Ein Verkehrsunfall hatte ihm schwer zugesetzt, und das Verheilen der verschiedensten Knochenbrüche, ganz abgesehen vom Gesundungsprozess der verletzten inneren Organe, brauchte seine Zeit. Wie sehr er auch seinem Berufsstand fehlte, machte sich in der Verwilderung des Hochmoors Weyrichsbroch im Osburger Hochwalds bemerkbar. Die Pflege dieses einmaligen Naturschutzgebietes, dessen 800 Meter langer Knüppeldamm jährlich Tausende von Besuchern anzog, ließ seitdem zu wünschen übrig.

Blieben nur noch Detlef Hildebrandt, der kommunale Ortsbürgermeister, Siegfried Brandel, der Feuerwehrchef und der bereits erwähnte Dieter Lauheim, die weiter den Stammtisch aufrechterhielten.

Siggi Vollmann, der Wirt, hatte in jeder freien Minute bei seinen Stammtischkollegen gesessen, bis zu jenem Tag, als sich seine geliebte Tochter Sandy in Frankfurt aus Verzweiflung den goldenen Schuss setzte. Von jenem Tag an ging es auch gesundheitlich bergab, und Lissy blieb die meiste Arbeit in der Gaststätte. Wenn es Siggi besser ging, unterstützte er seine Frau, so gut er es konnte.

Wir werden die Kneipe irgendwann dichtmachen, hatte Lissy mehrmals angekündigt, doch irgendwie brachte sie es nicht übers Herz, und so wirtschafteten die beiden mit mäßigem Erfolg, sprich Einnahmen, weiter.

Als Leni und Overbeck das Lokal betraten, verstummten die Gespräche der wenigen Gäste. Leni kannte man in diesem Hause, denn sie wohnte seit geraumer Zeit im Obergeschoss über der Kneipe, in jener Wohnung, die die Tochter der Vollmanns in ihren glücklicheren Zeiten bewohnt hatte. Zudem sah man Leni des Öfteren in der Gaststätte, um Lissy, wann immer es ihr möglich war, zur Hand zu gehen und zu kellnern.

„Wen haben wir denn da?“, tönte es aus dem Bereich des Stammtisches. „Frau Schiffmann und … Spürmann hätte ich fast gesagt. Aber der hat uns ja verlassen.“

Dieter Lauheim zwängte seinen inzwischen noch voluminöser erscheinenden Bauch zwischen seinem Stuhl und dem schweren Tisch hindurch und kam auf die beiden zu. Er gab Leni die Hand und schaute auf zu Overbeck, der ihn um einen Kopf überragte.

„Der Neue?“, fragte er unverhohlen.

„Ja, der Neue“, antwortete Leni. „Und er hat sogar einen Namen.“

„Ich heiße Overbeck“, kam ihr der Kollege schnell zuvor und fügte, um einer weiteren Diskussion über seinen Namen zu entgehen, hinzu: „Netter kleiner Laden hier. Richtig gemütlich.“

„Das freut mich außerordentlich.“ Es war Lissy, die hinter der Theke hervortrat und sich die Hände an ihrer Schürze abwischte. „Sie sind also der neue Kollege von Leni. Der Ersatz für Heiner Spürmann. Ach was, Ersatz!“, Lissy schüttelte den Kopf und reichte Overbeck die Hand. „Ersatz für einen Menschen gibt es nicht. Freut mich, Sie kennenzulernen! Wollen Sie sich zu den Herren dort an den Stammtisch setzen?“

Lauheim hatte sich zwischenzeitlich wieder auf seinem Platz niedergelassen, und nun erkannte Leni auch Hildebrandt, den Ortsbürgermeister. Sie blickte Overbeck fragend an. „Wollen wir?“

Overbeck zuckte die Schultern und wirkte irgendwie unbeholfen.

„Komm!“, kommandierte Leni und zog ihn am Ärmel mit sich. „Darf ich vorstellen: unser Ortschef, Detlef Hildebrandt. Die meisten Toten, mit denen wir es hier in der Gegend zu tun haben, transportiert er anschließend ab. Ihm gehört nämlich ein Beerdigungsinstitut, musst du wissen.“

„Die anderen?“ Leni sah Hildebrandt fragend an.

„Die Zeiten ändern sich, auch die Menschen“, meinte Hildebrandt theatralisch. „Die einen gehen fort, die anderen erkranken und der Rest muss sehen, wie es weitergeht.“

„Aber es kommen immer wieder neue nach.“ Leni machte Lissy Platz, die unaufgefordert zwei Bier vor sie stellte. Overbeck hob abwehrend den Arm, doch Leni winkte ab. „Eins geht. Ist ja nur ein kleines Glas. Aber er muss noch zurück nach Trier“, wandte sie sich Lissy zu. „Ich bleibe gleich hier.“

„Dann mal prost!“, sagte Lissy. „Auf die neuen Zeiten. An die alten wollen wir nicht mehr denken.“

Leni verstand. „Wie geht es Siggi?“

Lissy atmete tief durch. „Er scheint immer mehr in sich gekehrt. Die Arbeit bleibt fast immer an mir alleine hängen“, sagte sie, und es klang traurig. Zu Overbeck gewandt erhob sie ihre Stimme wieder. „Aber ich habe ja Leni. Sie ist mir eine große Hilfe, wenn Not am Mann ist.“

„Du kellnerst?“

„Hm. Hättest du mir nicht zugetraut, oder?“ Leni sah Overbeck triumphierend an. „Aber im Ernst. Ich helfe Lissy ab und zu. In dieser Zeit sitze ich nicht alleine in meiner Wohnung herum.“

„Ihr habt einen neuen Fall in Hermeskeil. Habs in der Zeitung gelesen. Schlimme Sache.“ Lauheim schaute die beiden erwartungsvoll an, doch er vernahm keine Antwort.

„Verstehe, Sie können nicht darüber reden. Schwebendes Verfahren, oder wie nennt man so etwas? Müssen wir jetzt auch Angst haben, weil so ein brutaler Mörder in der Gegend umherläuft?“

„Wenn Sie nicht in eine Vorgeschichte involviert sind, die den Mörder betrifft, dann brauchen Sie keine Angst zu haben. Wenn aber doch …“ Overbeck machte eine künstliche Pause.

„Vorgeschichte?“, fragte Lauheim alarmiert. „Was meinen Sie? Sind das Vorgeschichten besonderer Art? Was habe ich damit zu tun?“

„Ich habe nicht gesagt, dass Sie was damit zu tun haben“, erklärte Overbeck. „Der Gedanke wurde soeben von Ihnen selbst in den Raum gestellt.“

„Ich habe den Eindruck, Sie wollen mich veralbern. Na ja. Fast wäre ich auf Sie hereingefallen. Sie erinnern mich an Spürmann, der hat auch oft mit undurchsichtigen Bemerkungen um sich geworfen.“

„Ihr werdet euch doch nicht streiten!“, lachte Leni. „Wir wollen heute Abend nur etwas entspannen. Lasst uns den Dienst vergessen. Reden wir von was anderem.“

„Wovon?“, fragte Lauheim schnippisch. „Es wird ja doch alles falsch aufgefasst. Reden wir vom Hochwald-Ruwer-Radweg, werden Vorwürfe über wegeführende Schikanen laut, reden wir über leer stehende Häuser im Ort, verfolgt uns die Angst, dass eine Sekte dort einzieht.

„Wir können aber auch über den historischen Bahnhof reden“, warf Leni ein.“

„Warum gerade über den?“ Lauheim zog die Stirn kraus und sah Leni mit zusammengekniffenen Augen an.

„Sie versprachen uns doch die Präsentation von ein oder zwei Waggons, die auf den Schienen vor dem Bahnhof platziert werden sollten. Wann ist es denn so weit?“

„Da kann ich Ihnen Hoffnung machen“, antwortete Lauheim, und seine Stimme hatte etwas Freudiges. „In zwei bis drei Wochen stehen sie auf den Schienenteilen. Und ich habe auch schon Besonderes damit vor. Ich werde darin eine kulturelle Info-Station einrichten. Das wird ein voller Erfolg und wieder einmal ein Fortschritt für die Gemeinde, nicht wahr, Detlef?“

„Was ist los?“ Hildebrandt schien sich in keiner Weise an dem inhaltsleeren Gespräch beteiligen zu wollen und tat zumindest so, als habe er nicht zugehört.

„Die Gemeinde!“, erinnerte ihn Lauheim. „Du als Ortsbürgermeister, ihr werdet ein Fest veranstalten am Bahnhof.“

„Aus welchem Grund?“, erwiderte Hildebrandt gelangweilt.

„Na, wenn die Waggons aufgestellt werden! So etwas geschieht doch nicht alle Tage.“

„Falls es überhaupt geschieht.“ Hildebrandt trank sein Bier aus und gab Lissy ein Zeichen, worauf sie ihm ein neues zapfte.

„Ich habe Hunger“, tat Leni kund und wandte sich an Lissy. „Hähnchen-Flügel? Hast du welche?“

Lissy grinste. „Ich nicht. Aber in der Küche liegen noch ein paar.“

Leni sah Overbeck an. „Für dich auch eine Portion Flieten? Musst du unbedingt probieren.“

„Wenn du es sagst.“

„Also zweimal, Lissy! Und noch zwei Bier.“

„Für mich ein alkoholfreies“, rief Overbeck. „Oder möchtest du, dass ich heute bei dir übernachte?“, grinste er Leni vielsagend an.

Diese verkniff sich eine Antwort, und auch Overbeck erhielt keine Gelegenheit mehr, sein Angebot zu vertiefen: Pastor Schaeflein betrat das *Hochwaldstübchen*.

„Sie wollen Ihre letzten Tage bei uns wohl noch auskosten!“, rief Lauheim, als Schaeflein auf den Stammtisch zusteuerte.

„Vergessen Sie das mit den letzten Tagen“, antwortete Schaeflein, der sich seines schwarzen Jacketts entledigte und es über die Stuhllehne hängte. Seinen Krempenhut, ohne den man den Gottesmann kaum zu Gesicht bekam, legte er vor sich auf den Tisch.

„Vergessen?“ Lauheim verstand nicht.

„Aus den wenigen Tagen, die ich glaubte, hier noch verbringen zu müssen, ist inzwischen ein halbes Jahr geworden. Dem Bistum fehlt das Potenzial, um einen neuen Pfarrer nach hier zu beordern. Sie können froh sein, dass Forstenau so groß ist. Kleinere Orte müssen heute ohne eigenen Pastor auskommen."

„Das bedeutet …?"

„Dass wir uns gegenseitig noch eine Weile ertragen müssen. Aber Sie werden es überleben."

„Aber Herr Pfarrer! Was sollen diese Worte?" Lissy war an den Tisch getreten, in jeder Hand einen Teller mit dampfenden Hähnchen-Flügeln haltend. „Sie wissen doch, dass jeder hier im Ort Sie mochte."

„Sehen Sie, Sie sagen es selbst: mochte. Ich bin in Ihren Augen schon Vergangenheit."

„Sie wissen doch genau, dass das nicht stimmt!", wehrte sich Lissy, und es klang ehrlich entrüstet. „Wir alle hier mögen Sie. Was darf ich Ihnen zu trinken bringen?"

„Ein Gläschen Wein, bitte. Na, die Herrschaften von der Kripo? Sie müssen der Nachfolger von Heiner Spürmann sein. Herzlich willkommen an diesem Stammtisch. Sie werden doch Stammtisch-Mitglied, jetzt, da Spürmann das Weite gesucht hat?" Schaeflein kicherte, und selbst hierbei wippte sein dicker Bauch auf und ab.

Bevor Overbeck antworten konnte, und darüber war er eigentlich froh, setzte Schaeflein seine Tirade fort.

„Sie kommen sicher gerade aus unserer schönen Nachbarstadt Hermeskeil. Das sind ja schlimme Dinge, die da passieren. Was ist das nur für eine Welt? Sodom und Gomorrha!" Vehement schüttelte der Pastor den Kopf und nahm einen Schluck aus seinem Weinglas. „Können wir hier in Forstenau sicher sein? Was ist, wenn dieser Mörder hier bei uns zuschlägt?"

„Warum sollte er weitere Morde begehen?", fragte Leni, die sich über die Bemerkung des Pastors wunderte. *Weiß der irgendwas und wenn ja, woher?*, schoss es ihr durch den Kopf.

„Man hört so einiges“, erwiderte Schaeflein, und als er Lenis fragenden Blick bemerkte, winkte er ab. „Keine Angst, ich werde keine Gerüchte verbreiten. Ich werde beten für uns alle, dass es bei dieser einen Tat bleibt.“

In der nun folgenden Stille glaubte man, die Gedanken Lauheims zu hören. Da meldete sich Overbecks Handy. Er hörte kurz zu, was sein Gegenüber zu sagen hatte, schaute Leni an und erhob sich.

„Wir müssen uns leider verabschieden. Der Dienst ruft. Kommst du, Leni?“

„Habe ich mit meiner Bemerkung etwa den Teufel herbeizitiert?“, rief Schaeflein den beiden nach. Dann schloss sich die Gaststättentür hinter ihnen.

„Was ist los?“, wollte Leni wissen. „Hat man den Täter gefasst?“

„Nein, Leni, nein. Genau das Gegenteil ist der Fall. Unser Rächer hat wieder zugeschlagen.“

18. Kapitel

„**W**as ist das bloß für eine gottverdammte Scheiße? Will hier jemand Katz und Maus mit uns spielen?!“, brüllte Overbeck. „Oder ist es ein Zufall, dass genau an derselben Stelle, wo man Dellmann das Gesicht eingeschlagen hat, ein weiterer Toter liegt?“

„Wenn er nicht anders gekleidet wäre, könnte man meinen, man habe Dellmann wieder hier abgelegt“, sinnierte Leni, die den Blick nicht von dem Toten abwenden konnte. Mit einem rauen Klang in der Kehle fügte sie hinzu: „Das Gesicht ist wie bei Dellmann bis zur Unkenntlichkeit zertrümmert. Aber das bestätigt doch nur unsere These. Da gibt es jemanden, der sehr aktiv auf einem Rachefeldzug ist. Wir müssen diesen Menschen fassen, sonst sehen wir uns ein drittes Mal an dieser Stelle wieder."

„Und warten auf das letzte, das vierte Opfer, ja, ja. Wir werden die beiden unter Polizeischutz stellen müssen. Kollegen gibt es ja genug", rief Overbeck sarkastisch, als er sich über den Toten beugte und sich ein Paar Gummihandschuhe überstreifte. Dann drehte er sich wieder zu Leni um. „Und die Landespolitik will über 300 Stellen im Polizeidienst streichen. Das wäre doch auch einmal einen Rachefeldzug wert. Theoretiker, alles Theoretiker, die sich von den Menschen, die es angeht, nichts sagen lassen! Aber die werden ihre Quittung noch erhalten, du wirst sehen! Solche Dinge tut man nicht ungestraft. Mangelnde Aufklärung und eingeschränkter Dienst am Bürger, das wird das Ergebnis sein. Ich darf gar nicht darüber nachdenken, sonst muss ich kotzen!"

„Na, nun übertreib mal nicht", versuchte Leni, Overbeck wieder auf den Boden der Vernunft zu bringen. „Kümmern wir uns um den da. Wer hat den Toten gefunden?", fragte sie und sah sich um. Zwei junge uniformierte Kollegen der Schutzpolizei Hermeskeil, Leni hatte sie noch nie gesehen, unterhielten sich mit einem Mann fortgeschrittenen Alters.

Als sie bemerkten, wie Leni zu ihnen herübersah, kam Bewegung in die Gruppe.

„Wäre schon ganz gut, wenn wir die ersten Erkenntnisse sofort erhalten, wenn wir zum Tatort kommen", wies sie die beiden zurecht. „Also, was ist passiert? Was habt ihr veranlasst?“

„Wir … wir haben den Zeugen befragt und die Kripo verständigt“, meinte der ältere der beiden und sah sich fragend um, als überlegte er, ob da etwas sei, das zu tun sie vergessen hatten.

„Den Tatort abgesperrt, das habt ihr auch?“ Lenis Blick war lauernd, und ihr leicht aggressiver Gesichtsausdruck verhieß nichts Gutes.

„Abgesperrt?“ Der junge Beamte schien nicht zu verstehen. „Wir sind doch hier. Wir hatten alles im Griff.“

„Schon mal den Begriff Flatterband gehört? Oder Polizeiabsperrung? Nein?“ Leni platzte fast der Kragen. „In zwei Minuten ist der Tatort weiträumig mit diesem Band versehen, ist das klar? Und dass niemand außer den Kollegen den Tatort betritt!“ Der Arzt, natürlich, der darf durch. Und falls ihr Flatterband suchen solltet: In eurem Fahrzeug ist welches. Gehört nämlich zur Ausstattung der Polizei. Und sagt auf der Dienststelle Bescheid. Sie sollen einen Arzt schicken. Am besten Dr. Kämmerlein. Was ist eigentlich mit der Dienststellenleitung? Sind die immer noch auf der Tagung in Mainz?“

„Ich … ich glaube ja“, antwortete der kleinere von ihnen kleinlaut. Schulterzuckend machte er sich auf, seinem Kollegen zu folgen, der bereits im Kofferraum des Polizeifahrzeuges kramte.

„Denen hast du es ja gegeben“, grinste Overbeck. „Die Nerven scheinen etwas blank zu liegen, oder?“

„Ist das ein Wunder? Wo bleibt nur Peters mit der Spurensicherung?“

„Wäre er mit uns im *Hochwaldstübchen* gewesen, wäre er jetzt ebenfalls hier. Aber er hat es nun mal etwas weiter. Ich beginne mal mit der Tatortaufnahme. Kümmerst du dich um den Zeugen?“

Leni atmete tief durch und ging zu dem älteren Mann, der, auf seinen Spazierstock gestützt, darauf wartete, dass man sich um ihn kümmerte.

„Heil. Franz Heil ist mein Name“, sagte er und lüftete kurz
seinen grünen Wanderhut, als Leni näher trat. „Ich spaziere fast jeden Abend am Rand der Stadt durch die freie Natur. Ich werde bald siebzig und in meinem Alter muss man achtgeben, dass man nicht einrostet. Hermeskeil ist zwar nur eine kleine Stadt, aber wenn sie mittendrin wohnen, dann brauchen Sie schon eine regelmäßige Sauerstoffzufuhr.“

„Haben Sie den Toten so vorgefunden?“, fragte Leni, während sie notierte.

„Ja, glauben Sie, ich hätte hier etwas angefasst oder verändert? In der Dunkelheit? Ich war froh, als die beiden Polizisten kamen. Ich hatte die Polizei mit meinem Handy verständigt. Gott sei Dank hatte ich das Handy dabei. Ich wollte ja nie eines haben, müssen Sie wissen, aber meine Kinder. Ja, meine Kinder haben darauf bestanden. Es kann doch mal etwas mit dir sein, haben sie gesagt. Oder du musst für einen anderen Hilfe holen.“

Heil sah für einen kurzen Moment zu dem Toten hinüber. „Der braucht keine Hilfe mehr. Schrecklich, was sie mit ihm angestellt haben. Aber sehen Sie, meine Kinder hatten recht. Ich habe das Handy gebraucht. Ohne das Handy …“

„Sie haben alles richtig gemacht", unterbrach Leni den Redeschwall des Mannes „Um wie viel Uhr genau fanden Sie den Toten?"

„Es war genau 20.10 Uhr. Ich habe auf die Uhr gesehen. Im Fernsehen, in den Krimis, fragen die Ermittler auch immer danach. Das behält man. Ich schaue mir jeden Tatort an. Als Rentner hat man ja genug Zeit dazu."

Leni lächelte den Mann an. „Das ist sehr gut. Ich notiere mir noch Ihre Personalien für den Fall, dass wir noch einige Fragen an Sie haben. Dann können Sie gehen."

Inzwischen waren auch Peters und sein Kollege Franzen am Tatort eingetroffen. Overbeck überließ den beiden das Feld und kam auf Leni zu. In der einen Hand hielt er eine Briefmappe und in der anderen einen weißen blutbefleckten Zettel. Leni wusste, was es war, noch ehe sie ihn genauer betrachtete.

„Der Adler?"

„Der Adler. Die gleiche Handschrift. Da gibt es keinen Zweifel."

„Der Tote?"

„Ewald Kerner, 43 Jahre alt. Als Wohnsitz ist Thalfang eingetragen."

„Thalfang? Liegt ungefähr 15 Kilometer von hier entfernt."

„Kerner, Kerner? Den alten Ermittlungs-Unterlagen zufolge hat er hier in Hermeskeil gelebt. Hätten wir seine neue Anschrift erkundet, dann …"

„Dann hätten wir auch nichts für ihn tun können. Oder hättest du dich als sein persönlicher Bodyguard geopfert? Nein, das ist nicht unsere Aufgabe. Die beiden anderen, die offensichtlich auch auf der Abschussliste des Mörders stehen, werden wir warnen. Umgehend. Aber das war es dann auch schon. Sie sollen sich selbst schützen. Polizeischutz, das können wir uns nicht erlauben."

„Ja, ich weiß: Sie haben es sich selbst zuzuschreiben. Ich werde mit Krauss sprechen", erwiderte Leni kurz. „Er soll entscheiden. Wir haben dann zumindest alles getan und brauchen uns keine Vorwürfe zu machen."

Peters kam auf Leni und Overbeck zu. Franzen richtete den Inhalt der Spurenkoffer und schloss die Behältnisse.

„Man hat ihm das rechte Bein zerschlagen", sagte Peters. „Wie bei Dellmann."

Der Arzt war immer noch nicht da.

Leni telefonierte mit dem Bestattungsinstitut. Man möge sich noch etwas Zeit lassen, die Leichenschau sei noch nicht abgeschlossen.

„Und?" Leni sah Peters fragend an. „Wie lange ist er tot?"

„Ich hoffe, dass ich mich nicht irre. Aber der Tod dürfte vor etwa zwölf Stunden eingetreten sein."

„Das würde bedeuten, er wurde am gestrigen Abend ermordet?"

„Ja, zu einer Zeit, als es noch hell war."

„Dann muss sich der Täter sehr sicher gewesen sein. Kannst du bestätigen, dass die Tat hier geschah oder wurde er nachträglich nach hier gebracht?"

„Nein, es geschah hier, zweifellos. Entweder ist das Opfer freiwillig bis hierher mitgekommen oder …"

„Oder es war willenlos." Overbeck klappte sein Notizbuch zu und sah zu dem Toten hinüber. „K.-o.-Tropfen, wie im Fall Dellmann. Warum sollte es dieses Mal anders sein? Selber Täter, gleiche Vorgehensweise. Da ist der Doc."

Natürlich war es Dr. Julius Kämmerlein, der seine schlanke, ja fast dürre Gestalt zum Tatort schleppte. Sein Fahrzeug hatte er offensichtlich vor dem Haus abgestellt, der Arztkoffer in seiner Hand schien seinen sehnigen Arm unter dem kurzärmeligen Hemd in die Länge zu ziehen.

„Was ist denn hier schon wieder los?", fragte er, doch Overbeck gab ihm mit dem Kopf ein Zeichen in Richtung des Toten und Kämmerlein schlurfte in dessen Richtung.

„Wir haben das Flatterband um den Tatort befestigt", ertönte eine Stimme hinter Overbeck und Leni. Die beiden jungen Kollegen näherten sich, und der kleinere von ihnen hielt einen Baseballschläger in der Hand.

„Ich habe ihn nicht angefasst", beeilte er sich zu sagen und zeigte auf den Gummihandschuh, den er über die rechte Hand gestreift hatte.

„Das hätte mich auch gewundert." Overbeck atmete tief durch. Leni hatte ganze Arbeit geleistet.

Der junge Kollege stutzte. „Haben wir etwas falsch gemacht?"

„Nein, alles in Ordnung." Overbeck streifte sich ein neues Paar Gummihandschuhe über und nahm den Schläger an sich. „Wo habt ihr ihn gefunden? Lag er hinter dem Schuppen dort hinten?"

Die beiden nickten wie auf Kommando.

„Das gleiche Zeremoniell", sagte Overbeck, als er sich den Schläger besah und auf die Blut- und Haaranhaftungen im gewölbten Teil deutete.

Leni hielt sich die Hand vor den Mund und nickte. „Die gleiche Art und Weise, wie der Mord vor 18 Jahren geschah. Wer auch immer das getan hat, er ruht nicht, bis er sein Vorhaben zu Ende geführt hat."

„Er kann es sich nicht leisten, hier oben weiterzumachen. Du wirst sehen, wenn es noch einen Mord geben sollte, das Opfer werden wir nicht mehr hier vorfinden."

„Was willst du tun?", fragte Leni. „Sollen wir dieses Haus ab heute rund um die Uhr observieren?"

„Ich glaube, diese Gedanken hegt auch unser Täter. Ich halte ihn für so intelligent, dass er sich etwas anderes einfallen lässt. Hallo, Kollegen!"

Er wandte sich zu den beiden jungen Polizisten der Hermeskeiler Inspektion, die sofort dienstbeflissen näher kamen.

„Ich möchte, dass dieses Haus ab sofort in unregelmäßigen Abständen in eure Streifen einbezogen wird. Sagt das auch den Kollegen der anderen Schichten. Die Anordnung wird auch noch schriftlich erfolgen. Seht dorthin!"

Overbeck deutete auf den Toten, an dem sich Kämmerlein zu schaffen machte. „Wenn ihr eure Arbeit schlecht macht, treffen wir uns unter Umständen ein weiteres Mal hier. Das allerdings wollen wir tunlichst vermeiden. Wir haben uns verstanden?"

Die beiden nickten. „Verstanden. Wir werden es sofort weitergeben."

Kämmerlein hatte seine Arbeit beendet und kam mit Peters und Franzen zu der Gruppe.

„Der Tod kann so vor 12 Stunden eingetreten sein, Vielleicht eine halbe Stunde früher oder später", sagte Kämmerlein.

Peters lächelte zufrieden.

Erst als der Arzt und die Kollegen der Schutzpolizei den Tatort verlassen hatten, kam der Leichenwagen.

„Wir sehen uns morgen früh“, sagte Overbeck, als Leni am *Hochwaldstübchen* aus dem Fahrzeug stieg. „Und wenn du nicht weißt, was du morgen Abend machen sollst: Ich habe mir einen kleinen Raum in Trier-Biewer gemietet. Als Dojo. Ich lade dich zu einem Probetraining ein.“

„Probetraining? Denk daran, dass ich noch etwas gut habe bei dir!“

19. Kapitel

„**D**as sind die Männer, die Täter von damals, Meg“, sagte Satorius und legte einige vergilbte Zeitungsartikel vor Maggie auf den Tisch. Sie hatten sich für ihr Treffen die gleiche Gaststätte ausgesucht, in der sie das letzte Mal zusammen gegessen hatten, das *Restaurant am Hunsrück-Steig.* Ihr Tisch stand unmittelbar an der Fensterfront des Gastraumes, und so hatten sie eine gute Sicht auf das Treiben der um diese Zeit belebten Geschäftsstraße.

„Und ihre Anschriften?“ Maggie sah Satorius erwartungsvoll an.

„Die Anschriften haben sich geändert. Ich weiß nicht, wo sie sich derzeit aufhalten. Zwei von ihnen leben nicht mehr.“

Es klang beiläufig, als Satorius es sagte, doch Maggies Körper straffte sich plötzlich.

„Tot? Wie sind sie … wann …?“, stotterte sie, und Satorius sah sie erstaunt an.

„Sind Sie sich sicher, dass Sie mit mir an dieser Sache arbeiten wollen“, fragte er und sah sie lange an, ehe er weiterfuhr. „Es scheint Sie irgendwie mitzunehmen. Kannten Sie die Männer etwa?“

„Mörder? Trauen Sie mir zu, dass ich Mörder zu Bekannten habe?“

Satorius überging die Frage. „Zwei dieser vier Männer wurden ermordet.“ Satorius wartete auf eine Reaktion Maggies, doch sie zeigte keine Regung.

„Wie sind sie zu Tode gekommen?“, fragte sie und neigte sich etwas über den Tisch auf Satorius zu.

„Ich habe den Eindruck, die Polizei vermutet einen Zusammenhang mit den Taten von vor 18 Jahren. Es heißt, man habe sie brutal erschlagen. Mehr weiß ich nicht. Noch nicht.“

„Erschlagen?“ Satorius glaubte für einen Moment, ein flüchtiges Lächeln in Maggies Gesicht festgestellt zu haben. Auf den zweiten Blick war jedoch alles wie vorher. Maggie schob ihre leere Kaffeetasse mit einer langsamen Bewegung zur Seite und beugte sich noch etwas weiter auf Satorius zu.

„Dann haben Sie ja nun eine aktuelle Story und brauchen nicht mehr in der Vergangenheit zu stöbern“, sagte Maggie, doch Satorius lächelte.

„Nur gemeinsam mit der Geschichte der Vergangenheit wird die aktuelle Situation zu dem Reißer, wie sich ihn unsere Leser wünschen. Wir müssen die Geschichte der Täter von damals bis ins Kleinste recherchieren. Wir müssen alles noch einmal aufwärmen. Was geschah damals? Wie haben sie ihre Zeit im Knast verbracht? Haben sie Familie? Was tun sie heute?“

„Und warum mussten bereits zwei der Täter sterben? Diese Frage wird doch wohl am meisten interessieren?“

„Das glaube ich kaum, dass es diese Frage sein wird. Vielmehr wird für unsere Leser interessanter sein, zu erfahren, was mit den anderen beiden passiert. In dieser Erwartungshaltung werden sie die Angelegenheit verfolgen. Die Sensationsgier, verstehen Sie? Außerdem wird es den Lesern wie uns gehen. Sie werden schnell herausfinden, dass es sich um Racheakte handelt.“

„Racheakte? Wie kommen Sie darauf, dass es sich um Racheakte handelt?“, fragte Maggie erstaunt. „Wer sollte das tun? Die Taten liegen 18 Jahre zurück. Zum Rächen war doch Zeit genug in den vergangenen Jahren.“

„Sie vergessen, dass die Täter bis vor nicht allzu langer Zeit im Gefängnis gesessen haben. Wie hätte sich jemand in dieser Zeit rächen sollen. Jemanden zu einem Mord im Gefängnis veranlassen, ich glaube, solche Dinge passieren in unsrem Land nicht so einfach.“

„Was glauben Sie, Hans, wer das getan hat?“

„Fragen Sie mich lieber, wer ein Motiv hat, solches zu tun. Und da fallen mir auf Anhieb nicht viele Personen ein.“

„Ja, da es ja niemand von der betroffenen Familie von damals gibt …“

„Das stimmt nicht ganz, Meg. Das Ehepaar von damals lebt nicht mehr, das ist wohl richtig. Aber da gibt es noch eine Tochter, wie ich Ihnen bereits bei unserem ersten Treffen sagte.“

„Sie glauben doch nicht, dass diese Frau die Morde begangen hat?“, rief Maggie, und es klang erstaunt und entrüstet zugleich. „Eine junge hilflose Frau?“

„Auf jeden Fall müssen wir herausfinden, wo sie sich aufhält, genauso, wie wir auch die beiden noch lebenden Männer ausfindig machen müssen. Wir werden mit ihnen reden. Wir werden sie warnen, ein großes Interview führen, für unsere Leser.“

Satorius konnte seinen Eifer für die journalistische Sache kaum noch zügeln. „Sie werden sehen, falls der Täter weitere Morde vorhat, wir werden sie durch unsere Recherchen verhindern.“

20. Kapitel

Die klatschenden Geräusche waren schon zu vernehmen, als Leni durch den Flur zum Eingang des Dojo schritt. Es klang, als schlüge dort drinnen jemand abwechselnd auf ein Stück Fleisch und dann wieder gegen etwas Undefinierbares, Vibrierendes. In die Schläge mischten sich Schreie und Leni ahnte, was dort drinnen vor sich ging. Es klang nach nur einer Person, und als sie die Tür zum Trainingsraum öffnete, sah sie sich bestätigt. Overbeck tanzte um einen Sandsack herum und schoss ab und zu Schläge mit der Faust oder dem Fuß ab. Dann tänzelte er zur Seite und schlug auf einen am Boden verankerten Pfahl ein, der in Schlaghöhe mit einer Art Seil umwickelt war.

Er ist tatsächlich gut, resümierte Leni, als sie Overbeck eine Zeitlang beobachtet hatte. *Beruhigend zu wissen für einen Einsatz, bei dem es darauf ankommt, nicht den Kürzeren zu ziehen.*

Overbeck gönnte sich eine Atempause, beugte sich im Oberkörper und stieß die Luft mehrmals scharf aus. Dann entdeckte er Leni.

„Du kommst tatsächlich?“, rief er. „Dann bist du meine erste Schülerin.“ Overbeck zeigte auf eine zweite Ausgangstür. „Dort kannst du dich umziehen. Such dir einen der Karategi aus. Sieh zu, dass er nicht zu klein ist.“

„Was soll ich?“

„Karategi, Karateanzug. Zieh einen über und komm her. Oder kneifst du?“

Kurze Zeit später stand Leni Overbeck gegenüber, der sie lächelnd betrachtete. „Aha, schwarzer Gürtel. Da muss ich wohl sehr aufpassen.“

„Es war nichts anderes da“, erwiderte Leni mit grimmigem Gesicht. „Ich kann ihn aber auch ausziehen.“

„Nein, lass mal. Wie sieht es aus? Hast du immer noch Interesse an diesem Sport?“

„Hab ich.“ Leni sah sich demonstrativ um. „Aber, sag mal, bin ich deine einzige Kundschaft?“

„Ich hoffe nicht“, lache Overbeck gequält. „Ich habe die Werbetrommel gerührt, Inserate gesetzt und Flugblätter verteilt. Die Leute müssen einfach kommen. Wovon soll ich sonst meine Miete hier bezahlen?“

„Aber es ist noch niemand hier … außer mir.“

„Du bist ja auch eine halbe Stunde vor der Zeit. Aber ich denke, dass deine Anwesenheit mir Glück bringt. Wir können ja die Zeit bis dahin überbrücken, indem ich dir einige grundsätzliche Dinge erklären werde. Einverstanden?“

„Dann sag mir doch, worauf du so wild drauflos gehämmert hast, als ich hereinkam.“

„Einen Sandsack kennst du doch sicher.“

„Nein, ich meine das Gerät dort hinten oder wie nennt man das Teil?“

„Das Teil nennt man Makiwara, ist so eine Art Sandsack, nur etwas härter.“

„Wozu soll das gut sein? Und wo ist eigentlich die Trainingspuppe?“

„Also eines nach dem anderen. Die Puppe habe ich noch nicht ausgepackt. Kann mich ja auf der Dienststelle an einer auslassen. Und was den Makiwara angeht, damit härtet man Körperstellen ab, mit denen man zuschlägt, die Handkanten, die Faustknöchel, Ellbogen, Fußballen, Fußspann …“

„Hoffentlich nicht den Kopf“, lachte Leni und sah sich in der kleinen Halle nach weiteren Trainingsmöglichkeiten um.

„Es gibt auch Kampfsportler, die härten ihre Stirn daran ab. Achte mal auf den Kopf von Jean-Claude van Damme. Suchst du etwas?“

„Eigentlich ist das doch ein ziemlich leerer Saal. Wo sind die anderen Geräte?“

„Es gibt keine, Leni. Im Training brauchen wir auch nicht den Sandsack oder den Makiwara. Beide habe ich für mich dort platziert. Kampfsport ist eine Art der Selbstverteidigung. Die wollen wir hier erlernen und praktizieren. Was gibt es Neues in unseren Mordfällen?“

„Wir haben seit drei Stunden Feierabend. Ich hoffe, dass es in dieser Zeit nichts Neues gegeben hat, es sei denn bezüglich der Aufklärung. In diesem Falle aber hätten sich die Kollegen bereits über Handy gemeldet.“

Overbeck sah zur Tür. Offensichtlich kam Bewegung in den Abend. „Da kommen die Ersten."

Tatsächlich standen in der Tür Männer mit Sporttaschen in den Händen und schauten sich erwartungsvoll um.

„Ihr könnt euch dort umziehen", rief Overbeck und zeigte auf die Tür, hinter der sich die Umkleiden befanden. Dann traute Leni ihren Augen kaum. Nacheinander betraten junge Männer und Frauen das Dojo und schließlich schätzte Leni die Anzahl auf über 20 Sportinteressierte.

„Ich werde dann mal die Anmeldungen entgegennehmen", meinte Overbeck mit freudigem Gesichtsausdruck und machte Anstalten, den Raum zu verlassen.

„Lass mich das mal machen", sagte Leni bestimmt. „Du kannst dich dann um dein Training kümmern. Aber mach dir keine falschen Hoffnungen, es ist das einzige Mal. Für das nächste Training musst du dir etwas einfallen lassen."

21. Kapitel

Der Streifenwagen schlängelte sich durch die Waldwege oberhalb der Stadt durch die Dämmerung, vorbei an der Sportanlage, und in der Dämmerung konnte man erkennen, dass heute kein Training dort stattfand. Alles war ruhig und frei von Bewegungen.

Die Uhr neben dem Tachometer zeigte Viertel vor acht Uhr abends. Heribert Gehweiler schaltete die Beleuchtung ein und sah seinen Kollegen Eddy Müller von der Seite her an.

„Ruhig heute Abend", sagte er, nur um etwas zu sagen. Die letzte Stunde hatten beide kaum gesprochen und hingen ihren Gedanken nach.

In Sichtweite tauchte vor ihnen *das Haus* auf, das sie seit einigen Tagen auf Trab hielt. Zwei Tote innerhalb kürzester Zeit, beide auf die gleiche grausame Art und Weise ermordet. Die Sorge, dass weitere Taten folgten, war berechtigt, und die Anordnung Overbecks war deutlich: *Das Objekt muss in Zukunft in die Streifenpläne integriert werden.* Insbesondere am Abend und in der Nacht sollten die Observationen erfolgen, so wie heute. Und der Abend war erst angebrochen. Gleich nach dem Schichtwechsel waren sie aufgebrochen, Gehweiler und Müller. Sie würden zu dem Haus fahren, würden ihre Streife fortsetzen und nach einer Stunde wieder hier auftauchen. So würde es die ganze Nacht gehen, im Wechsel mit einer weiteren Streifenbesatzung.

Gehweiler hielt das Fahrzeug an und schaltete die Beleuchtung aus. Bis zu dem Haus waren es von hier aus nur etwa 50 Meter. Von dort aus konnte man den Streifenwagen nicht ausmachen, der Beginn des Niederwaldes verdeckte die Sicht darauf. Das Haus allerdings ließ sich aus dem Fahrzeug durch die dünnen Baumstämme hindurch einigermaßen gut beobachten.

„Verlorene Zeit." Müller streckte sich und gähnte. Dann sah er auf seine Armbanduhr und gähnte ein zweites Mal. „Was soll um diese Zeit schon passieren?"

„Wir warten, bis es dunkel ist", sagte Gehweiler bestimmt. „Und später kommen wir noch einmal hierher. Du kennst die Anweisung."

„Was ist das eigentlich für eine ... Kollegin? Die von der Kripo?“, fragte Müller scheinbar gelangweilt und gähnte erneut.

„Ach, du meinst Leni?“

„Aha, Leni heißt sie also.“ Müller warf einen vielsagenden Blick auf Gehweiler.

„Ja, Leni. Marlene Schiffmann, um es genau zu sagen. Eine sehr nette und kompetente Kollegin.“

„Hast du was mit ihr?“

„Wie kommst du denn darauf?“ Gehweiler sah an Müller vorbei in Richtung des zu observierenden Hauses. „Sie ist eine liebe Kollegin, mit der ich mich gut verstehe, weiter nichts.“

„Und der andere? Overmann oder wie der heißt. Ein komischer Kerl. Hab ihn noch nie in unserem Zuständigkeitsbereich gesehen.“

„Overbeck. Er ist der Nachfolger von Heiner. Heiner Spürmann. Wenn du jetzt fragst, wer das ist, dann …“

„Nein, nein, Spürmann kenne ich. Habe gehört, er ist jetzt Dozent auf‘m Hahn oder so?“

„Ja, leider. Aber das Leben geht weiter. Und mit Overbeck werden wir auch zurechtkommen.“

„Wie heißt der eigentlich mit Vornamen?“

„Overbeck?“

„Ja, dieser Overbeck. Wie heißt er?“

Gehweiler überlegte. „Ich weiß es nicht“, sagte er schließlich. „Alle sagen nur Overbeck. Ich habe den Eindruck, nicht einmal Leni weiß, wie sein Vorname ist.“

Gehweiler setzte sich ruckartig auf und starrte nach vorne.

„Ich glaube, da ist etwas“, sagte er leise, als habe er Sorge, dass ihn jemand von dort hinten aus hören könnte.

„Was ist dort? Was hast du gesehen?“ Müller beugte sich gemächlich vor und sah zwischen den Bäumen hindurch in Richtung des Anwesens. „Ich kann nichts erkennen.“

Gehweiler starrte weiter gespannt in die Richtung, in der er glaubte, eine Bewegung gesehen zu haben. Dann war sie wieder da. Erst war es ihm, es als huschte ein Schatten hinter den Bäumen über das Gelände des Anwesens. Dann war er wieder verschwunden.

„Komm!“ Gehweiler war sich sicher: Da war jemand. „Deine Waffe! Halte sie griffbereit. Du beobachtest die Vorderfront, ich sehe hinter dem Haus nach.“

Gebeugt, bedacht, kein Geräusch zu verursachen, schlichen Gehweiler und Müller an dem kleinen Wald vorbei, die Pistolen griffbereit in den Händen.

Gehweiler gab seinem Kollegen ein Zeichen, worauf der sich umsah und in gebeugter Haltung nach links zur Vorderfront des Hauses lief.

Gehweiler verharrte noch eine Weile und beobachtete das Haus. Er lauschte angestrengt in die anbrechende Dunkelheit.

Dann splitterte Glas. Es kam von der Rückseite des Hauses her. Gehweiler sprintete los und erreichte die Giebelseite des Hauses. Mit der Pistole sicherte er nach vorne und sah vorsichtig um die Ecke.

Er sah niemanden.

Unter einem der Fenster glitzerte etwas. Gehweiler schlich näher. Unter seinen Schuhsohlen knisterte es. Es war das Glas der Fensterscheibe, bis zu der er sich vorgewagt hatte. Seine Wahrnehmung war also realistisch gewesen. Nun wusste er: In dem Haus befand sich jemand, der durch dieses Fenster eingestiegen war. Er dachte daran, dass Müller auf der anderen Seite des Hauses eine Flucht des Täters hoffentlich vereiteln konnte.

Gehweiler schlich näher und sah durch das Fenster in das Innere des Hauses. Er konnte nichts erkennen, hörte aber Geräusche, die aus einem anderen Raum kamen, als dem, dessen Fenster eingeschlagen war.

Er sah sich um und bemerkte in einiger Entfernung, angelehnt an einen Holzstoß, eine Kiste stehen, die er für sein Vorhaben als geeignet ansah. Kurze Zeit später stand er auf ihr, die unter seinem Gewicht nachgab und zu zerbrechen drohte. Fast geräuschlos stieg er in das Haus ein, die Pistole in der rechten, die ausgeschaltete Taschenlampe in der linken Hand.

Gehweiler sah sich um und sah, dass er sich in einem Schlafraum befand. Es roch modrig. Die Wände waren feucht, wie er durch den Strahl seiner Taschenlampe feststellen konnte. Verschimmelte Tapetenreste hingen von den Wänden. Ein altes, nahezu verfallenes Bett stand an der Wand, leere Umzugskisten stapelten sich mitten im Raum. Alles offensichtlich Dinge, die der letzte Eigentümer zurückgelassen hatte.

Gehweiler schlich auf die Tür zu, hinter der er den Eindringling vermutete. Er wollte alles auf eine Karte setzen und mit Gewalt das Zimmer stürmen. Müller würde die Geräusche hier drinnen hören und zu Hilfe kommen.

Er atmete tief durch, nahm kurz Anlauf und trat mit voller Kraft mit dem gestreckten Bein gegen die Tür. Holz barst und die Tür flog bis zum Anschlag auf.

Bevor sie zurückfederte, war Gehweiler mit dem Ruf „Keine Bewegung, Polizei!“ in den Raum gesprungen, mit der Pistole und der darunter befindlichen Taschenlampe in alle Richtungen sichernd.

Das Zimmer war leer. Gehweiler hielt inne und lauschte in die Stille hinein.

Dann klirrte erneut Glas, es folgten ein klatschendes Geräusch und ein Schrei. Gehweiler rannte durch das Zimmer, das in einen Flur mündete. Er sah sofort das zerschlagene Fenster und schaute vorsichtig nach draußen.

„Alles in Ordnung“, rief ihm Müller entgegen, und Gehweiler wunderte sich, dass sein Kollege auf dem Boden saß. Als er näher hinsah, erkannte er die Ursache. Müller hockte auf einer auf dem Bauch liegenden Person und hatte ihr mit Handschellen die Hände auf dem Rücken gefesselt.

„Wenn du Zeit hast, kannst du mir helfen.“

Die Bemerkung Müllers schmerzte in seinen Ohren. Zwar war er froh darüber, dass der Eindringling gefasst war, andererseits hatte er sich die Festnahme doch etwas anders vorgestellt. Dass der junge Kollege es ohne sein Zutun geschafft hatte, wurmte ihn etwas.

„Das war Teamarbeit“, sagte Müller, als Gehweiler neben ihm stand und sie die Person auf die Beine stellten. „Wie bei einer Treibjagd. Wir sollten öfters zusammenarbeiten.“

Es klingt ehrlich, stellte Gehweiler erstaunt fest. Irgendwie zerfiel sein anfänglicher Ärger, und er wandte sich der festgenommenen Person zu, die das Gesicht zu Boden geneigt hatte.

„Sehen Sie mich an!“, fuhr er die Person an, die langsam ihr Gesicht hob und ihm verächtlich in die

Augen sah. Es war ein junger Mann, Gehweiler schätzte ihn auf höchstens zwanzig Jahre. Er trug wollene Handschuhe. Die Kapuze seines dunklen Sportpullovers hatte er immer noch über seinen Kopf gezogen. Gehweiler fasste die Spitze der Kopfbedeckung und zog sie nach hinten. Dichtes, volles dunkles Haar quoll hervor.

„Sieh nach, ob er Papiere dabeihat", gab er Anweisung an Müller. Der durchsuchte ihn und förderte eine Packung Zigaretten, ein Einwegfeuerzeug und ein Schlüsselbund zutage.

„Keine Papiere", stellte Müller nüchtern fest.

„Ihr Name?" Gehweiler senkte den Kopf und wartete, die Augen auf den jungen Mann gerichtet.

Es kam keine Reaktion, außer der, dass der Festgenommene wieder zu Boden sah.

„Aha, so läuft das also", sagte Gehweiler und nickte mehrmals, als habe er irgendetwas verstanden, das man ihm gerade erklärt hatte. Dann wandte er sich zu Müller.

„Ruf bitte die Spurensicherung und verständige Kollegin Schiffmann …"

„Nicht Overbeck?"

„Ja, oder den. Wen von beiden du gerade erreichen kannst. Sag ihnen, es könne sein, dass wir den Baseball-Mörder gefasst haben."

Müllers Kinn sank nach unten und er sah Gehweiler mit weit aufgerissenen Augen erstaunt und irritiert an. Bevor er etwas sagen konnte, das nicht für die Ohren des Festgenommenen bestimmt war, hakte Gehweiler nach.

„Nun mach schon! Erkläre ihnen, was heute Abend hier geschehen ist. Sag ihnen, die Spurensuche werde benötigt. Anschließend sollen sie zur Dienststelle kommen. Wir werden unseren Freund hier solange einbunkern.“

Den jungen Mann hatte der Wortwechsel offensichtlich wachgerüttelt, denn hektisch sah er von einem zum anderen, und rote Flecken zeigten sich in seinem Gesicht.

„Was sagen Sie da?“, stotterte er und Gehweiler bemerkte, wie er zu zittern begann. „Was soll ich sein? Ein Mörder? Sie irren sich. Ich habe niemanden umgebracht. Warum sollte ich jemanden umbringen?“

Gehweiler winkte ab. „Sparen Sie sich Ihren Atem für später“, sagte er, während er zu Müller hinübersah, der offensichtlich Probleme hatte, Overbeck oder Leni zu erreichen. Es war am Abend, es gab nur den Weg über die private Handy-Leitung.

„Wenn du niemanden erreichen kannst, ruf beim Präsidium an. Die sollen dann jemanden schicken“, rief er Müller zu. Der winkte ab und begann sogleich zu sprechen. Gehweiler hörte nicht, was er sagte und mit wem er sprach. Er wandte sich wieder dem jungen Mann zu.

„Sie können alles der Kripo erklären. Sie wird bald hier sein, auf unserer Dienststelle, meine ich.“

„Ich habe nichts getan. Ich wollte doch nur …“

Gehweiler winkte ab. „Später.“

Müller kam auf sie zu. Das Handy hielt er noch in seiner Hand. „Ich habe Leni erreicht. Sie wird kommen. Overbeck auch. Und die Spurensicherung. Wir sollen auf der Dienststelle auf sie warten.“

22. Kapitel

„**W**as wir heute hier veranstalten ist ein reines Probetraining. Es kostet Sie nichts, ist völlig unverbindlich, und Sie haben anschließend die Möglichkeit, zu entscheiden: weitermachen oder feststellen, dass vielleicht eine andere Sportart für Sie geeigneter sein wird."

Overbeck kniete im weißen Karateki und schwarzem Gürtel vor der Gruppe, die er in die kniende Haltung gebeten hatte. Eine Matte gab es keine, und auf die Frage einer jungen Frau, wann man denn auf den weichen Unterlagen üben wollte, musste er ihr lächelnd mitteilen, dass dies vorerst nicht der Fall sein würde.

„Im Karate brauchen wir das nicht", sagte er. „Später, wenn Sie sich entscheiden, sich auch in Aikido oder in Jitsu oder beidem ausbilden zu lassen, dann werden auch Matten zum Einsatz kommen. Also eines nach dem anderen."

Dann gab er einen Überblick auf das, was diejenigen erwartete, wenn die denn weitermachten.

„Sie werden üben müssen, bis jede Technik sitzt, jeder Handgriff. Alles muss in Fleisch und Blut übergehen. Deshalb werden wir die ersten Angriffs- und Abwehrtechniken in der Gruppe und in der Bewegung ausführen. Dazu gibt es Kommandos von mir, damit die Techniken gemeinsam ausgeführt werden können."

Er sah, wie sich zwei junge Männer mit skeptischen Blicken ansahen.

„Ich weiß, was Sie denken", rief ihnen Overbeck zu. „Vergessen Sie Ihre Bedenken. Es ist kein militärischer Drill. Es ist einfach die Art und Weise des Trainings, wie sie seit Bestehen dieser Kampfkunst Anwendung findet. Die Übungen müssen in Fleisch und Blut übergehen, nur dann wird man im Falle eines Angriffs routinemäßig und automatisch das Richtige tun."

Overbeck unterbrach seine Ansage, denn im Nebenraum erklang die Anrufmelodie eines Handys.

„Es ist meines." Leni erhob sich aus ihrer kauernden Position und begab sich in den Umkleideraum. Kurze Zeit später kam sie zurück und flüsterte Overbeck zu: „Es ist Gehweiler, ein Kollege der Inspektion Hermeskeil. Sie haben einen jungen Mann am Tatort in Hermeskeil festgenommen. Sie schließen nicht aus, dass er der Mörder ist."

Overbeck nickte und überlegte kurz. Dann traf er einen Entschluss und wandte sich an seine angehenden Schüler in punkto Selbstverteidigung.

„Ich glaube, Sie haben verstanden, worum es mir geht, wenn Sie sich entschließen, diesem Dojo beizutreten. Überlegen Sie es sich. Ich würde mich freuen, Sie im nächsten Training wieder begrüßen zu können. Und noch eines."

Die Gruppe sah ihn erwartungsvoll an.

„Im Hinblick darauf, dass wir unsere Zusammenkunft heute Abend vorzeitig beenden müssen, wird das nächste Training für Sie ebenfalls kostenfrei sein. Wir sehen uns."

„Sie haben den Mörder von Dellmann und Kerner festgenommen?", fragte Overbeck, während die angehenden Karateki das Dojo verließen. „Wie sicher sind sie sich?"

„Sie scheinen sich überhaupt nicht sicher zu sein. Aber der Mann macht ihnen gegenüber keinerlei Angaben. Auch nicht zu seiner Person. Hinzukommt, dass der Mann in dem Haus am Waldrand festgenommen wurde. Was also sollen sie denken?“

„Wir müssen also hin.“ Es war eine Feststellung, die Overbeck traf. „Okay, Leni. Wir treffen uns auf der Dienststelle, beim Präsidium.“

23. Kapitel

Es war warm und schwül. Margreth Kollinger, oder besser gesagt Maggie Heidfeld stand am offenen Fenster ihres dürftigen Hotelzimmers und schaute gedankenversunken über die Dächer der Stadt, in die sie die Vergangenheit geführt hatte. Hier würde sich ihr Schicksal erfüllen, so oder so. Sie wollte ihre Rache, und nie waren dieser Gedanke, dieser Vorsatz so präsent gewesen wie in diesen Tagen.

Zwei der vier verhassten Menschen waren inzwischen tot. Diese Kenntnis ließ zwiespältige Gedanken in ihr aufkommen. Sie hatte ihren Tod gewollt, genauso wie sie den Tod der anderen beiden Männer wollte, denn sie hatten den Tod verdient. Sie hatten ihr das Liebste genommen, das sie auf dieser Welt gehabt hatte, dafür hatten sie den Tod verdient. Sie brauchten kein Gesetz, kein Gericht. Das Gericht war sie, Maggie. Selbst wenn einer oder gar alle eines natürlichen Todes sterben sollten, ehe sie sie fand, war es ihr Wille, ihr Wunsch, dass sie starben. Sie hatten kein Recht, auf dieser Welt zu sein. Wenn sie aber nicht auf natürliche Weise oder durch einen unglückseligen Umstand zu Tode kamen, dann würde sie zur Stelle sein. Ein Todesengel, der sie zur Hölle schickte.

Die Kirche war zum Greifen nah, und Maggie dachte darüber nach, in welchem Stil sie wohl erbaut war. Kunst war nie ihr Ding gewesen. Gotik war der einzige Stil, den sie als solchen erkennen würde. Das dort … sie überlegte, das dort könnte Jugendstil sein. Warum? Sie hatte keine Begründung. Vielleicht, weil es ein moderner Bau war. *Jugendstil ist doch modern*, dachte sie. *Oder täusche ich mich*?

Sie verdrängte die Gedanken. Es war ihr egal. Als nun mit einem Mal die Glocken die Mittagszeit einzuläuten begannen, hatte sie das Gefühl, das Gotteshaus stünde unmittelbar neben ihr. Bevor sich der Schmerz in ihren Ohren verstärkte, schloss sie das Fenster. Das Geläut war nun nicht mehr so laut. Im Gegenteil, es verursachte in Maggie ein wohliges Gefühl.

Wie es wohl im Inneren dieser Kirche aussehen möge? Es war lange her, dass sie in einer Kirche gewesen war. Sie überlegte. Dann verwarf sie die Gedanken. Es war in ihrer Kindheit, als ihre Eltern noch lebten. Da war sie regelmäßig mit ihrer Mutter zur Kirche gegangen und an den freien Wochenenden begleitete sie auch ihr Vater. Er trug dann meist seine Uniform. Nicht, dass er der Welt zeigen wollte, wer er war, nein, sie glaubte heute, es waren andere Gründe, wirtschaftliche vielleicht. Sicherlich wollte er damit seine zivile Kleidung schonen, dachte sie. Oder er war ein fanatischer Uniformträger, auch das sollte es geben.

Sie fand keine Antwort, und sie wunderte sich, wieso sie überhaupt solche Gedanken hegte.

Das Läuten der Glocken hatte aufgehört, und Maggie öffnete das Fenster erneut. Mit den Fingern der rechten Hand fuhr sie sich durch die Haare, die sie offen trug. Auch sonst hatte sie sich der Temperatur entsprechend gekleidet. Mit ihren engen Jeans und der weißen Bluse, die sie über dem Bauchnabel mit einem Knoten zusammengebunden hatte, sah sie sehr sexy aus, und obwohl sie kein Make-up trug, oder gerade deswegen, kam ihre Jugendlichkeit sehr zur Geltung.

Maggie lächelte. *Satorius.* Wenn er sie so sehen könnte. *Vielleicht hatte er sich in mich verliebt*, dachte sie. Ihrer Brust entfleuchte ein Seufzer. Irgendwie tat er ihr leid. Aber sie brauchte ihn. Er war Mittel zum Zweck. Oder war er mehr? Maggie horchte in sich hinein, doch dann schüttelte sie den Kopf. Heute, am Nachmittag, wollte sie sich mit ihm treffen. Gemeinsam wollten sie die Aufenthaltsorte der beiden noch lebenden Verbrecher von damals aufspüren. Sie hoffte darauf, dass Satorius inzwischen etwas herausgefunden hatte.

Sie schaltete den Fernseher ein und legte sich auf das noch ungemachte Bett. Einen Zimmerservice erwartete man in diesem Hotel kaum. Meist fragte der Wirt, ob alles in Ordnung sei oder ob sie besondere Wünsche habe. Maggie hatte diese Fragen stets verneint, und inzwischen fragte auch niemand mehr.

Sie hatte noch zwei Stunden Zeit. Im Fernseher kam nichts Gescheites. Ihr fielen die Augen zu. Kurz darauf war sie eingeschlafen.

Maggie schreckte hoch, als das Telefon läutete.

„Hier unten ist ein Herr, der sagt, er sei mit Ihnen verabredet“, meldete sich Leonhard, der Wirt.

Satorius! Maggie sah auf die Uhr. Fast drei Uhr am Nachmittag. Drei Stunden hatte sie geschlafen.

„Sagen Sie ihm, er möge einen Moment warten. Ich komme runter.“

Maggie legte auf und ging ins Badezimmer, um sich frisch zu machen. Das Bad war sauber, die Kacheln, die Toilette und die Dusche. Sie waren nur deshalb sauber, weil sie selbst sie gereinigt hatte. Anfangs kam noch eine Frau im gesetzten Alter. Doch als sie nach der Reinigung ging, war es ihr, als hätte sie auch fernbleiben können. Als sie das nächste Mal wiederkam, sagte ihr Maggie, dass sie sich selbst darum kümmern würde. Die Alte schlurfte davon, es schien ihr gleichgültig zu sein. Niemand sprach sie später darauf an, auch nicht Leonhard oder dessen Frau. Offensichtlich war man froh, dass man die Sache vom Hals hatte. Wo nicht gereinigt wurde, konnte sich auch niemand über eine schlechte Reinigung beschweren. So viel zur Aussage Leonhards: *Agnes und die Sauberkeit.*

Maggie stand lange unter der Dusche, die sie in Abständen immer kühler stellte, bis schließlich das eiskalte Wasser an ihr herablief. Sie drehte den Hahn zu, trocknete sich ab und schlüpfte in ihre enge hüfthohe Jeans. Sie griff nach dem BH, der über dem Bett hing, legte ihn nach kurzem Zögern wieder weg und streifte eine weiße Bluse, deren Zipfel sie über dem Bauchnabel zusammenband, über ihren nackten Körper. Sie öffnete den Kleiderschrank und ließ ihren Blick über die Schuhpaare streifen, die sie am Boden abgestellt hatte. Schließlich entschied sie sich für ein

Paar halbhohe sportliche Schuhe, die ihren schlanken Fuß unter den hautengen Jeans besonders zur Geltung brachten.

Das um den Kopf gewickelte Handtuch, das verhindert hatte, dass ihre Haare während des Duschens nass wurden, warf sie achtlos auf das Bett und fuhr sich mit beiden Händen durch die Haare und schüttelte sie auf.

Nach einem letzten Blick in den Spiegel im Bad, dessen braune Ränder von einem hohen Alter zeugten, ergriff sie ihre Handtasche und sah hinein. Zufrieden nickte sie, sah sich noch einmal um und verließ den Raum, den sie sorgfältig verschloss. Eine unnütze Maßnahme, dachte sie. Leonhard hatte einen zweiten oder dritten Schlüssel. Sollte er doch nachsehen, wenn er das unbedingt brauchte.

Sie stieg mit leicht eingeknickten Beinen die Treppe hinab, die hohen Absätze vereitelten eine andere Haltung.

Satorius stand an der Theke, im Gespräch mit Leonhard, in der Hand ein halb leeres Glas Bier. Als er Maggie sah, stellte er das Glas auf der Theke ab und kam auf sie zu.

„Welch märchenhafte Erscheinung am frühen Nachmittag, Grethel“, scherzte er, indem er ihre Hand nahm und einen Handkuss andeutete. „Wer möchte da nicht gerne Ihr Hänsel sein?“

24. Kapitel

Voller Erwartung trafen Overbeck und Leni in Hermeskeil ein und eilten die Stufen zum Portal der Polizeiinspektion empor. Gehweiler öffnete auf ihr Läuten und es kam Leni vor, als habe er hinter der riesigen Doppeltür gestanden und nur auf ihre Ankunft gewartet.

„Gut, dass ihr kommt", rief er und warf die Arme vielsagend in die Höhe. „Es ist nichts aus ihm herauszubringen. Er streitet alle Vorwürfe ab."

„Ihr habt bereits mit der Vernehmung begonnen?" Overbecks Stirn legte sich in Falten, und Gehweiler schob schnell eine Bemerkung hinterher. „Befragt haben wir ihn, nicht vernommen, nur befragt."

„Du sagtest doch, es sei nichts aus ihm herauszubringen?", legte Overbeck nach und Gehweiler atmete tief ein, während er hilfesuchend auf Leni sah.

„Er brachte uns mit seinem Schweigen auf die Palme und da … da haben wir ihm die Morde vorgehalten", stotterte er.

„Und nun sagt er nichts mehr und will einen Anwalt. Richtig?"

Gehweiler nickte. „Aber wir haben in dieser Richtung noch nichts unternommen. Wir wollten auf eure Ankunft warten."

„Wenigstens etwas Gutes", brummte Overbeck, und Leni sah den Moment gekommen, die Diskussion zu beenden.

„Dann bring uns zu ihm. Wollen mal hören, ob er nicht doch etwas zu sagen hat."

Sie gingen vorbei an der Wache, wo sich zwei junge Kollegen unterhielten und kurz die Hände zum Gruß hoben, als sie die Gruppe sahen. Dann folgten sie einem mit hässlichen grauen Fliesen verlegten Gang, an dessen Ende Gehweiler stehen blieb und auf eine der beiden Zellentüren zeigte.

„Unser Polizeigewahrsam, zwei Zellen", sagte er fast entschuldigend, als hätten Leni und Overbeck mehrere davon erwartet. „Er ist in Nummer eins."

Overbeck schob mit der Fingerspitze die kleine runde Sichtschutzplatte vor dem Spion beiseite und sah hindurch. Die kahle Pritsche auf der rechten Seite an der Wand war leer. Schon glaubte Overbeck, seine Augen spielten ihm einen Streich, da sah er ihn. Er saß auf der linken Seite des kleinen Raumes, unmittelbar neben der Tür, weshalb er ihn nicht sofort wahrgenommen hatte.

Es war ein junger Mann, den Overbeck an die achtzehn Jahre schätzte. Die dunklen vollen Haare reichten bis zur Schulter und hingen ungezügelt über beide Gesichtshälften, sodass gerade die Nasenspitze zu erkennen war. Seinen Anorak hatte er über beide Knie gelegt und seine Unterarme darauf abgestützt. Ob er schlief oder seinen Gedanken nachhing, war nicht zu erkennen.

Overbeck nickte Gehweiler zu, der mit einem Rasseln sofort den Schlüssel ins Schloss steckte und mit zwei klackenden Geräuschen das Schloss öffnete.

Kaum hatte Overbeck die Zelle betreten, sprang der junge Mann auf und ließ eine Tirade vom Stapel, die den beiden Kriminalbeamten erst einmal die Luft nahm.

„Warum werde ich hier festgehalten?", rief er schließlich und wandte dabei sein Gesicht den Beamten zu.

Overbeck sah einen jungen Mann vor sich, einen Mann mit langen, ungepflegten Haaren, mit stoppelbärtigem Gesicht und buschigen Augenbrauen. Er betrachtete das Gesicht des Gegenübers, um daraus zu lesen, auf seine Gedanken, seinen Charakter zu schließen. Es sprang ihm nur Hass und Wut über die Ohnmacht eines Festgenommen entgegen.

Overbeck verzichtete angesichts der momentanen Verfassung des Mannes auf eine weitere Unterhaltung in der Zelle.

„Bringt ihn in den Vernehmungsraum!“, gab er kurz Anweisung, und zu Leni gewandt sagte er kurz: „Komm!“

Gehweiler winkte einem jungen Kollegen, der just in diesem Moment den Gang betrat. Overbeck und Leni drehten sich nicht mehr um.

Der Vernehmungsraum lag im Obergeschoss, ein etwa 20 Quadratmeter großer, weiß angestrichener Raum, spartanisch eingerichtet, nur mit dem Notwendigsten ausgestattet. Auf einer Art Sideboard an der Wand gegenüber der Tür wartete ein Tonbandgerät auf seinen Einsatz und sogar eine kleine Videokamera hatte man auf einem Stativ in der Nähe des Fensters, weit genug weg vom Vernehmungstisch, installiert. Eine Glasscheibe in der Größe einer Tischplatte gewährte einen Blick in das Innere des Vernehmungszimmers, nicht aber nach außen, wo meist ein Polizeibeamter das Vernehmungsgeschehen verfolgte, um in einer Ausnahmesituation eingreifen zu können.

Während Gehweiler und sein junger Kollege den Festgenommenen in den Vernehmungsraum führten, warteten Leni und Overbeck noch einen Moment draußen.

„Er hat keine Papiere dabei“, sagte Leni nachdenklich. „Und er macht keine Angaben über seine Person.“

„Dann muss er eben die übliche Prozedur durchlaufen“, gab Overbeck unwirsch zur Antwort. „Wir können uns nicht den ganzen Tag mit ihm befassen, wenn er keine Angaben macht. Wir werden ermitteln, wer er ist und ihn dem Haftrichter vorführen. Basta!“

„Nun mal langsam, Overbeck“, sagte Leni betont langsam und legte die Betonung bewusst auf seinen Namen. „Wir werden unsere Arbeit tun, wie wir sie immer tun. Nach Vorschrift.“

„Genau. Nach Vorschrift. Du kennst ja den Ausdruck: Dienst nach Vorschrift. So wird es laufen.“

„So kann es nicht laufen“, zischte Leni, in der auf einmal Aufregung emporstieg. „Dienst nach Vorschrift bedeutet, nur das Notwendigste zu tun. Aber das ist in unserem Fall zu wenig. Viel zu wenig. Wir müssen davon ausgehen, dass weitere Morde geplant sind. Morde, die wir verhindern wollen. Das geht ganz bestimmt nicht mit Dienst nach Vorschrift.“

Overbeck sah Leni an und plötzlich lächelte er. „Du glaubst, du kannst die nächsten beiden Morde verhindern?“

„Aus deinem Mund hört sich das an, als stünde die Ermordung der beiden Männer jetzt schon fest. Ja, wir müssen versuchen, das zu verhindern. Vielleicht ist das heute der Anfang. Lass uns reingehen.“

Leni hatte sich in Rage geredet und stand vor Overbeck und sah ihm in die Augen. Er hatte den Eindruck, dass sie leicht zitterte.

„Okay, gehen wir."

Als Overbeck und Leni den Vernehmungsraum betraten, sprang der Festgenommene, von dem sie nicht wussten, wie sie ihn anreden sollten, auf und kam auf sie zu.

„Setzen Sie sich!" Overbecks Befehl war knapp und scharf. Der junge Mann schien nicht hinzuhören. Er kam einen weiteren Schritt auf die beiden zu. „Was wollen Sie von mir? Warum sperren Sie mich ein?"

„Drehen wir das Ganze doch einmal um", sagte Overbeck leise. „Aber erst setzen wir uns." Sein fordernder Blick ruhte in den Augen des jungen Mannes, der zurückwich und sich auf einen der drei Stühle fallenließ.

„Also", fuhr Overbeck weiter. „Beginnen wir damit, dass Sie uns sagen, wer Sie sind. Das würde die Angelegenheit um ein Vielfaches vereinfachen. Nicht, dass es uns viel ausmachen würde, aber während der Zeit, in der wir ermitteln, wer hier vor uns sitzt, bleiben Sie bei uns. Oder in U-Haft. Wer weiß? Es kommt auf Sie alleine an."

„Machen Sie es sich nicht so schwer", versuchte es Leni auf die freundliche Art. „Sie sagen uns, wer Sie sind, wir überprüfen es, und zwischendurch erzählen Sie uns, was Sie in dem leer stehenden Haus wollten."

„Und wenn ich mich weigere?"

„Dann werden wir Sie morgen früh dem Haftrichter vorführen, und wie sich Ihre Situation darstellt, geht's ab in den Bau."

Es war nachzuempfinden, wie sich die Gedanken im Kopf des Mannes überschlugen. Als er tief einatmete, wusste Overbeck, dass sie gewonnen hatten. Schließlich kam die Antwort:

„Gut. Mein Name ist Josef Köhler. Ich wohne in Trier. Sie können das gerne überprüfen. Habe dort eine kleine Wohnung, in der ich derzeit alleine lebe.“

Overbeck sah Leni an. „Ich mache das schon, sagte sie und stand auf. „Ihr Geburtsdatum?“

Der Mann sagte es ihr, und Leni verschwand aus dem Raum. Draußen sah sie durch die milchige Scheibe noch einmal zurück und sah, wie sich Overbeck über den Tisch beugte und auf den jungen Mann einredete.

„Und? Wie sieht’s aus?“

Sie hatte Gehweiler nicht kommen hören und erschrak. „Du kannst mir behilflich sein. Sieh bitte mal im System nach, ob diese Person unter der angegebenen Adresse existiert. Und noch was: Versuche herauszufinden, ob unter diesen Personalien irgendwelche Erkenntnisse vorliegen, laufende Verfahren, Vorstrafen oder Ähnliches. Du kennst dich hier besser aus. Ich werde dich begleiten.“

Auf dem Monitor wechselten die Seiten, bis Gehweiler endlich in dem Bereich angekommen war, wo er die vermuteten Personalien des Festgenommenen eingab.

Er nickte und zeigte mit dem Finger auf die Monitorfläche. „Köhler wohnt in Trier, so wie er es angegeben hat.“

„Dann stimmen also auch die restlichen Personalien?“

„Ja, offensichtlich. Josef Köhler, geboren am 15.03.1992 in Hermeskeil …“

„In Hermeskeil?

„Hm."

„Ist ja seltsam. Köhler wurde vor 19 Jahren in Hermeskeil geboren, wohnt jetzt in Trier und wurde in einem leer stehenden Haus in Hermeskeil festgenommen. Dafür muss es doch einen Grund geben. Er wird uns einiges zu erklären haben, da bin ich mir sicher."

Gehweiler blätterte in den Seiten des polizeilichen Systems weiter, bis er schließlich in den Eingabebereich gelangte.

„Dann wollen wir mal sehen", sagte er vor sich hin und gab Namen und Geburtstag in die entsprechende Rubrik ein. Er schüttelte den Kopf. „Nichts."

„Das heißt, er ist strafrechtlich noch nie in Erscheinung getreten", stellte Leni nüchtern fest und ließ sich auf einen Stuhl neben dem Gehweilers fallen. „Ich frage mich, warum er uns nicht sagt, was er dort oben wollte. Warum hat er so lange gezögert, seine Identität preiszugeben?"

„Versuch es herauszufinden."

„Druck mir bitte alles aus, auch wenn es nur scheinbar uninteressante Erkenntnisse sind."

„Kurze Zeit später hielt sie die ausgedruckten Seiten in der Hand. „Köhler, Peter, geboren am 15.3.1992 in Hermeskeil, wohnhaft in Trier, Treverer Platz 54", sagte Leni vor sich hin und betrachtete gedankenverloren die Blätter in ihrer Hand. „Wer wohnt noch alles in dem Haus? Sieh bitte nach."

Kurz darauf hielt sie den Ausdruck in Händen, der ihr außer der Wohnung Köhlers noch drei Familien offerierte. Der Name Köhler tauchte dabei nicht mehr auf.

„Ist das alles?" Gehweiler riss sie aus ihren Gedanken.

„Ja, das ist alles … nein, noch etwas. Ich brauche alle Einwohner in Trier mit dem Namen Köhler."

„Alle?" Gehweiler schaute ungläubig drein.

„Nein, nicht alle. Nur die Köhler, die sich mit ‚ö' schreiben. Die mit ‚oe' kannst du außer Acht lassen."

Leni erhob sich. „Bringst du mir die Sachen nach unten? Ja, und noch eins. Ich brauche auch die Köhlers hier aus Hermeskeil. Wenn es denn welche gibt."

Im Weggehen drehte sich Leni noch einmal zu Gehweiler um, der in seine Arbeit mit dem Computer vertieft war.

„Harry … du hast etwas gut bei mir. Ein Feierabendbier."

„Gehweiler sah auf. *Ein* Bier? Also *drei* müssten da schon drin sein."

„**S**ie haben hier in Hermeskeil gewohnt. Warum haben Sie nichts davon erwähnt?" Leni legte den Ausdruck des Computers mit den Meldedaten vor Köhler auf den Tisch.

„Sie haben nicht danach gefragt", war die schnippische Antwort.

„Sie sind sogar in Hermeskeil geboren. Ein waschechter Hermeskeiler also. In Trier wohnen Sie erst seit …", Leni drehte das Blatt Papier zu sich herum, „seit zwei Jahren. Warum sind Sie weggezogen?"

„Das ist meine Sache", kam die wiederum kurze Antwort.

„Gut, das reicht", schaltete sich Overbeck ein. „Ich möchte von Ihnen wissen, was Sie in dem Haus am Rande der Stadt gesucht haben. Ich gebe Ihnen eine mögliche Antwort: Der Täter kehrt in vielen Fällen zum Tatort zurück. Also, was wollten Sie dort?“

Köhler schwieg.

„Dass Sie einen Einbruch begangen haben, das dürfte Ihnen wohl klar sein. Einbruchsdiebstahl ist ein Vergehen, das nicht unerheblich bestraft wird.“

„Ich habe nichts gestohlen.“

„Dann bleibt immer noch ein versuchter Einbruchsdiebstahl. Auch damit geht man nicht straflos aus.“

„Beweisen Sie mir das. Ich habe das Fenster eingeschlagen. Na und? Sachbeschädigung, ja, dazu stehe ich. Mehr können Sie mir nicht beweisen.“

„Herr Köhler“, Overbeck zog den Namen bedächtig in die Länge und ging mit ausgebreiteten Armen im Raum umher. „Herr Köhler“, wiederholte er. „Uns geht es nicht darum, einen Einbruch oder seinen Versuch oder Hausfriedensbruch und Sachbeschädigung aufzuklären. Meine Kollegin und ich sind von der Mordkommission, und Sie sitzen hier vor uns, weil wir Sie verdächtigen, einen, ja vielleicht zwei Morde begangen zu haben. Was zählt da schon ein Einbruch.“

Overbecks Worte schienen auf fruchtbaren Boden zu fallen. Kein Aufbrausen, wie die beiden Kriminalisten es erwartet hatten, kam als Reaktion auf die Anschuldigung. Köhler lehnte sich zurück und schien in sich zusammenzusacken.

„Ich habe weder einen Mord noch einen Einbruch begangen“, sagte er leise.

„Dann sagen Sie uns, was Sie dort wollten.“ Overbeck war an den Tisch herangetreten und stellte die Frage ebenso leise und wartete mit vorgeneigtem

Oberkörper gespannt auf die Antwort. *Ich habe ihn soweit,* dachte er. *Jetzt wird er es auskotzen.*

„Ich wollte mir den Ort ansehen, wo der Mord geschah", sagte er schließlich.

„Der Mord?" Overbeck schüttelte den Kopf. „Die Morde! *Zwei* Morde. An der gleichen Stelle. Warum wollten Sie sich den Ort ansehen? Hat Sie Ihr Gewissen dorthin getrieben?"

„Verdammt noch mal, hören Sie mir eigentlich zu?", schrie Köhler und neigte sich ebenfalls nach vorne, so, dass sein Gesicht das von Overbeck fast berührte. „Ich habe niemanden ermordet. Ich hatte einen Grund, dort zu sein. Einen persönlichen."

Overbeck lehnte sich zurück und nahm damit die Spannung aus der Situation. Köhler hielt in seiner Stellung inne.

„Erzählen Sie uns Ihre Version", ließ sich nun auch Leni vernehmen, die die letzten Minuten geschwiegen hatte. *Er sieht nicht wie ein Mörder aus, und seine Argumente müssen einen anderen Hintergrund haben*, dachte sie bei sich. „Was Sie uns auch erzählen, wir werden es überprüfen, ob zu Ihrem Nachteil oder zu Ihren Gunsten. Darin besteht unsere Arbeit. Also, kommen Sie."

Es schien, als überlegte Köhler. Schließlich sagte er: „Wenn ich Ihnen die Wahrheit sage, werden Sie mir ebenso wenig glauben."

„Versuchen Sie es."

„Er war mein Vater."

Es war auf einmal sehr still in dem Vernehmungsraum, der eigentlich geprägt war von robuster Kommunikation. Leni sah Overbeck an, dann wandte sie sich wieder an Köhler und fragte bewusst leise, als habe sie Angst, er könne sich wieder dazu entschließen, seine Aussage zu verweigern.

„Ihr Vater? Wer war Ihr Vater?"

Köhler sah unter sich und auf einmal kam es Leni so vor, als habe sie einen zerbrechlichen jungen Menschen vor sich.

„Ich habe mir geschworen, nie mehr im Leben über meinen Vater zu sprechen. Ich hatte ihn aus meinem Leben, aus meinem Gedächtnis gestrichen. Doch als er dann tot war …"

„Ihr Vater?" Leni zeigte sich irritiert, und Overbeck sah ein, dass er sich nun zurückhalten musste. Hier war weibliches Fingerspitzengefühl mehr gefragt, das sah er ein. Sein Interesse aber wuchs. „Ihr Name ist … Köhler. Wer ist … wer war Ihr Vater?"

„Ich trage den Namen meiner Mutter. Sie war nicht mit meinem Vater verheiratet."

„Moment mal." Overbeck war aufgestanden und sah Köhler mit erwartungsvoller Spannung an. „Dann ist Ihre Mutter …"

„Jeanette Köhler. Sie kennen Sie. Meine Mutter hat meinen Vater in der Leichenhalle in Trier identifiziert. Sie hätten ihr das ersparen können."

Overbeck überging den Vorwurf. „Ihr Vater war Jörg Dellmann!" Das war eine Überraschung. Alles, was den jungen Mann betraf, ergab nun einen Sinn. *Er wollte sich im Tod mit seinem Vater versöhnen. Blut ist eben dicker als Wasser.* Overbeck tat es plötzlich leid, Köhler so angegangen zu sein.

„Sie sagten, Sie haben Ihren Vater aus Ihrem Gedächtnis gestrichen? Aber Sie wollten an den Ort, an dem …"

„Ich weiß, was er getan hat, was er und seine Kumpane vor 18 Jahren getan haben. Ich habe mich für ihn geschämt. Für ihn, meine Mutter und für mich. Wissen Sie, was es bedeutet, einen Mörder zum Vater zu haben?"

„Dennoch haben Sie die Stelle aufgesucht … den Ort, wo ihr Vater … starb."

Köhler schwieg. Alle schwiegen für einen Moment.

„Wann haben Sie von seiner Tat erfahren?", brach Leni schließlich das betretene Schweigen.

„Mein Vater verließ meine Mutter bereits, als sie mit mir schwanger war. Drei Jahre später passierte das dort oben." Köhler machte eine Kopfbewegung in die Richtung, von der er glaubte, dass dort das Haus der damaligen Familie Thompson war. „Erst als ich 18 wurde, hat mir meine Mutter von meinem Vater erzählt. Es war ein Jahr vor seiner Entlassung aus dem Knast."

„Haben Sie ihn danach getroffen?"

„Nein, ich konnte nicht. Ich hätte nicht in seine Augen sehen können."

„Aber er war ihr Vater."

„Ja, nachdem man ihn … ermordet hatte, machte ich mir Vorwürfe, nicht einmal mit ihm gesprochen zu haben." Köhler sah unter sich, und sein Körper zuckte leicht.

„Dann wollten Sie zumindest die Stelle sehen, an der er sein Leben lassen musste?"

„Ja, und als dann die Polizisten auf das Haus zustürmten, habe ich keinen anderen Ausweg gewusst, als mich im Inneren zu verstecken."

Overbeck, der sich inzwischen wieder auf seinem Stuhl niedergelassen hatte, stand erneut auf. „Sie können gehen. Aber halten Sie sich zu unserer Verfügung."

Köhler nickte. „Ich bin in meiner Wohnung in Trier zu erreichen", sagte er.

„Kennen Sie die … Kumpane Ihres Vaters, die damals an der Tat beteiligt waren?", wollte Leni wissen. Sie wusste, dass ihre Frage unnötig war.

„Ich kenne ihre Namen. In der Zeitung wurde nach ihrer Haftentlassung berichtet. Aber sie interessieren mich nicht. Mich interessiert nur der Mörder meines Vaters."

25. Kapitel

Rainer Balthoffs Blick war starr auf die Aufmacherseite des Koblenzer Anzeigers gerichtet, den er zwischen seinen Fingern hielt. Die Buchstaben begannen urplötzlich vor seinen Augen zu tanzen. Was er dort las, trieb ihm das Klopfen seines Herzens bis ins Gehirn.

"DER BASEBALL-MÖRDER SCHLÄGT ERNEUT ZU"

Diese Schlagzeile fesselte seinen Blick.

Die Gedanken und Erinnerungen, die er lange vergraben glaubte, wühlten sich durch die Windungen seines Gehirns in den Vordergrund und formten sich zu nahezu greifbaren Bildern. Das Haus am Rande der Stadt, der amerikanische Soldat, die Frau. All das sah er vor sich, als sei es gestern gewesen. Und doch waren nahezu zwei Jahrzehnte vergangen.

Dieser Mord, über den in der Zeitung berichtet wurde, wie auch der andere vor wenigen Tagen, war genau an dem beschriebenen Haus geschehen. Das Haus, an dem er vor über fünfzehn Jahren … Er konnte den Gedanken nicht weiterführen. Die Morde … der Zusammenhang war offensichtlich. Das war kein Zufall.

Balthoff suchte den Text Buchstaben für Buchstaben nach dem Namen des Opfers durch, vergebens. *Es werden keine Namen genannt*, dachte er bei sich. Auch nach dem ersten Mord war es so. *Den Zeitungen ist es nicht erlaubt, Namen zu nennen, aus welchen Gründen auch immer*. Aber er wusste auch so, bei wem es sich um das zweite Opfer handelt, ebenso wie er von der Identität des ersten Ermordeten überzeugt war. Der erste war aus Hermeskeil, und der zweite hat in Thalfang gewohnt, so stand es in der Zeitung.

Wir waren zu viert, dachte er. *Ich wohne in Koblenz, der andere, verdammt, wie war noch sein Name ... er lebt irgendwo in Luxemburg*, erinnerte er sich. Was also ist die logische Folgerung? Balthoff war sich sicher. Dellmann und Kerner, sie müssen es sein, denen man so übel mitgespielt hat. Er überlegte weiter und ertappte sich dabei, dass er sich umsah. Das Bistro, in welchem er fast jeden Tag seinen Espresso zu sich nahm, lag in der Innenstadt, in der Nähe des Löhr-Zentrums. Er schüttelte unmerklich den Kopf. *Hier wird man es nicht auf mich absehen. Hier bin ich sicher. Und überhaupt. Hat man es denn auch auf mich abgesehen?*

Sofort verwarf er die Frage. *Natürlich hat man es auch auf mich abgesehen. Man wird versuchen, auch mich umzubringen. Wie wird es geschehen? Mit einem*

Baseballschläger. In meiner Wohnung? Auf offener Straße?

Sein Körper straffte sich. Nein, mit ihm würde man so etwas nicht machen. Er würde wachsam sein. Er fragte sich, ob seine Lebensgefährtin den Artikel ebenfalls gelesen hatte und wenn, ob ihr überhaupt aufgefallen war, dass er gemeint sein könnte. Irma wusste über seine Vergangenheit Bescheid. Er hatte sie nach seiner Haftentlassung kennengelernt, und sie hatte nur das Gute in ihm gesehen, vielleicht auch sehen wollen. Er glaubte an sie. Sie war sein Halt. Und jetzt das.

Er fasste einen Entschluss. *Du wirst mir nichts tun, dafür werde ich sorgen. Ich werde vorbereitet sein*, dachte er. *Ich werde zum Gegenangriff übergehen. Wer immer du bist, dein Vorhaben wird nach hinten losgehen, denn ich werde dich finden, und ich bin sicher, dass du es mir leicht machen willst. Meine Suche nach dir wird aus Warten bestehen. Aus Warten auf dich.*

Ich werde den Spieß umdrehen.

Ich werde dir zuvorkommen.

Ich werde dich töten!

26. Kapitel

Der silbergraue Benz der gehobenen Mittelklasse hatte die Stadt Hermeskeil verlassen und rauschte über die Bundesstraße der Autobahnauffahrt entgegen.

„Wir fahren nach Koblenz, Meg. Einer der beiden noch lebenden Männer wohnt in Koblenz. Ob die Anschrift, die ich in Erfahrung gebracht habe, noch immer aktuell ist, weiß ich nicht. Allerdings ist es die Meldeanschrift, aber unter den gegebenen Umständen würde ich es an seiner Stelle vorziehen, einen Ort zu wählen, an dem man mich nicht so schnell finden wird."

Satorius sah zu Maggie, die es sich auf dem Beifahrersitz gemütlich gemacht hatte und gelangweilt aus dem Fenster sah. Er hatte ihr nicht viel erklären müssen, vor der Fahrt. Es reichte ihr, dass er sagte, er habe neue Erkenntnisse.

Er wird seine Quellen haben, dachte sie. Vielleicht schmiert er jemanden bei der Einwohnerbehörde, vielleicht hat er einen besseren Draht zur Polizei als den zu dieser Polizistin, die nicht gerade redselig war.

Tatsächlich hatte Satorius einen entfernten Verwandten beim Einwohnermeldeamt, der sich scheu umsah, als ihn die Frage nach dem Wohnort von Balthoff traf. Satorius hatte ihn am Nachmittag aufgesucht, der Publikumsverkehr war auf den Vormittag beschränkt, und so konnte er seine Überredungskünste, ungehört von lästigen Zeugen, auf den verängstigt dreinschauenden, entfernten Verwandten einwirken lassen. Mit Erfolg.

Als er das Amt verließ, hatte er die Adresse. Koblenz, Breitsteinstraße 49. Sein entfernter Verwandter hatte ihm als Zusatzinformation mit auf den Weg gegeben, dass Balthoff unverheiratet sei, was nicht bedeutete, dass er alleine lebe. Eine Ehefrau war im System nicht registriert, ebenso keine Kinder. Ein typischer Junggeselle also.

Es ist schon komisch, dachte Satorius. *Keiner der beiden Toten war verheiratet.* Wenn er die 15 Jahre Gefängnis abzog, dann waren die beiden etwas über

30 gewesen. *Seltsam. Vielleicht hatten sie was gegen Frauen. Vielleicht war darin das Motiv für ihre Tat damals zu finden.*

„Wer ist der Mann? Erzählen Sie mir von ihm", hörte er Maggie fragen. „Sie haben doch irgendwelche Erkenntnisse, oder?"

„Momentan weiß ich nicht mehr als Sie, Meg. Nur, dass er, dieser Rainer Balthoff, einer der Täter in der Mordsache Thompson war, dass er 15 Jahre deswegen im Knast verbracht hat und heute in Koblenz wohnt. Wir können nur hoffen, dass er gesprächig ist."

„Was glauben Sie, wird er uns erzählen, Hans? Ich kann mir nicht vorstellen, dass er überhaupt ein Interesse daran hat, einer Zeitung in dieser Situation ein Interview zu geben. Er wird alle Hände voll damit zu tun haben, auf sich und sein Leben aufzupassen."

„Da mögen Sie recht haben, aber wir müssen Balthoff davon überzeugen, dass wir ihn durch seinen Schritt in die Öffentlichkeit vielleicht schützen können. Wenn er uns seine Geschichte erzählt, seine Ängste äußert und vielleicht ein spätes Bedauern zeigt …"

„Glauben Sie wirklich daran?" Maggies Stimme klang auf einmal irgendwie hart in Satorius' Ohren. „Glauben Sie, dass ein Mörder, dessen Tat fast zwei Jahrzehnte zurückliegt und der sich öffentlich nie reuig gezeigt hat, dies jetzt auf einmal tun wird? Soll ich Ihnen etwas sagen? Ihm wird es ergehen wie den anderen beiden und auch den Vierten wird seine gerechte Strafe treffen. Sie haben es nicht anders verdient."

Die harten Worte aus Maggies Mund hallten in Satorius' Ohren nach und mündeten in einem Konzentrationsmangel, der beinahe ursächlich für einen Unfall gewesen wäre. Unwillkürlich hatte er auf die Bremse getreten und Maggie ungläubig angeschaut, als hinter ihm Bremsen quietschten und ein schwarzer Golf links an ihnen vorbeischoss. Der Wagen beschleunigte und war kurze Zeit später zwischen den vorausfahrenden Fahrzeugen verschwunden. Vergebens wartete Satorius auf eine Beschwerde heischende Geste des Fahrers, den er wegen der dunkel getönten Scheiben nur schemenhaft erkennen und ausmachen konnte.

„Verdammter Mist!" Satorius verringerte seine Geschwindigkeit und schielte in einer Art Unbegreiflichkeit zu Maggie hinüber, die ein unschuldiges Lächeln aufsetzte.

„Ist doch wahr", sagte sie, und es klang, als habe ein kleines Kind eine verbotene Tat gerechtfertigt. „Wer solche Taten begeht, darf nicht ungeschoren davonkommen. Wer den Tod sät, wird den Tod ernten."

27. Kapitel

Noch immer klangen Maggies Worte in Satorius' Ohren: *Wer den Tod sät, wird den Tod ernten.* Und das aus dem Munde der Frau, die Journalistin sein wollte. Überparteiisch und neutral. Das hier war alles andere als Neutralität. Satorius' Gedanken fuhren Zickzack. War es etwas Persönliches, das sie in die Waagschale warf? *Nein,* winkte er im Geiste ab. *Das sind unsinnige Gedanken. Es sind ganz einfach die Aussagen einer Frau, die sich solidarisch mit ihren Geschlechtsgenossinnen erklärt.*

Satorius verwarf alle weiteren Überlegungen. Er sah auf die Tankanzeige.

„Wir müssen tanken, Meg. An der nächsten Raststätte fahren wir ab. Vielleicht wollen Sie etwas essen?", fragte er Maggie, die neben ihm döste.

„Eine gute Idee. Ein Kaffee wäre gut. Nach meinem Mittagsschlaf hatte ich noch keine Gelegenheit dazu."

Es dauerte weitere drei Kilometer, bevor sich auf einem Hinweisschild Messer und Gabel kreuzten. Als Satorius den Wagen auf das Raststättengelände fuhr, sah er den dunklen Golf, der vorhin beinahe auf sein Fahrzeug aufgefahren wäre, in einer der Parkmarkierungen stehen.

Wir haben beide Glück gehabt, dachte Satorius bei sich. *Und das alles, weil ich mich über eine Bemerkung Megs erschrocken habe.*

„Gehen Sie schon mal ins Restaurant vor", bat er Maggie. „Ich tanke das Fahrzeug in der Zwischenzeit auf und komme dann nach."

Als er schließlich den Tankdeckel wieder aufschraubte, glitt sein Blick über das Fahrzeugdach hin zu jener Stelle, wo der schwarze Golf abgestellt war. Der Platz war leer.

Als Satorius und Maggie in Koblenz eintrafen, brach die Dämmerung über die Stadt herein. Rushhour war lange vorbei, und es bereitete keine Schwierigkeit, innerhalb kürzester Zeit die Stadt zu durchqueren. Der Moselring, in der Verlängerung der Friedrich-Ebert-Ring, die Neustadt. Satorius suchte nach einem Parkplatz und fand ihn schließlich am Moselufer.

„Strafzettel hin oder her“, sagte er mit einem lächelnden Blick auf Maggie. „Das ist mir die Sache wert.“ Er sah auf die Uhr. „Um diese Zeit wird keine Polizei mehr nach falsch geparkten Autos sehen.“

Sie liefen am Moselufer entlang und Satorius nahm seine Gedanken zusammen. Zu Hause hatte er sich genau angesehen, wo die Breitsteinstraße lag. Es musste hier in der Nähe sein. Die Hilfe kam in Form einer älteren kleinen Frau, die gestützt auf einen Rollator offensichtlich die frische Abendluft genießen wollte.

„Breitsteinstraße?“, fragte sie mit einer Stimme, die nach Reibeisen und Zigaretten klang. Sie sah mit einem Blick von unten her die beiden an und schüttelte den Kopf. „Da gibt es aber kein Hotel. Das suchen Sie doch sicher?“

„Nein, nein“, versuchte Satorius das Thema in eine andere Richtung zu lenken. „Wir suchen einen Bekannten. Wir wollen ihn besuchen“, fügte er schnell hinzu.

„Jetzt am Abend?“ Die Stimme klang immer noch wie ein Reibeisen und nach Zigaretten, mündete jedoch in einem um eine Oktave höheren Kreischton.

„Ja, wir wollen bei ihm übernachten. Ist das in Ihren Augen verwerflich?“ Satorius wollte das Thema schnell beenden, und er hatte auch gar keine Lust, mit der alten Dame, die er nicht kannte und nicht kennenlernen wollte, über Gott und die Welt und vor allem über sein Vorhaben zu diskutieren.

„Da hinten“, krächzte die Frau, immer noch im oberen Bereich ihrer Stimmlage verweilend. „Zwei Straßen weiter. Links ab.“

Sie drehte sich um und hinkte davon. Satorius schüttelte den Kopf und sah Maggie an. „Sie hat das Gespräch von sich aus abgebrochen“, stotterte er irritiert. „Damit konnte doch wirklich keiner rechnen.“

Maggie und Satorius gingen die Straße entlang in die von der alten Dame beschriebene Richtung. Rechts von ihnen, auf der Anhöhe auf der anderen Moselseite begannen gelbe Lichter die Festung Ehrenbreitstein zu erleuchten. Noch eine Stunde und der Anblick würde ein Augenschmaus sein, dachte Satorius. Es war die Zeit der Bundesgartenschau, die in diesem Jahr in Koblenz ihre Pforten geöffnet hatte. Langsam klang der Publikumsverkehr aus, und nur an speziellen Orten gab es noch vereinzelt künstlerische Aufführungen. Auch die Straßenleuchten der Stadt schalteten sich nun ein.

Breitsteinstraße. Das Straßenschild war nicht zu übersehen. Wenige hundert Meter voraus glänzte die Mosel in der untergehenden Sonne und spiegelte ein letztes Mal ihre Strahlen im silbrigen Wasser.

„Wir sind da“, stellte Satorius nüchtern fest. „Lassen Sie uns nachsehen, wo sich die Wohnung von Balthoff befindet.“

„Die Hausnummer?“

„47. Muss gleich da hinten sein.“

„Falls wir ihn überhaupt antreffen.“ Maggie rückte die Riemen ihrer Handtasche auf der Schulter zurecht. „Gehen wir es an. Bin gespannt, was er uns zu sagen hat.“

„Wenn er von den beiden Morden Wind bekommen hat, stehen die Chancen schlecht, dass er überhaupt mit uns redet. Wir müssen ihm einreden, dass es zu seinem Schutz ist, falls er sich auf uns einlässt."

Während sie die Straße entlanggingen und auf die Hausnummern achteten, öffnete Maggie ihre Handtasche und fühlte den Inhalt mit der Hand ab. Das glatte Metall ließ sie auf den Moment vergessen, dass sie neben einem Reporter herging, der nur eine Story über vergangene Verbrechen im Sinn hatte.

Sie wollte mehr. Sie wollte Balthoff. Sie wollte seine Seele, seinen Tod, seinen Körper, sie wollte alles von ihm. Alles, um es zu vernichten. So, wie er ihr Leben vernichtet hatte.

„Ich glaube, hier ist es." Satorius blieb stehen und schaute sich die Klingelbezeichnungen an der Haustür des Mehrfamilienhauses an. Er fuhr mit dem Finger über die einzelnen Namensschildchen und Maggie stellte sich neben ihn.

„Kein Balthoff, oder?" Maggie beugte sich vor, um die Namen zu entziffern, und Satorius atmete das süßlich-herbe Parfum, das sie umschwebte. Er schluckte, denn irgendwie fühlte sich sein Mund mit einem Mal trocken an.

„Nein, sein Name ist hier nicht zu sehen", versuchte er in klarer Ausdrucksweise von sich zu geben. „Das sind insgesamt … acht Parteien, zwei davon haben keine Namensschilder."

„Vielleicht sind die Wohnungen zurzeit leer."

„Ja, oder aber man hat einen Grund, seine Existenz vor anderen zu verheimlichen."

„Wie will denn jemand seine Existenz verheimlichen, wenn er mit anderen Parteien in einem Haus wohnt. Wie soll das geschehen?"

„Nicht vor denen in diesem Haus. Vor andern. Vor Besuchern. Vor der Polizei, vor der Steuer …"

„Vor uns."

„Wie, vor uns? Balthoff kann unmöglich wissen, dass wir ihn aufsuchen wollen. Aber es gibt da noch eine andere Begründung."

„Und die wäre?", fragte Maggie und tat gespannt. Sie wusste die Antwort. Sie hatte sie schon gewusst, als sie das Fehlen der Namensschilder festgestellt hatte. Balthoff wusste, was mit zwei seiner ehemaligen Kumpane geschehen war. Wenn er auch nur ein wenig klar denken konnte, dann musste er damit rechnen, dass er spätestens das übernächste Opfer sein würde.

„Er hat Angst vor seinem Mörder." Satorius drückte auf einen der beiden Klingelknöpfe, die ohne Namensschilder waren. Es dauerte nur eine kurze Zeit, da öffnete sich im Geschoss über ihnen ein Fenster und ein glatzköpfiger Mann in den Vierzigern ließ sich bis zum Oberkörper aus dem Fenster hängen. Mit seinem ehemals weißen Unterhemd schien er offensichtlich nicht zum ersten Mal die Fensterbank vom Staub zu befreien.

„Was ist los da unten? Was wollt ihr?", rief er in einer Lautstärke, die ausgereicht hätte, jemanden in hundert Metern Entfernung auf sich aufmerksam zu machen.

„Wohnt hier ein Herr Balthoff", rief Maggie, ehe Satorius etwas sagen konnte. Schnell flüsterte sie ihm zu: „Die Stimme einer Frau wird ihn nicht beunruhigen, falls er da drin ist."

„Ein *Herr* Balthoff wohnt hier ganz bestimmt nicht", tönte es von oben herunter. „*Herr* Balthoff, dass ich nicht lache“, lachte der Mann verächtlich und schlug das Fenster zu.

„Zumindest wissen wir nun, dass diese Klingel nicht zu der Wohnung von Balthoff gehört.“ Maggie sah Satorius an, und auf einmal hatte er Mühe, ihrem Blick standzuhalten. „Was meinen Sie? Was sollen wir tun? Die andere Klingel drücken und warten, was geschieht?“

Satorius dachte nach. *Wenn wir jetzt klingeln, öffnet er die Tür, oder er haut ab, weil er vielleicht glaubt, es ginge ihm an den Kragen*, dachte er. Er überlegte kurz und entschied sich dann für eine andere Vorgehensweise.

„Wir wissen nicht, in welcher Etage er wohnt. Also, alles auf eine Karte.“ Satorius legte seine Hand auf die Klingelknöpfe, wobei er genau darauf achtete, die nicht zu drücken, die soeben den sarkastisch lachenden Mann ans Fenster befördert hatte. „Einer wird uns doch sicher öffnen, ohne nachzufragen“, sagte er leise.

Dann geschah einiges auf einmal. In den oberen Geschossen öffneten sich Fenster und Stimmen wurden laut, die fragten, was denn da unten los sei. Zugleich aber wurde der Summer betätigt. Satorius drückte die Tür auf und gab Maggie ein Zeichen, ihm zu folgen.

„Wir tasten uns vor bis zu seiner Korridortür und sehen, was dann geschieht.“

Balthoff hatte seine Wohnung im Erdgeschoss auf der rechten Seite. Sogar ein Namensschild hatte er angebracht. Aus der gegenüberliegenden Wohnung hörte man leise Geräusche, der Fernseher lief. Von hier aus führte auch eine Treppe ins Kellergeschoss und nach oben zu den restlichen Wohnungen.

„Sind Sie bereit?“ Satorius sah Maggie erwartungsvoll mit einem leichten Lächeln im Gesicht an. „Ich werde nun läuten.“

„Ich bin bereit“, flüsterte Maggie.

Satorius bemerkte nicht, wie ihre Hand in ihrer Handtasche verschwand und das kalte Metall ihrer kleinen Pistole umklammerte. Sie würde ihre Rache bekommen, daran würde Satorius auch nichts ändern. Wie auch immer er sich verhalten würde, es interessierte sie nicht. Sie sah, wie sein Zeigefinger langsam über den Klingelknopf fuhr, so, als könne er sich nicht entscheiden, ihn zu betätigen. Mit einem letzten Blick auf Maggie drückte er auf den Knopf.

Die Glocke läutete laut und schrill. Es blieb ruhig. Satorius zuckte mit den Schultern.

„Vielleicht …“

Dann verstummte er plötzlich. Hinter der Korridortür hatte sich etwas bewegt. Ein Schatten. Doch niemand machte Anstalten, die Tür zu öffnen.

Maggies Hände wurden feucht, so krampfhaft umklammerte sie die Waffe in ihrer Handtasche. Satorius starrte angestrengt durch die diffuse Drahtglasscheibe, den Finger immer noch auf dem Klingelknopf in der Absicht, erneut zu läuten.

Dann geschah etwas, mit dem weder er noch Maggie gerechnet hatten.

28. Kapitel

Overbeck stand am Fenster des gemeinsamen Büros und sah über die Häuser der Stadt Trier. Er war an diesem Morgen früher als gewohnt zum Dienst erschienen und hatte sich gewundert, dass Leni bereits an ihrem Platz saß und einen Stapel Akten vor sich liegen hatte.

Auf den Straßen in der Nähe des Präsidiums fuhren nur wenige Fahrzeuge an diesem Morgen. Ausschlaggebend war sicherlich auch die Baustelle an der sonst verkehrsträchtigen Kreuzung, eine willkommene Verkehrsberuhigung für Anwohner und Fußgänger.

„Rainer Balthoff, Franco Romano."

Overbeck transportierte diese beiden Namen gedankenverloren in den Raum. Vor seinem geistigen Auge tauchten die beiden Toten Dellmann und Kerner auf, ihre Gesichter bis zur Unkenntlichkeit deformiert. Er und Leni hatten nicht verhindern können, dass der zweite Mord geschah, auch nicht die Hermeskeiler Polizei. Wie auch? Es gab nach der Entlassung der vier Mörder aus der Haftanstalt keine Ursache, hinter ihnen her zu ermitteln. Sie hatten ihre Strafen abgesessen und waren entlassen worden. Die Presse berichtete kurz darüber, dann nahm das Leben seinen gewohnten Verlauf. Nein, sie alle brauchten sich keine Vorwürfe zu machen.

Bis heute. Spätestens nach dem Mord an Kerner mussten sie davon ausgehen, dass zwei weitere Menschen in großer Gefahr schwebten. Zwei Männer standen an der Schwelle des Todes und waren nicht in der Lage, den Angriff auf sie aufzuhalten. Denn er würde unerwartet kommen. Vielleicht würden sie sogar in die Vorbereitungen zu ihrem eigenen Tod mit einbezogen. Vielleicht spielte der Täter mit ihnen. Vielleicht kannten sich Opfer und Täter ja sogar. Wo sollten sie mit der Suche beginnen, wie sollten sie die zukünftigen Opfer schützen? Wer waren die Täter, was waren ihre Motive?

„Was meinst du?", fragte Leni, ohne aufzusehen und blätterte weiter in den Akten, als suchte sie etwas Bestimmtes.

„Was ist?" Overbeck riss es aus seinen Gedanken.

„Was ist mit Rainer Balthoff und Franco Romano?" Leni wartete die Antwort nicht ab. „Balthoff wohnt in Koblenz, und Romano ist ins Nachbarland Luxemburg verzogen. Ich habe mit der dortigen Gendarmerie gesprochen. In Echternach betreibt er eine Pizzeria. *Da Franco* heißt sie bezeichnenderweise."

„Hast du die Kollegen über die Brisanz der Angelegenheit informiert?"

„Ja, aber sie sehen keine Veranlassung, groß tätig zu werden. Ich habe sie gebeten, dass sie Romano zumindest von der Gefahr, in der er sich … befinden könnte, in Kenntnis setzen sollen."

„Das ist überflüssig. Glaub mir, er weiß, in welcher Gefahr er sich befindet. Ich gehe mal stark davon aus, dass er auch bereits Maßnahmen getroffen hat. Immerhin ist er Italiener."

„Was heißt das? *Er ist Italiener.*"

„Vielleicht hat er Freunde, die auf ihn aufpassen. Oder eine große Familie?"

„Ja, ja, oder die Mafia. Sie wird ihn beschützen." Es klang sarkastisch, als Leni es sagte.

„Wäre das so abwegig?" Overbeck hatte während der kleinen Diskussion weiter aus dem Fenster gesehen und drehte sich nun zu Leni um. „Was würdest du tun, wenn du wüsstest, es ginge um dein Leben und die Gefahr könnte jeden Tag zu irgendeiner Zeit aus irgendeiner beliebigen Richtung kommen?“

„Ich würde die Polizei einschalten.“

„Die dann Tag und Nacht auf deinem Schoß sitzen würde? Glaube mir, bewachen können dich nur Leute, die Tag und Nacht um dich herum sind, nicht die Polizei. Aber das brauche ich dir ja nicht zu sagen. Nein, ich gehe davon aus, dass er selbst versuchen wird, sich zu schützen, auf welche Art oder mit welchen Personen auch immer.“

Leni legte die Stirn in Falten und blätterte weiter in den Akten. „Ich habe auch die Kollegen in Koblenz gebeten, zu Balthoff zu fahren und ihn über seine Situation aufzuklären.“

„Und ich weiß auch schon, was sie dir geantwortet haben.“

Leni sah auf und ihr Blick verdunkelte sich.

„Siehst du, ich habe recht. Sie haben dir zwar zugesagt, im Rahmen einer Dienstfahrt bei Balthoff vorbeizufahren, nicht mehr und nicht weniger. Stimmt‘s?“

„Ja, es stimmt, Nepumuk“, rief Leni und schlug den Aktendeckel zu, dass es staubte. „Was ist, wenn wir morgen oder übermorgen einen weiteren Toten haben? Einen, dem sie das Gesicht zerschlagen haben. Na, was dann? Können wir dann in aller Gelassenheit sagen, dass wir ja alles getan haben? Dass wir das nicht haben verhindern können, dass …!

„Leni!“, wurde nun auch Overbeck in seinem Tonfall lauter. „Du weißt genau, wie das läuft. Wenn wir eine Straftat verhindern können, dann tun wir das. In unserem Fall haben wir alles getan, was in unserer Macht steht. Die zuständigen Dienststellen wissen Bescheid …"

„Und wir sind den Schwarzen Peter los. Das willst du doch wohl sagen. Soll *ich* dir mal was sagen? Ich bin nicht Polizistin geworden, um tatenlos mitanzusehen, wie Menschen umgebracht werden."

„Aber du kannst es nicht verhindern", sagte Overbeck nun leise. „Du nicht, ich nicht und auch nicht die Kollegen, die du informiert hast. Du wirst sehen, der Mörder wird sein Ziel erreichen. Und noch was."

„Was?", fragte Leni, den Kopf in beide Arme gestützt.

„Nenn mich nicht Nepumuk."

29. Kapitel

Langsam bewegte sich Satorius Zeigefinger in Richtung des Klingelknopfs. Sein erstes Läuten war unbeantwortet geblieben, zuerst. Doch dann hatten er und Maggie Geräusche gehört, ein Scheppern, als seien Töpfe oder sonstige metallene Gegenstände zu Boden gefallen. Sie kamen auf der Wohnung im Erdgeschoss, offenbar der Behausung Balthoffs. Dann war alles wieder still.

„Da war doch jemand", hörte er Maggie neben sich sagen, während er verzweifelt versuchte, durch die milchige Glasscheibe etwas im Inneren des Hausflurs zu erkennen. Es blieb ruhig und ohne Bewegung.

„Ein Hinterausgang? Aus seiner Wohnung?", flüsterte Maggie und sah Satorius fragend an. „Soll ich nachsehen?"

Ehe Satorius eine Antwort herausbrachte, war sie schon davongeeilt, an der linken Seite des Hauses vorbei. Dann war sie verschwunden.

Satorius schüttelte den Kopf. *Frauen,* dachte er. *Ohne Überlegung einfach handeln. Musste das jetzt sein?* Was war, wenn Balthoff ihr tatsächlich über den Weg liefe? Bei dem Gedanken, dass Maggie etwas zustoßen könnte, begann sein Herz höher zu schlagen. Er lauschte noch einen Moment, dann beschloss er, ihr zu folgen.

Als er sich von der Tür wegdrehte, fiel ein Schuss.

„Meg!“, war sein erster Gedanke. Dann merkte er, wie er lief, automatisch, ohne nachzudenken. Er lief an dem Haus vorbei, den Weg entlang, den Maggie genommen hatte und bog um die Ecke.

Meg!

Gott sei Dank!

Maggie stand mit dem Rücken an die Hauswand gelehnt. Mit beiden Händen drückte sie ihre Handtasche gegen ihren Körper. Satorius sah, dass sie zitterte.

„Was ist geschehen“, rief er und eilte auf sie zu. „Wer hat geschossen?“

„Da …!“, stotterte Maggie. „Er ist dahin gelaufen. Durch die Hecke. Er ist weg.“

„Wer ist weg? Was ist geschehen? Sagen Sie es doch!“

„Es muss Balthoff gewesen sein.“ Maggie atmete schwer. „Er hatte eine Pistole. Er kam dort aus dem Hinterausgang. Scheint zu seiner Erdgeschoss-Wohnung zu führen.“

Sie zeigte mit der rechten Hand dorthin, wo sich eine Metalltür befand. Offensichtlich war sie wieder zugefallen oder hatte einen automatischen Türschließer. Mit der anderen Hand presste sie weiter ihre Handtasche gegen ihren Körper.

„Hat er auf Sie geschossen?“ Satorius kam auf sie zu. Er hatte das Bedürfnis, sie irgendwie zu beruhigen. Am liebsten hätte er sie in die Arme geschlossen, und sie hätte sich an seiner Brust ausgeweint. Doch er hielt sich zurück und wartete auf ihre Antwort.

„Er hat geschossen. Nicht auf mich. Vielleicht wollte er mich nur erschrecken. Dann ist er davongelaufen. Ich möchte hier weg.“

Sie sagte es im gleichen Atemzug, und der verstörte und ängstliche Blick fiel bei Satorius auf fruchtbaren Boden.

„Ja, lassen sie uns von hier verschwinden, bevor die Polizei eintrifft. Irgendjemand wird sie schon verständigt haben.“

Er ergriff Maggies Hand und lief am Haus vorbei in die Richtung, wo er das Auto abgestellt hatte. Maggie stolperte hinter ihm her und konnte auf ihren Schuhen mit den hohen Absätzen nur schwer das Gleichgewicht halten.

Sie saßen kaum im Auto, als sie die herannahenden Polizeisirenen hörten. Satorius legte den Gang ein, und langsam und unauffällig verließen sie den Ort, an dem sie geglaubt hatten, etwas erfahren zu können.

Satorius schlug den Weg zurück nach Hermeskeil ein. Hier konnten sie nichts mehr erreichen. Er hielt es für unsinnig, heute noch nach Balthoff zu suchen. Der würde irgendwo untertauchen, und der Grund lag offensichtlich auf der Hand. Er wusste, dass man hinter ihm her war, und Satorius bedauerte es aufrichtig, dass er kein Interview mit ihm führen konnte. In der momentanen Situation hätten die Aussagen einiges bewirken können. Er, Satorius, hätte die gewünschten Informationen für seine Storys gehabt, und vielleicht hätte der Täter gerade durch die Veröffentlichung zumindest sein Vorhaben verschoben. Zeit, um neue Strategien zu erarbeiten, für die Polizei, für ihn selbst als Sensationsreporter.

Während der Wagen die Stadt verließ und die Autoauffahrt nahm, öffnete Maggie, die bis dahin kein Wort gesprochen hatte, ihre Handtasche und brachte ein seidenes Taschentuch zum Vorschein. Sie klappte den Spiegel an der Sonnenblende auf und tupfte sich die Stirn ab. Mit einem Lippenstift zog sie die verblassten Konturen nach. Dann richtete sie ihre Frisur.

Der offenen Handtasche entströmte ein Hauch von Pulvergeruch.

30. Kapitel

Rainer Balthoff öffnete die Korridortür seiner Erdgeschosswohnung. An der Haustür hatte jemand seine Klingel betätigt. Er hatte durch das Schlafzimmerfenster vorsichtig nach draußen geschaut und einen Mann bemerkt, der vor der Haustür stand. Da er halb in der Türnische verschwand, war es Balthoff nicht möglich, sein Gesicht zu sehen.

Der Mann klingelte kein zweites Mal, aber er blieb vor der Haustür stehen.

Balthoff zögerte. Suchte man bereits nach ihm? Hatte der Mörder ihn schon gefunden? Kurzentschlossen fasste er einen Entschluss. Er raffte alles vorhandene Geld zusammen, steckte seine Autoschlüssel ein und griff nach seiner Jacke, die er gleich überstreifte. Er musste von hier verschwinden, vorerst. Er würde sich für einen Zeitraum verstecken, irgendwo, wo ihn niemand finden würde. Wo das sein würde, das wusste er selbst nicht. Sein einziger Gedanke war: *Weg hier und zwar sofort.*

Dann klingelte es an seiner Wohnungstür. Offensichtlich hatte jemand aus dem Haus den Summer betätigt. Balthoff entschied sich sofort. Er öffnete vorsichtig die Hintertür, die aus seiner im Erdgeschoss liegenden Wohnung auf den Hinterhof führte und sah sich nach allen Seiten um. Hier war niemand. Er zog die Tür leise hinter sich zu und sah sich um, suchte eine Möglichkeit, von hier aus zu verschwinden, ohne die Vorderseite des Anwesens zu passieren.

Plötzlich hörte er Schritte. Sie kamen von der Seite des Hauses, an der sich die Haustür befand. *Der Mann!,* dachte er, seine Muskeln spannten sich. Dann bog eine Gestalt um die Ecke. Eine Frau. Er wollte gerade erleichtert aufatmen, als er die Pistole in ihrer Hand sah. Als sie ihn erblickte, hob sie wortlos die Waffe und legte auf ihn an.

Balthoff reagierte augenblicklich. Mit wenigen kräftigen Schritten erreichte er die Hecke und warf sich nach vorne in die Aneinanderreihung der Lebensbäume. Die Zweige zerrten an seiner Kleidung und zerkratzten sein Gesicht. Mit der letzen Anstrengung erreichte er die andere Seite und spürte gleichzeitig ein Zupfen an seinem rechten Oberarm. Es konnte keiner der Zweige sein, denn er hatte die Hecke bereits durchbrochen. Mit dem Zupfen hörte er auch den Knall, und dann machte sich auch schon der Schmerz in seinem Arm breit.

Die Frau, dachte er. Die Pistole. Sie hatte auf ihn geschossen und seinen Oberarm getroffen. Seine Schnelligkeit hatte ihm offensichtlich das Leben gerettet. Er fühlte, wie das Blut seinen Arm hinunterrann und die Muskeln des Armes ihren Dienst versagten. Er drückte mit der Hand auf die Wunde, ignorierte Schmerz und Blutung und schaute sich kurz um. Dann entschied er sich für eine bestimmte Richtung. Er brauchte ärztliche Hilfe, dort, wo man ihn nicht vermutete.

31. Kapitel

Weder Overbeck noch Leni hatten Kriminaloberrat Peter Krauss kommen hören. Zu sehr waren sie in die Diskussion um Gerechtigkeit, Dienst nach Vorschrift und mangelnde Polizeipräsenz vertieft.

„Na, meine Herrschaften? Fleißig bei der Arbeit? Wie kommen Sie voran? Wie ist der Stand der Ermittlungen?“

Kraus schloss die Tür hinter sich und baute sich vor Lenis Schreibtisch auf. Overbeck, der während der Diskussion am Fenster stand, kam herbei und zog seinen Schreibtischstuhl mit dem Fuß zu sich.

„Wir haben ein vermeintliches Motiv“, sagte er trocken.

„Ein vermeintliches Motiv? Dieser Ausdruck ist mir in meiner gesamten Polizeizeit nicht begegnet. Was meinen Sie mit *ein vermeintliches Motiv*?“

„Er meint, dass wir, wenn wir einen Tatverdächtigen hätten, ihm ein Motiv zuordnen könnten. Da wir aber keinen Tatverdächtigen haben, ist das Motiv möglicherweise hinfällig. Es sei denn, es gibt einen Tatverdächtigen, irgendwo. Dann existierte auch das Motiv … irgendwie. Oder so?“

Was nun folgte, war Schweigen. Krauss stand mit offenem Mund da, und man sah ihm an, dass er versuchte, sich durch den Wirrwarr von Lenis Aussage durchzukämpfen. Schließlich sagte er: „Wenn man ein Motiv hat, hat man auch einen Tatverdächtigen oder zumindest jemanden, der einen Grund hätte, eine Tat zu begehen, also ein Motiv. Ich meine, dann hätte er ja ein Motiv, der Tatverdächtige.“

„Oder so.“ Overbeck verkniff sich ein Lachen. „Es ist kompliziert, aber man kann es durchaus verständlich erklären.“

„Dann tun Sie es doch, wenn ich darum bitten darf“, sagte Krauss unwirsch.

„Vor 18 Jahren geschah am Rande der Stadt Hermeskeil in einem abgelegenen Haus ein Mord. Ein amerikanischer Soldat wurde in seinem Haus von vier Männern überfallen …“

„Ja, ja, ich weiß“, stöhnte Krauss. „Er wurde mit einem Baseballschläger erschlagen. Seine Frau wurde vergewaltigt und seine Tochter floh aus dem Haus. Das haben Sie mir alles bereits erzählt.“

„Es ist ja nur zur Auffrischung wegen des Motivs und eines fehlenden Tatverdächtigen und zum besseren Verständnis. Also“, fuhr Overbeck fort, „die vier Täter wurden gefasst und haben ihre Strafen abgesessen. Vor wenigen Wochen wurden sie in das bürgerliche Leben entlassen.“

„Dann wurden zwei der Männer ermordet“, fuhr Leni mit der Erläuterung fort. „Genau an der Stelle, an der auch der Mord vor achtzehn Jahren geschah.“

„Der Tathergang war der gleiche wie damals", sagte Overbeck, während Krauss schweigend zuhörte. Das meiste wusste er bereits, doch er hatte das Gefühl, dass die beiden noch einige Neuigkeiten zu bieten hatten.

„Die beiden Männer wurden zu unterschiedlichen Zeiten auf grausame Art und Weise mit einem Baseballschläger hingerichtet", fuhr Overbeck fort.

„Ich verstehe", unterbrach Krauss nun doch seinen Redeschwall. „Damit begründen Sie das Motiv. Irgendjemand rächt sich für den Mord von damals, in dem er nach und nach die Täter hinrichtet. Wer also könnten der oder die Täter sein?"

„Genau da liegt das Problem." Overbeck ließ sich auf seinen Stuhl fallen, auf den er sich während seiner Ausführungen abgestützt hatte. „Die Familie bestand aus nur drei Personen. Jerry Thompson, der Soldat, Conny Heidfeld, seine Lebensgefährtin und Maggie Heidfeld, die gemeinsame Tochter.

Die Eltern sind beide tot. Die Tochter ist mit ihren späteren Adoptiveltern nach Amerika ausgewandert. Das war's. Wer außer ihnen sollte ein Interesse an solch einem Rachefeldzug haben?" Overbeck schaute fragend zu Krauss auf, der mit einer Pobacke auf seinem Schreibtisch saß.

„Was ist mit der Tochter, dieser Maggie?", wollte Krauss wissen.

„Sie lebt mit ihren Adoptiveltern in Amerika. Glauben Sie, dass sie Urlaub in Deutschland macht, um die Mörder ihres Vaters umzubringen?"

Overbeck sah Krauss fragend an. Der antwortete nicht, sondern hielt grübelnd seinem Blick stand.

Schließlich schien er einen Gedanken gefasst zu haben.

„Wir müssen alle Möglichkeiten ausschöpfen. Versuchen Sie, über Interpol den Aufenthalt der Adoptiveltern zu ermitteln. Bringen Sie in Erfahrung, ob ihre … Adoptivtochter noch bei ihnen lebt oder wo sie sich aufhält. Sie wissen schon. Versuchen Sie, alles über diese Familie herauszufinden. Vielleicht wird Ihrem Motiv schon bald ein Tatverdächtiger zugeordnet werden."

„Es gibt da noch ein weiteres Problem", wandte sich Leni an Krauss, der im Begriff war, das Büro zu verlassen.

„Ein weiteres Problem? Glauben Sie nicht, dass wir Probleme genug haben. Was ist Ihr Problem?"

„Unser Problem? Es geht um den jungen Mann, den wir als Tatverdächtigen festgenommen hatten."

„Den Sie wieder auf freien Fuß gesetzt haben. Glauben Sie, dass Sie einen Fehler begangen haben?" Der Gesichtsausdruck Krauss' erhielt etwas von einem lauernden Anflug.

„Nein, das haben wir nicht. Aber dieser Mann ist der Sohn einer der beiden Ermordeten. Wir denken, dass er sich auf eigene Faust auf die Suche nach dem Mörder macht."

„Na und? Ist doch gut so. Behalten Sie ihn im Auge. Vielleicht führt er Sie zu dem Gesuchten."

Die Tür fiel hinter Krauss zu.

„Wie weltfremd kann man denn noch sein?", schimpfte Leni. „Glaubt er wirklich, wir hätten die Zeit, uns Tag und Nacht an die Fersen von Köhler zu heften? Als wenn wir nicht schon genug belastet wären."

„Ich werde mit ihm reden“, brummte Overbeck, wobei er das Gummiband löste, das seinen Zopf zusammenhielt. Leni schaute ihm dabei interessiert zu, und ein Lächeln legte sich über ihr Gesicht.

„Ich werde ihm vorschlagen, dass er jemanden auf Köhler ansetzt, zumindest solange, bis man seine Absichten erkennt“, fuhr Overbeck fort. „Dann soll er entscheiden, wie es weitergeht.“

Derweil hatte er seine Haare wieder gerafft, das Gummiband erneut übergestreift und den Zopf in den Nacken geworfen. Sein blondes Haar wurde von der Sonne durch das Fenster angestrahlt, und irgendwie erinnerte er Leni an einen jungen virtuosen Geiger der Gegenwart: David Garret.

Es ging schneller, als sie es für möglich gehalten hätten.

Vier Stunden nachdem Leni die Anfrage über Interpol gestartet hatte, lag ihnen die Antwort bereits vor. Sie war per Telefax im zentralen Info-Raum eingegangen, und ein junger Kollege vom Wachdienst brachte sie sofort hoch.

Overbeck hatte sich aufgerafft und Krauss in seinem Büro aufgesucht. Er wollte ihm klarmachen, dass Leni und er keinerlei Zeit für irgendeine Observation aufbringen konnten. Er wollte Krauss die Verantwortung zurückgeben. Der sollte sich etwas einfallen lassen. Schließlich hatte er die Leitung der Kriminalpolizeiinspektion. Auch wenn Krauss weiterhin als Inhaber dieser Position darauf bestehen sollte, dass er und Leni … er würde es darauf ankommen lassen.

Leni nahm das Fax in Empfang und dankte dem jungen Kollegen mit einem Blick, der ihm die Röte ins Gesicht schießen ließ. Er stolperte aus dem Raum, und als sei die Türöffnung für ihn zu klein, prallte er mit der Schulter dagegen. Das bewirkte nur umso mehr, dass die Farbe in seinem ohnehin blassen Gesicht noch mehr anstieg und er mit unverständlichem Gestammel, das sich wie eine Entschuldigung anhörte, verschwand.

Leni faltete, noch belustigt von dem Vorfall, das Fax vor sich auf dem Schreibtisch auseinander und begann den Inhalt zu lesen. Ihr Gesicht erhielt einen erst interessierten, dann verwunderten und schließlich ungläubigen Ausdruck. Nachdenklich sah sie in die Richtung des Fensters und beobachtete, wie die Sonne langsam hinter einer Wolke hervorkam und mit ihren Strahlen die Stadt erhellte.

Dieses Fax brachte um einiges an Klarheit in die Angelegenheit. Es hatte den Anschein, als sollten nun die Gesetzmäßigkeiten der Kriminalistik den Ermittlern beweisen, dass sie wie siamesische Zwillinge zusammengehörten: Motiv und Tatverdacht.

„**E**s war Krauss‘ Idee“, sagte Leni später, als sie eine Zeitlang über dem Fax gesessen und den Inhalt in sich aufgesogen hatten. „Eine gute Idee, das muss man ihm lassen. Warum sind wir nicht selbst darauf gekommen?“

Die Frage blieb kurz im Raum stehen. Overbeck war zu seiner Trainingspuppe hinübergegangen und versetzte ihr ein paar leichte Schläge mit dem Handrücken. „Haisho Uchi“, flüsterte er vor sich hin und schlug mit dem Handrücken mehrmals leicht gegen den Brustbereich. Dann formte er dieselbe Hand zur Faust, ohne ihre Stellung zu verändern, setzte blitzschnell den linken Fuß zur Seite an und traf die gleiche Stelle an der Puppe mit den Knöcheln. Es ächzte aus der Puppe heraus und man hatte den Eindruck, als wolle ein lebender Mensch seinen Mageninhalt vor Overbeck ausleeren. „Uraken Uchi!"

„Hast du einen Grund, dich abzureagieren?", fragte Leni, die sich langsam daran gewöhnte, dass Overbeck zu den verschiedensten Zeiten, meist dann, wenn er überlegte, der Puppe ein paar Schläge oder Tritte verpasste. Auch wunderte Leni sich nicht mehr darüber, dass er ab und zu seine Techniken beim Namen nannte.

„Es war nicht Kraus' Idee. Erinnere dich. Wir beide haben am Tatort darüber gesprochen, dass wir Interpol einschalten wollten. Wir haben es einfach vergessen. Vergessen, verstehst du? Weil wir zu viel am Hals haben. Und Krauss wollte uns noch eine Observation aufdrängen. Aber nicht mit mir."

„Hast du ihm das gesagt?"

„Er wird seinen Auftrag nicht wiederholen."

„Zehn Jahre ist das nun her", sagte Leni plötzlich.

„Was ist zehn Jahre her?"

„Vor zehn Jahren flogen zwei Flugzeuge in den Twin-Tower in New York."

„Ich weiß."

„Dabei kam das Ehepaar Karl und Maria Kollinger ums Leben. Die Tochter, ich meine die Adoptivtochter, überlebte. Weil sie sich nicht in den Türmen befand."

„Und arbeitete als freie Journalistin in New York. Was ist daran so besonders?"

„Ich finde es schon seltsam, dass man sie in ihrer Wohnung nicht angetroffen hat, wie uns die Kollegen aus *Big Apple* mitteilten.“

„Sie arbeitet frei. Vielleicht ist sie hinter einer Story her, irgendwo im Land. Dass sie keinen festen Arbeitgeber hat, macht für uns die Sache natürlich komplizierter. Ich weiß nicht. Wenn sie diejenige ist, die sich rächen will, was ich wiederum verstehen könnte, hält sie sich in Deutschland auf. Und wo dort? Natürlich hier in unserem Umfeld, das bringt doch die Logik so mit sich. Wenn wir also den Verdacht hegen, dass sich diese Maggie Heidfeld, so hieß sie doch, bevor sie zu Maggie Kollinger wurde, irgendwo hier aufhält, muss das doch herauszubekommen sein.“

„Ich schlage vor, wir geben eine Fahndung heraus“, sagte Leni. Haben wir das Geburtsdatum?“

„Haben wir. Aber die Fahndung muss ohne eine Personenbeschreibung raus. Die Kollegen haben uns kein Foto übersandt.“

„Ich werde Kontakt mit ihnen aufnehmen. Sie sollen uns alles übermitteln, was sie über Maggie Heidfeld wissen, einschließlich eines aktuellen Fotos.“

„In Ihrem Ausweis wird Maggie Kollinger stehen“, verbesserte Leni.

„Ja“, nickte Overbeck. „Das wird es wohl.“

32. Kapitel

Rainer Balthoff hatte es zu seinem klapprigen Escort geschafft und ließ sich mit schmerzverzerrtem Gesicht hinter das Steuer fallen. Seine Wunde am rechten Oberarm schmerzte höllisch, doch die Blutung hatte aufgehört. Dafür hatte Balthoff selbst gesorgt. Er hatte seinen Hemdsärmel an der Schulter vom Hemd abgerissen und ihn fest um die Wunde gewickelt.

Seine Gedanken rasten. Man war hinter ihm her, so viel war sicher. Es lief genau anders herum, als er es sich vorgestellt hatte. Er dachte an das Versprechen, das er sich selbst gegeben hatte. *Ich werde den Spieß umdrehen!* Derzeit sah es eher umgekehrt aus. Er war der Gejagte, und er wusste nicht einmal, wohin er sich wenden, wo er sich verstecken konnte. Er musste Unterschlupf finden, irgendwo. Und er musste sich einer ärztlichen Behandlung unterziehen, daran kam er nicht vorbei. Er versuchte, mit der rechten Hand das Lenkrad zu fassen. Als er die Finger um die Polsterung legte, brannte sein Arm. Er entschied sich um und legte die rechte Hand auf den Schaltknüppel. Er würde mit der linken Hand lenken und versuchen, im zweiten und dritten Gang zu fahren. Damit wollte er ein ständiges Schalten umgehen und somit seinen Arm weniger belasten. Es schmerzte höllisch, als er den zweiten Gang einlegte und langsam auf die Fahrbahn rollte. Er blickte durch den linken Außenspiegel und als der Verkehr sich lichtete, fädelte er sich ein.

Hätte er durch den Rückspiegel gesehen, hätte er den dunklen Golf bemerkt, der nahezu gleichzeitig mit ihm in die gleiche Richtung losfuhr.

33. Kapitel

„Wir haben es vermasselt“, entfuhr es Satorius resignierend, als sie über die A 48 in Richtung Mehren brausten. „Es hatte keinen Sinn, noch länger in Koblenz nach Balthoff zu suchen. Der Mann war total verstört. Ich hatte das Gefühl, er sah sich verfolgt. Vielleicht hat er in uns seine Mörder gesehen und ist durchgedreht.“

„Verstört?“ Maggies Stimme war laut, und sie versuchte, auf Satorius einen erbosten Ausdruck zu projizieren. „Verstört?“, wiederholte sie. Der Mann hat auf mich geschossen. Er hätte mich umbringen können. Wir sollten zur Polizei und den Vorfall melden.“

Maggie wusste, was Satorius antworten würde. Als er es tat, lächelte sie insgeheim.

„Nein, keine Polizei“, winkte er schnell ab, so, wie sie es erwartet hatte. „Es wäre mit zu vielen Unannehmlichkeiten für uns verbunden. Wir werden ein anderes Mal versuchen, Balthoff zu interviewen. Vielleicht sollten wir uns zuerst seinem Kumpan, dem Mittäter von damals, widmen. Es gibt da allerdings ein Problem.“

„Das Problem ist, dass wir nicht wissen, wo er sich aufhält, nicht wahr?“, sinnierte Maggie und das Nicken Satorius‘ bestätigte sie in ihrer Vermutung. Bei der anschließenden Frage ihres Begleiters schlug ihr Herz höher.

„Es muss doch herauszufinden sein, wo sich die Tochter des ermordeten Ehepaares von damals aufhält. Wie es heißt, ist sie mit ihren Pflegeeltern nach Amerika ausgewandert. Wo also ist sie?“

„Sie sind aber informiert", versuchte Maggie ihr erstauntestes Gesicht zu machen, dass sie unter diesen Umständen zustande brachte. „Woher wissen Sie das alles?"

„Diese Kommissarin … ich sprach bereits von ihr, hat so etwas angedeutet. Ich hatte den Eindruck, dass sie selbst völlig im Dunklen tappt."

„Es würde uns ja auch nicht wirklich weiterbringen. Wenn diese Frau in Übersee lebt, haben wir keine Möglichkeit, Kontakt zu ihr aufzunehmen. Und wenn: Glauben Sie, dass sie über eine Telefonleitung über das spricht, was damals geschah? Zu Reportern? Da müssten Sie schon einiges an finanziellen Mitteln aufbringen, um sie dazu zu bewegen."

Maggie war zufrieden. Satorius vermutete die Frau in Amerika, und das sollte auch so bleiben. Doch sie musste auf der Hut sein, dass sie keine unbedachten Äußerungen verraten und sich damit in Gefahr bringen würde. Und sie musste verhindern, dass Satorius nicht irgendwann doch die amerikanischen Behörden bemühen würde. Was sie nicht wusste, war, dass Ermittlungen dieser Art durch die Polizei inzwischen von Erfolg gekrönt waren.

34. Kapitel

Die Wunde im Oberarm Rainer Balthoffs schmerzte höllisch, das Lenken seines Fahrzeuges fiel ihm schwer. *Ich brauche Hilfe*, darauf waren seine Empfindungen, seine Gefühle abgestimmt. Seine Gedanken überschlugen sich. Erst entschied er sich, in ein Krankenhaus zu fahren, ihnen dort zu sagen, dass eine unbekannte Person ihn angeschossen habe. Doch den Gedanken verwarf er schnell wieder. Man würde ihm nicht glauben, was ihm völlig egal gewesen wäre. Aber man würde die Polizei benachrichtigen, sie würde im Krankenhaus erscheinen, man würde ihn befragen. Man würde seine Person überprüfen und feststellen, dass er kürzlich aus dem Gefängnis entlassen worden war. Alle Glaubwürdigkeit wäre mit einem Schlag dahin. Der Polizeiapparat würde sich ein weiteres Mal um ihn kümmern, und wer wusste, wie das Ganze ausgehen würde.

Nein, den Gedanken verwarf er sofort wieder.

Er könnte in einer Apotheke Verbandsmaterial kaufen und seine Wunde selbst versorgen. Während er seinen blutdurchtränkten Ärmel betrachtete, schüttelte er im Hinblick auf diesen Gedanken seinen Kopf. Nein, auch der Apotheker würde die Polizei einschalten. Ihm musste etwas anderes einfallen.

Doch plötzlich wusste er, was zu tun war. Er erinnerte sich eines Mitgefangenen. Peter Herbig war sein Name. Im Knast nannten ihn alle nur Pitt. Er und dieser Pitt hatten sich nur kurze Zeit gekannt, denn er wurde ein Jahr vor seiner Entlassung nach Trier verlegt. Balthoff hatte sich vorgenommen, in den letzten Monaten nicht unangenehm aufzufallen, denn er wollte seinen Aufenthalt in seiner Zwangswohnung nicht unnütz verlängern.

Pitt, der wegen Raubes einsaß, hatte nur noch ein halbes Jahr abzusitzen, und ihm ging es offensichtlich ebenso. Nur nicht auffallen, die letzten Monate absitzen und dann auf in die Freiheit, die so viel zu bieten hatte.

Balthoff wusste, dass Pitt in Polch wohnte, er hatte ihm davon erzählt. Dreißig Kilometer waren es bis dorthin, und Balthoff überlegte, wie er seinen ehemaligen Mitinsassen dort ausfindig machen konnte. Er erinnerte sich an Gespräche mit ihm und versuchte herauszufinden, ob irgendwelche Örtlichkeiten erwähnt wurden. Dann fiel es ihm ein. Pitt hatte einmal eine Parallele gezogen zu der Bank, die er überfallen hatte und der Straße, in der er wohnte und hatte sich darüber amüsiert. Eine Raiffeisenbank hatte er überfallen und seine Wohnung hatte er in der Raiffeisenstraße oder so ähnlich. Auf jeden Fall war es etwas mit Raiffeisen, da war sich Balthoff sicher.

Er schöpfte wieder Hoffnung. *Lass ihn zu Hause sein,* flehte er, ohne sich Gedanken darüber zu machen, wen er mit der Erfüllung dieser Hoffnung beauftragte. Seine Schmerzen waren vergessen, und Balthoff trat das Gaspedal durch. Eine knappe halbe Stunde später fuhr er in die Ortschaft ein.

Er betrachtete seinen Arm. Das Blut aus der Wunde hatte sich über den gesamten Oberarm verteilt. So konnte er niemanden nach dem Weg fragen. Er tastete mit der gesunden Hand über die Sitzfläche der Rückbank, wobei er das Fahrzeug mit den Knien lenken musste, zu sehr schmerzte der Arm, wenn er die Muskeln zum Lenken anspannen musste. Er fand eine Wolldecke und freute sich insgeheim darüber, dass er vergessen hatte, sie am gestrigen Abend mit in die Wohnung genommen zu haben. Balthoff warf sie über den verletzten Arm. Dann hielt er Ausschau nach irgendwelchen Passanten, die er nach dem Weg befragen konnte.

Eine junge Frau mit einem Kinderwagen wartete am Fußgängerüberweg. Ehe sie ihn passieren konnte, machte er sich durch kurzes Hupen bemerkbar und fragte sie nach der Raiffeisenstraße.

„Sie meinen den Raiffeisenring. Ja, der ist gleich da vorne. Er zieht sich aber, ist eben ein Ring.“

„Kennen Sie die Leute hier?“, fragte er und hoffte, dass es so sei.

„Zu wem wollen Sie denn?“, kam die Gegenfrage.

„Herbig, Peter Herbig. Kennen Sie ihn vielleicht?“

Das Gesicht der jungen Frau war auf einmal wie versteinert. Sie machte Anstalten, den Kinderwagen an seinem Auto vorbeizuschieben. Dann schien sie kurz zu überlegen.

„Fragen Sie im *Bierkeller* nach. Ist gleich da vorne um die Ecke. Ich würde wetten, dass Sie ihn dort finden. Sind Sie ein Freund von ihm?“ Die Frage hatte etwas Lauerndes, doch sie erhielt keine Antwort.

Balthoff murmelte ein *Danke* und drehte die Seitenscheibe hoch. Die Frau überquerte kopfschüttelnd die Straße, den Kinderwagen vor sich herschiebend.

Kurz darauf stand Balthoff vor der Kneipe. Einem Jungen, der mit seinem Skateboard vorbeikam, gab er ein paar Euro, damit er in der Gaststätte nach Pitt Herbig fragen sollte. „Wenn er drin ist, soll er bitte sofort zu mir kommen“, sagte er, ehe der Junge in der Kneipe verschwand.

Kurz darauf erschien der Junge wieder und schnappte sein Skateboard. „Er kommt“, rief er und fuhr davon. Kurz darauf stand Pitt Herbig neben seinem Fahrzeug.

35. Kapitel

„**D**ie Fahndung nach Maggie Heidfeld ist raus. Hier ist das Foto, das Interpol uns übermittelt hat“, sagte Leni und schloss die Bürotür hinter sich. Sie legte das Fax mit dem Bild vor Overbeck auf dem Schreibtisch ab. „Sieht gut aus, nicht wahr?“ Sie beobachtete ihren Kollegen, der das Foto aufnahm und es betrachtete.

„Ja, eine hübsche junge Frau.“ Er las den Text unterhalb der Abbildung. „Ist schon drei Jahre alt, das Foto, Hoffen wir, dass sie sich nicht allzu viel verändert hat.“

„Falls sie sich tatsächlich in Deutschland aufhält. Das ist noch nicht erwiesen. Und außerdem: Hast du den Eindruck, dass eine Frau hinter diesen grausamen Morden steht? Diese zarte zerbrechliche Frau? Nicht, dass wir uns da in irgendwas verrennen.“

„Wenn sich herausstellt, dass diese Maggie nicht in Deutschland weilt, hat sich die Angelegenheit zerschlagen. Aber solange wir nicht sicher sind, wo sie sich aufhält …“

„Ich verstehe: der berühmte Strohhalm. Aber wir können sowieso nichts tun, bis dieser Umstand geklärt ist. Außer, dass unsere Ermittlungen uns einen weiteren Verdächtigen liefern. Wir können doch nicht untätig hier herumsitzen und darauf warten, dass ein weiterer Mord geschieht.“

„Leni, du bist doch auch Profi. Du weißt genau, wie es läuft. Wir sind da, Morde aufzuklären …“

„Ja, und Straftaten zu verhindern.“

„So schlimm es klingen mag, wir können Straftaten nur verhindern, wenn wir wissen, wann und wo sie geschehen werden. Aber in unserem Fall können wir nur ahnen, wo sie geschehen, falls sie denn dort geschehen, was nicht unbedingt der Fall sein muss. Der Täter wird sich hüten, den gleichen Tatort für sein Vorhaben auszuwählen. Er muss inzwischen wissen, dass wir diese Stelle dort oben in Hermeskeil observieren. Und bisher haben die Kollegen nichts Verdächtiges feststellen können. Lass uns lieber noch einmal alles durchgehen. Vielleicht haben wir ja was Wichtiges übersehen."

Die Tür öffnete sich, und Krauss trat ein. Dass er nicht angeklopft hatte, nahmen Overbeck und Leni zur Kenntnis. Krauss war nicht derjenige, der solche Dinge als Unhöflichkeit auffasste. Er war der Chef, und er hatte überallhin Zugang. So sah er seine Stellung als Dienststellenleiter. Basta!

„Ich hörte, Sie haben ein Foto über Interpol von der Tatverdächtigen erhalten? Gut so. Die Fahndung nach ihr haben Sie ja wohl ausgelöst. Wird wohl nicht mehr lange dauern, dann hat dieser Spuk endlich ein Ende."

„Na ja, ganz so einfach stellt sich die Situation nicht dar", brummte Overbeck und sah zu Leni hinüber, die ihre Augen gegen die Decke richtete. „Wenn diese junge Dame in den USA weilt, dann kommt eine Täterschaft ihrerseits ja wohl nicht infrage. Denn ob sie in Deutschland weilt, dafür haben wir bisher keinerlei Anhaltspunkte."

„Aber die Kollegen in New York ..."

„Die Kollegen in New York haben uns lediglich mitteilen können, dass sich diese Maggie Heidfeld, oder besser Maggie Kollinger, wie sie ja nach der Adoption durch ihre Pflegeeltern heißt, nicht in der Stadt aufhält. Das bedeutet aber nicht, dass sie sich außerhalb der USA befindet.

„Sie wollen sagen, Sie befinden sich wieder am Anfang der Ermittlungen?“ Das Gesicht von Krauss zeigte ungläubiges Staunen.

„*Wir* befinden uns wieder am Anfang“, verbesserte Overbeck, dem die Art Krauss‘ mehr und mehr missfiel. „Aber wir sind dankbar für jeden Hinweis oder auch Ratschlag, der uns aus unserem Unwissen ein Stück weiterbringt.“

„Also ich glaube, wir sollten uns nicht gegenseitig Vorwürfe machen, sondern nach vorne schauen.“ Leni schlug die Mappe vor sich mit einem festen Schlag zu und stand auf. Während sie zum Fenster ging und hinausschaute, herrschte Stille, bis Overbeck theatralisch ausatmete und das Wort ergriff.

„Gehen wir doch einfach noch einmal alles durch.“ Er ging in den Nebenraum, wobei er im Vorbeigehen seiner Kampfpuppe einen leichten Schlag mit der Handkante verpasste und ein leises *Shuto Uchi* hauchte. Schließlich schob er das fahrbare Flipchart, das aus Platzgründen eben gerade dort platziert wurde, in sein Büro.

„Die Fotos“, sagte er kurz zu Leni. Nach und nach befestigte er die Aufnahmen von Jörg Dellmann, dem ersten und Ewald Kerner, dem zweiten Opfer, mit Magnetsteinen im oberen Bereich der Tafel.

„Die beiden Toten“, stellte er überflüssigerweise fest. „Beide haben eine gemeinsame Vergangenheit. Sie waren Mittäter an dem Mord von Jerry Thompson.“ Overbeck notierte den Namen unterhalb der Fotos und zog mit einem Filzstift eine Verbindungslinie. „Und was wichtig ist, sie waren indirekt schuld am Tod der Lebensgefährtin Conny Heidfeld.“ Auch ihren Namen schrieb er unter den von Thompson.

Dann drehte er sich zu Krauss und Leni. „Eigentlich ist das schon alles."

„Josef Köhler", fügte Leni hinzu. „Der Sohn von Dellmann."

„Was hat der mit den Taten zu tun?", antwortete Overbeck, und es klang fast ärgerlich. „Er wird ja wohl nicht seinen eigenen Vater umgebracht haben."

„Aber er kann zum Mörder werden. Wenn er den Mörder seines Vaters findet. Wir sollten es nicht außer Acht lassen."

„Also gut." Overbeck notierte den Namen und zog eine Verbindungslinie zu Dellmann und schrieb in kleinen Buchstaben *Sohn* dazu. „Und nun die bisher einzige Tatverdächtige: Maggie Heidfeld/Kollinger."

„Wenn du sie so nennen möchtest, bitte." Leni begann, sich zu ereifern. „Sie ist lediglich eine Person, die wir nicht aus den Augen verlieren sollten. Aber einfach so einen Tatverdacht zu konstruieren, finde ich etwas vermessen."

„Kommt da noch was?" Krauss ignorierte Lenis Bemerkung und sah Overbeck erwartungsvoll und herausfordernd an.

„Ich hoffe nicht", antwortete Overbeck vielsagend und vermied einen Blickkontakt zu Krauss. „Platz genug ist noch auf der Tafel. Und zwei der Täter von damals leben noch. Rainer Balthoff und Franco Romano. Fragt sich allerdings, wie lange noch."

36. Kapitel

„Er wird sich noch einige Zeit schonen müssen. Der Knochen ist angekratzt, die verletzte Knochenhaut wird ihm noch einige Tage Schmerzen bereiten."

Rainer Balthoff nahm die Worte wahr, doch er wusste nicht, wer sie aussprach. Er versuchte die Augen zu öffnen, doch es war ihm, als läge Blei auf den Lidern. Dann war es kurze Zeit still.

„Er kommt zu sich", vernahm er die gleiche Stimme von vorhin. „Eigentlich sollte ich ihn hierbehalten, zur weiteren Beobachtung."

„Ich glaube nicht, dass er damit einverstanden sein wird", antwortete eine andere Stimme. Balthoff kannte sie. Es war sein Kumpel und ehemaliger Knastbruder Pitt Herbig.

Während die Gegenwart mehr und mehr von ihm Besitz ergriff, kam auch die Erinnerung zurück. Er war angeschossen worden und hatte Hilfe gesucht. Dabei war ihm Pitt Herbig eingefallen, den er in einer Kneipe in Polch ausfindig gemacht hatte.

„Ich glaube, ich kann dir helfen", hatte Pitt mit einem Blick auf den blutdurchtränkten Hemdsärmel gesagt. „Ich kenne da einen Arzt. Er praktiziert noch, aber man kann ihm auch mit solchen Dingen kommen."

„Er macht sich strafbar, wenn er das nicht meldet", hatte Balthoff Bedenken angemeldet. „Können wir ihm tatsächlich vertrauen?"

„Keine Angst, ich kenne den Doc schon lange. Hat mir auch einmal geholfen und anderen Kumpels. Aber du musst dichthalten, verstehst du? Wenn du nicht dicht hältst, kann es ungemütlich für dich werden. Der

Doc hat viele Freunde. Welche, das kannst du dir ja vorstellen."

„Keine Sorge", hatte Balthoff geantwortet, und Pitt führte ein kurzes Telefonat.

„Wir können gleich vorbeikommen. Die Praxis hat Feierabend, der Doc kommt dorthin. Am besten, du vergisst alles, was du ab jetzt erlebst. Ist zu deinem eigenen Vorteil."

Balthoff hatte nur genickt. Er würde schweigen. In einem Fall wie diesem musste man dankbar sein.

Eine Stunde später lag er auf dem Operationstisch. Den Doktor hatte er nur mit Mundschutz, OP-Haube und Brille gesehen. Die Angst von Pitt war unberechtigt. Er würde den Mann nicht wiedererkennen. Das Schild am Eingang hatte Pitt während des Eintretens mit seinem Körper verdeckt. Er wusste also nicht einmal den Namen. Er wollte ihn auch nicht wissen.

Sein Arm fühlte sich taub an. Schmerzen hatte er keine. Er schlug die Augen auf. Vor ihm standen Pitt Herbig und der Arzt, der immer noch die OP-Kleidung trug und damit seinen Kopf und sein Gesicht verdeckte.

„Der Doc meint, du solltest noch etwas hierbleiben", sagte Pitt. „Doch er meint es nicht wirklich so. Es wäre zu gefährlich. Was er damit eigentlich sagen will: Du musst deinen Arm schonen und vielleicht sollte ein Arzt einmal danach sehen, in der nächsten Zeit."

Balthoff nickte. Jetzt sah er alles klar und deutlich. Und er wusste, was Pitt Herbig meinte.

„Kann ich ein bis zwei Tage bei dir bleiben?“, fragte er, während die beiden ihm halfen, sich auf dem OP-Tisch aufzusetzen und fügte hinzu: „Was muss ich bezahlen. Ich habe kaum …“

„Das ist schon okay. Ich regele das mit dem Doc. Du kannst es mir irgendwann zurückzahlen. Vielleicht brauche ich ja auch einmal deine Hilfe. Aber bei mir wohnen kannst du nicht. Ich habe nur ein Zimmer und eine Vermieterin, die keinen Spaß versteht. Du musst sehen, wie du alleine klarkommst.“

Als Pitt ihn eine halbe Stunde später zu seinem Fahrzeug brachte, half er ihm beim Einsteigen und winkte dem Davonfahrenden noch einmal kurz zu. Doch dann wurde die Sicht auf den Wagen seines Kumpels durch einen dunklen Golf verdeckt, der hinter Balthoff die gleiche Richtung einschlug.

Sein Arm fühlte sich immer noch taub an, doch die Fingerspitzen begannen zu kribbeln. *Die Betäubung lässt nach*, dachte Balthoff. *Bald wird der Schmerz zurückkommen*. Doch das war seine geringste Sorge. *Ich muss irgendwo unterkommen, in Hermeskeil, dort kenne ich mich am besten aus, dort kann ich Hilfe und Unterschlupf erfahren, bis die ganze Angelegenheit ausgestanden ist.*

Die Hinweisschilder flogen an ihm vorbei. *Raststätte Hochwald 5 Kilometer. Die letzte Raststätte vor Hermeskeil*. Balthoff fasste einen Entschluss. Dort würde er rasten und etwas essen. Dort würde sich auch die Möglichkeit bieten, mehrere Stunden unbeobachtet zu verweilen und seine frisch operierte Wunde ruhig zu stellen. Nach Anbruch der Dunkelheit würde

er weiterfahren. Er tastete mit der gesunden Hand nach seiner Hosentasche. Dort hatte er die Schmerztabletten verstaut, die ihm der unbekannte Doktor mit auf den Weg gegeben hatte.
Die Raststätte kam in Sichtweite. Kurz darauf bog er auf das Gelände ein und stellte sein Fahrzeug ab, weitab des Restaurants, verdeckt durch Busse und Lastkraftwagen. Am Tresen bestellte er sich ein Menü und eine Tasse Kaffee. Als er sich kurz darauf an einem Fensterplatz niedergelassen hatte, konnte er in einiger Entfernung sein Auto sehen, doch nur für einen kurzen Augenblick. Ein dunkler Golf bog auf den Parkplatz ein und parkte unmittelbar in der Lücke neben seinem Fahrzeug.

Balthoff wandte sich seinem Essen zu. Er hatte sich eine Tageszeitung gekauft und begann darin zu blättern. Das Restaurant füllte sich mehr und mehr und seine Vorstellung, einen Tisch für sich alleine beanspruchen zu können, verflüchtigte sich schnell. Schließlich verzehrten ein Mann und zwei Frauen ihre Mahlzeiten um ihn herum und schienen ihm keinerlei Beachtung zu schenken. Als ihn eine plötzliche Müdigkeit einzuholen versuchte, entschloss er sich zur Weiterfahrt. In spätestens einer halben Stunde würde er in Hermeskeil ankommen und sich erst einmal richtig ausschlafen. Dann würde er weitersehen.

Auch die Gäste an seinem Tisch erhoben sich und verließen das Restaurant. An seinem Fahrzeug angekommen versuchte er, den Fahrzeugschlüssel ins Schloss zu stecken. Doch die Konturen verschwammen vor seinen Augen, und seine Beine hatten nicht mehr die Kraft ihn zu tragen. Er knickte in den Knien ein, und auf einmal war ihm alles egal. Nur schlafen wollte er, und so überließ er seinen Körper dem wohligen Zustand, der sich Schlaf nennt. So hörte er nicht mehr die entfernte Stimme, die in scheinbarer Besorgnis fragte, ob sie in irgendeiner Weise behilflich sein könne.

37. Kapitel

„**D**as war ein richtig gutes Training. Ich fühle mich zwar schlapp und dennoch wie neugeboren. Ich glaube, ich bleibe dabei." Leni fuhr sich mit den Fingern durch die frisch gewaschenen und getrockneten Haare, als benutze sie einen Kamm und lächelte zufrieden. Ihr Gesicht zeigte auch noch nach der Dusche eine Röte, die von der Anstrengung des abendlichen Trainings unter Overbeck übriggeblieben war. Es war das zweite Training seit Bestehen des Dojos und fast alle Teilnehmer des ersten Probetrainings waren erschienen.

An diesem Abend kam nichts dazwischen. Kein Anruf der Dienststelle, kein unverhoffter Abruf.

Die anderen Trainingsteilnehmer hatten das Dojo bereits verlassen, und Leni hatte sich noch schnell um drei Neuanmeldungen gekümmert.

„Gehen wir noch etwas trinken?", fragte Overbeck. Einen kleinen Absacker?" Er fasste sein offen bis zu den Schultern reichendes blondes Haar mit der linken Hand, warf es über den Kopf und schob mit einer geübten Bewegung ein Gummiband über die Haare, die dadurch zu einem Pferdeschwanz geformt wurden.

Leni sah ihm mit einer gewissen Portion Bewunderung zu. Wer Overbeck nur in ziviler Kleidung kannte, der sah in ihm einen schlanken jungen Mann, mit durchaus eigensinnigen Eigenschaften, wie alleine die Haarpracht bewies. Doch Leni hatte auch die sportliche Seite ihres Kollegen kennengelernt. Er hatte drahtige Muskeln, konnte sich konzentrieren, wie sie es eigentlich aus dem Alltag mit ihm nicht so erwartet hätte, und er hatte eine Menge Ahnung von dem, was er sportlich vermittelte.

Leni war derzeit solo. Sie war es schon über einen längeren Zeitraum, genauer gesagt, seit der Zeit, als der Kollege, mit dem sie liiert war, als die *Bestie vom Saar-Hunsrück-Steig* entlarvt wurde. Auch heute war sie noch nicht zu einer Beziehung bereit. Und Overbeck? Sie schüttelte insgeheim den Kopf. Nein, es sollte kein Kollege, kein Mitarbeiter mehr sein. Das konnte auf Dauer nicht gutgehen. Es würde das Privatleben auf die Dienststelle verlagern, und der gemeinsame Alltag würde sie dort einholen. Das Ende vom Lied wäre im schlimmsten Fall die Versetzung eines Partners. *Nein, Nepumuk, aus uns beiden wird nichts*, sprach Leni im Geiste und sah Overbeck an.

„Nein, das ist keine gute Idee", sagte sie. Ich bin müde. Ich brauche meine Ruhe. Die Füße hoch, den Fernseher an und einfach abschalten. Du verstehst das doch?"

„Kein Problem." Overbeck ließ sich seine Enttäuschung nicht anmerken. „Ich werde noch etwas alleine um die Häuser ziehen. Trotzdem danke für deine Mithilfe hier im Dojo."

Der Streifenwagen zog seine Bahn durch die Straßen der Innenstadt Hermeskeils. Gehweiler und Müller hatten am Nachmittag zwei Verkehrsunfälle aufgenommen und den leidigen Schriftkram dazu erledigt. Nun waren sie froh, wieder auf *freier Wildbahn* zu sein, wie sie es nannten.

Der Abend brach herein, und das Leben in der Stadt verebbte langsam. Der Berufsverkehr minimierte sich mehr und mehr, und das Bild der Innenstadt erhielt durch die nun im Dämmerlicht eingeschaltete diffuse Beleuchtung etwas Ruhiges, ja fast Einsames.

„Wir fahren noch einmal hoch zu dem Haus", sagte Gehweiler und blickte Müller, der am Steuer saß, auffordernd an. Sie nannten es inzwischen nur noch *das Haus*, wenn sie von dem Anwesen sprachen, das in den vergangenen Tagen in unrühmlicher Weise im Blickpunkt der Öffentlichkeit stand. Er schaute auf die Uhr. „In zwei Stunden ist Schichtwechsel, dann können die Kollegen in der Nacht ja nochmal dort hochfahren. Nicht auszudenken, wenn tatsächlich wieder etwas dort passiert und wir nicht nachweisen können, dass wir zumindest in regelmäßigen Abständen dort waren."

„Es ist noch viel zu früh. Um diese Zeit passiert da noch nichts", entgegnete Müller kopfschüttelnd. „Die Kollegen von der Nachtschicht, die sollten *das Haus* im Auge behalten."

„Wir fahren hoch", entschied Gehweiler. „Besser einmal mehr als einmal zu wenig."

Müller zuckte mit den Schultern und lenkte das Fahrzeug aus der Stadtmitte hinaus in Richtung der Ortschaft Züsch. In Höhe der holzverarbeitenden Fabrik bog er nach links auf einen unbefestigten Weg ein und folgte ihm entlang eines rechts liegenden Waldstücks. Schließlich hielt er an der gleichen Stelle, an der sie beide schon einmal das Haus observiert hatten. Es war der Tag, als sie eine verdächtige Person beobachteten, die sich später als Josef Köhler herausstellte.

Die Dunkelheit brach herein, ohne dass sich etwas Verdächtiges tat. Vor ihnen lag das Haus, einsam und verlassen und von ihrem Standort aus nur durch die Lücken der riesigen Tannen einzusehen.

„Eine halbe Stunde noch, dann brechen wir ab“, sagte Gehweiler. Dann kann sich die Nachtschicht noch etwas hier amüsieren.“

Er wollte sich gerade bequem in dem Sitz zurücklehnen, als eine plötzliche Hektik das Funknetz erfüllte. „An alle Streifenbesatzungen. Dringender Einsatz. Überfall auf den Supermarkt in der Bahnhofstraße. Täter sind mit einer höheren Geldsumme flüchtig.“ Es folgte eine nähere Beschreibung der Tatausführung und eine Beschreibung eines der Täter, die offensichtlich zu zweit gewesen sein sollten.

„Los, fahr zu!“, rief Gehweiler Müller zu, der den Dienstwagen in einen Waldweg zurücksetzte, um in die gleiche Richtung, wie sie gekommen waren, zurückzufahren. In der Hektik der Situation übersahen die beiden das kurze Aufblinken eines metallenen Etwas, das man durchaus als verchromtes Teil eines Autos hätte deuten können.

38. Kapitel

Balthoff hörte wie aus weiter Ferne den Ruf „Kann ich Ihnen irgendwie helfen“. Es war das Letzte, das er um sich herum wahrnahm, bevor ihn eine tiefe Bewusstlosigkeit einholte. Er konnte kein Gefühl mehr dafür entwickeln, dass sich zwei Arme unter seine Achseln schoben und er aufgehoben und in den Kofferraum eines Fahrzeugs gelegt wurde.

Um ihn herum schien sich alles zu bewegen, sein Körper wurde mittels Fliehkraft von einer Seite zur anderen gedrückt und er konnte nicht dagegen ankämpfen. Balthoff versuchte, seine Augen zu öffnen, doch die Lider waren schwer, und es überkam ihn wieder eine große Müdigkeit, in die er sich fallen ließ, ohne dass er über seine momentane Situation auch nur imstande war nachzudenken.

Er wusste nicht, wie lange er bewusstlos gewesen war. Er hatte sein Zeitgefühl verloren, das Gefühl für seinen Körper und die Ordnung in seinen Gedanken. Mit großer Anstrengung öffnete er die Augen, die sogleich wieder schwer zurückfielen. Er versuchte es noch einmal und noch einmal. Durch den schmalen Schlitz der Lidöffnung gelang es ihm, an sich herabzusehen. Er lag mit angewinkelten Beinen auf der rechten Körperseite. Die Hände seiner ausgestreckten Arme berührten seine Knie. Doch er spürte nichts.

Irgendetwas brannte in seinen Augen. Er versuchte, sie weiter zu öffnen, doch ein grelles Licht zwang sie, sich wieder zu verschließen. Er spürte einen Luftzug. Der kam aus der Richtung, aus der auch das Licht auf ihn einströmte.

Er versuchte es noch einmal und öffnete die Augen mit aller Kraft. Dann wurde das Licht mit einem Schlag beiseite gewischt. Die Konturen eines Menschen bildeten sich vor ihm ab, das verbleibende Licht bildete eine strahlende Aura um ihn herum.

Balthoff versuchte, etwas zu erkennen, versuchte seinen Körper anzuheben, doch es gelang ihm nicht. Sein Kopf sank zurück, und schemenhaft erkannte er etwas wie eine verschlossene Klappe mit einem Erste-Hilfe-Zeichen.

Eine Auto-Apotheke, schoss es ihm durch den Kopf. *Ein Kofferraum. Ich liege in einem Kofferraum! Die Hecktür steht offen. Der Schatten dort vor mir steht außerhalb des Wagens. Ja, das ist es. Ich liege in einem Kofferraum.*

Balthoffs Gedanken begannen zu arbeiten. Er versuchte, sich zu erinnern, und dann war der Schmerz plötzlich wieder da. Sein rechter Arm. Er lag auf seiner rechten Schulter und sein Oberarm schmerzte. Langsam kam die Erinnerung zurück. Er war angeschossen worden, ein Arzt hatte ihn zusammengeflickt. Er erinnerte sich an eine Autobahnraststätte, doch dann fehlte ihm jegliche Erinnerung.

Er erhielt keine Zeit, weiter über die vergangenen Stunden nachzudenken. Der Schatten mit der Aura des hinter ihm scheinenden Lichts fasste seine Füße bei den Knöcheln und zog ihn mit einem Ruck aus dem Kofferraum. Balthoffs Kopf schlug gegen den metallenen Rahmen der Hecktüröffnung, bevor sein Körper auf der Erde niederschlug. Ein höllischer Schmerz durchfuhr seinen rechten Arm. Er wollte schreien, doch seine Stimme war wie gelähmt. Er wollte sich aufrappeln, wollte davonkriechen, weglaufen, doch sein Körper versagte ihm den Dienst.

Brutal wurde er wiederum an den Füßen gepackt, und er sah nur den Rücken der Person, die ihn mehrere Meter über den Boden schleifte, an der Wand eines alten Hauses vorbei in eine Art Hinterhof. Mit einem Ruck an seinen gestreckten Beinen wurde er herumgeworfen und kam auf dem Bauch zu liegen. Seine Arme gehorchten ihm nicht, eine Reflexreaktion blieb aus, und so schlug er mit dem Gesicht auf dem Boden auf und spürte den modrigen Geschmack von Erde in seinem Mund.

Dann hörte er Schritte, die sich entfernten und das Geräusch eines Fahrzeuges, das erst davonzufahren schien. Doch dann kam das Geräusch näher und endete in einiger Entfernung, dort wo der Wald begann.

Die Schritte näherten sich und verharrten jäh am Fußende Balthoffs. Der Grund war offensichtlich. Motorengeräusch näherte sich. Die Person hinter ihm handelte schnell. Sie packte Balthoff wieder an den Knöcheln beider Beine und schleifte den zur Gegenwehr Unfähigen in das benachbarte Gestrüpp. Von dort aus beobachtete sie den sich nähernden und schließlich längere Zeit abwartenden Polizeiwagen, der durch das Gebüsch als solcher zu erkennen war.

Es dauerte nahezu eine Stunde, bis sich das Fahrzeug wieder entfernte. Balthoff, dessen salziger Angstschweiß ihm die Augen verschloss, glaubte seine Chance gekommen, sich zu verständigen, um Hilfe zu rufen, doch irgendetwas in seinem Körper hinderte ihn daran, machte ihn bewegungsunfähig. Wie er auch seinen Mund formte, kein Laut verließ ihn.

Die Dämmerung glitt sanft in Dunkelheit über, als sich Balthoff erneut brutal an den Beinen gepackt fühlte. Sein Hinterkopf schleifte über den Boden, er spürte jeden kleinen Stein und fühlte, wie die Kopfhaut aufriss. Dann fielen seine Beine zu Boden. Sein Peiniger verließ ihn erneut für wenige Minuten, und als er zurückkam, baute er sich vor seinen Füßen auf. In den Händen hielt er einen Baseballschläger, auf den er sich stützte und höhnisch auf den Daliegenden sah. Dann veränderte sich sein Gesichtsausdruck von einer Sekunde zur anderen. Hass und Verachtung sprühten Balthoff entgegen. Balthoff sah in seiner isolierten Panik, wie sein Gegenüber den Schläger über den Kopf wie zu einem Schlag ausholte. Seine letzte Stunde hatte geschlagen, das wusste er spätestens jetzt. Mit aller Kraft versuchte er, einen Schrei auszustoßen, doch lediglich ein kraftloses Krächzen begleitete seinen letzten Atemzug.

39. Kapitel

„**W**ie ist der Name des Anrufers, der für diesen verdammten Fehlalarm verantwortlich ist?“, rief Gehweiler in den Raum, der angefüllt war mit den Kollegen, die an dem Einsatz *Raubüberfall auf Supermarkt* beteiligt gewesen waren. „Schmitt, wie ist der Name? Du hast ihn doch notiert.“

Gehweiler sah den Wachhabenden erwartungsvoll an, doch er konnte im gleichen Augenblick an der Veränderung des Gesichtsausdrucks seines Kollegen feststellen, dass es keinen Namen gab.

„Der Anrufer nannte keinen Namen. Er sagte lediglich, dass gerade der Supermarkt überfallen werde und wir uns beeilen sollten. Dann legte er auf."

„Und das klang glaubhaft?"

„Wäre es darauf angekommen?", konterte Schmitt. „Der Meldung eines Überfalls folgt ein Einsatz, da hatte ich keine andere Wahl."

„Kein Kontrollanruf?", fragte Gehweiler lauernd. Doch er wusste die Antwort ebenso, wie sie Schmitt aussprach.

„Du weißt doch, wie es in diesen kleineren Supermärkten zugeht. Ein Filialleiter, zwei Kassiererinnen. Hinzukommt, dass zum Ende der Geschäftszeit der Filialleiter an einer Kasse aushilft. Mit wem sollte ich also am Telefon reden. Ich habe anders entschieden und bin überzeugt, dass es richtig so war."

„Ja, ja, du hast ja recht", brummte Gehweiler. „Haken wir den Einsatz also unter „Wieder einmal die Polizei genarrt" ab. Übrigens: Die nachfolgende Schicht soll sich die Anordnung der Observation für diese Nacht ansehen. Eine Streife soll sofort dort hochfahren. Uns hat man ja da weggelockt."

Gehweiler winkte seinen Kollegen zu, und Müller folgte ihm in den Umkleideraum.

„Endlich Feierabend", sagte Müller, während er sich die Krawatte abband. „Meine Frau wird sich freuen, wenn ich endlich einmal pünktlich nach Hause kommen werde. Ich …"

„Was habe ich da vorhin gesagt?" Gehweiler schlug die blecherne Tür seines Spinds zu. „Du heilige Scheiße!", rief er, während er aus dem Raum eilte. Müller folgte ihm neugierig. *Was ist denn nun in ihn gefahren? Es war doch ein Fehlalarm.*

„Du müsst sofort eine Streife zu *dem Haus* schicken!“, rief er Schmitt zu, der dem Nachfolge-Wachhabenden die Unterlagen des Tages übergab und weitere Vorgehensweisen mit ihm absprach.

„Was ist denn los?“ Schmitt sah Gehweiler wie jemanden an, der ihn beim Geldzählen störte.

„Der Fehlalarm!“, Gehweiler keuchte vor Aufregung. „Vielleicht war es kein Fehlalarm.“

Schmitt und die anderen Kollegen sahen nun auf Gehweiler und mancher der Blicke schien etwas mitleidig.

„Doch, schon. Es war ein Fehlalarm“, rief Gehweiler aufgeregt. „Aber was ist, wenn es ein bewusst herbeigeführter Fehlalarm war? Nicht auszudenken, was dort oben …“

„Die erste Besatzung, auf! Fahrt sofort hoch und meldet euch, wenn ihr angekommen seid.“ Die Anordnung Schmitts war knapp. Er hatte verstanden, was Gehweiler meinte. Dann sah er seinen Kollegen an. „Ich hoffe, dass du dich irrst.“

„Komm, Eddy!“, rief Gehweiler Müller zu. Wir fahren auch dorthin. Ich kann nicht nach Hause fahren, wenn ich nicht weiß, ob alles in Ordnung ist.“ Zu dem Wachhabenden gewandt bat er: „Lass uns die Vorhut machen. Wir kennen uns dort oben aus. Ich sage über Funk, wenn die Kollegen nachkommen sollen. Sie können ja am Waldrand warten.“

Danach eilte er zurück in den Umkleideraum, um sich wieder einsatzfähig zu machen. Müller folgte ihm leise fluchend.

„Einmal pünktlich Feierabend“, jammerte er vor sich hin. „Da sagt man immer, Schichtdienst sei ein geregelter Arbeitsablauf.“

40. Kapitel

In der Gaststube von Franz Leonhard hielt sich der Publikumsbetrieb in Grenzen. Gelangweilt stand Leonhard hinter der Theke und verfolgte desinteressiert die nichtssagenden Diskussionen einiger leicht angetrunkener Männer ihm gegenüber. Vor ihm stieg von einem Aschenbecher der Rauch seiner Zigarette in kräuselnden Wölkchen gegen die Raumdecke. Auch einen Schnaps hatte er sich gegönnt, offensichtlich rechnete er kaum mehr mit weiteren Gästen an diesem Abend.

Maggie Kollinger saß an dem Tisch, den sie seit dem ersten Tag ihres Aufenthaltes in der fragwürdigen Gastronomie für sich auserkoren hatte. Er befand sich am Ende des Raumes mit Blick auf den gesamten Gastraum und vor allem auf die Eingangstür. Ihr konnte eigentlich nichts entgehen, was immer in diesem Raum geschah. Sie war müde. Dreiundzwanzig Uhr. Doch sie bestellte sich eine kleine Flasche Bier. Ohne Glas. Was sie von der Sauberkeit in diesem Haus zu halten hatte, war ihr schon mehrfach vor Augen geführt worden. Es störte niemanden hier, wenn eine Frau aus der Flasche trank. Man gehörte dann eben dazu, so einfach war das in einem solchen Lokal.

Maggie ließ den Tag noch einmal Revue passieren. Endlich hatte sie den Mann ausfindig gemacht, der mit drei weiteren für den Tod ihrer Eltern verantwortlich war. Sie hatte auf ihn geschossen und wusste nicht, ob sie ihn getroffen hatte. Vielleicht hatte sie danebengeschossen, vielleicht hatte sie ihn aber auch erwischt. Möglicherweise lag er hinter der Hecke, durch die er sich während seiner Flucht gezwängt hatte. Sie hoffte auf Letzteres. Er hatte es verdient und auch dem noch Lebenden würde es genauso ergehen. Morgen würde es in der Zeitung stehen, wenn der Mann tot aufgefunden würde. So lange musste sie sich gedulden.

Nachdem sie zurück in Hermeskeil waren, hatten sie und Satorius sich getrennt.

„Ich fahre noch einmal in die Redaktion", hatte er gesagt. „Ich werde mir die vorhandenen Unterlagen von damals noch einmal ansehen. Es muss doch irgendetwas auf denjenigen hinweisen, der heute seine Rachegelüste von damals befriedigt."

Das Fernsehgerät hinter ihr lief wie immer tonlos. Die Bilder stellten hier lediglich eine farbenfrohe Abwechslung zu dem tristen Kneipenflair da.

Maggie nahm einen kleinen Zug aus ihrer Bierflasche und beobachtete die Männer an der Theke, die sich mehr oder weniger angestrengt unterhielten und den gelangweilten Wirt Franz Leonhard. Seine Frau hatte sie an diesem Abend noch nicht gesehen. Vielleicht war sie krank oder verreist oder hielt sich einfach nur in der Küche auf.

Die Männer vor der Theke empfand Maggie als nichtssagend, als Statisten des Erscheinungsbildes Kneipe. Sie sah zum Fenster hinaus und erkannte hinter einer Häuserreihe den angestrahlten Turm der Pfarrkirche. Vereinzelt fuhren Autos draußen vorbei.

Maggie lenkte ihren Blick wieder zu der Theke und beschloss, auf ihr Zimmer zu gehen. Doch irgendetwas war auf einmal anders. Die Männer an der Theke und auch Leonhard, der Wirt, blickten alle in die gleiche Richtung. Sie sahen an ihr vorbei und Maggie folgte unwillkürlich ihren Blicken. In diesem Augenblick setzte der Ton des Fernsehgerätes ein. Aus den Augenwinkeln sah Maggie, dass Leonhard die Fernbedienung in der Hand hielt. Dann sah sie, was auch die anderen sahen.

Sie erkannte das Haus sofort. Es war ihr Haus, *das Haus*, in dem sie ihre Kindheit verbracht hatte, *das Haus*, in dem ihre Eltern den Tod gefunden hatten. Sie starrte wie gebannt auf die Mattscheibe, wo gerade ein uniformierter Polizeibeamter einem Reporter etwas über einen grausigen Fund erzählte. Dann kam ein Leichenwagen ins Bild, in den ein Zinksarg von zwei Männern eingeladen wurde und der danach sofort davonfuhr.

Dann wechselte das Bild, und eine Nachrichtensprecherin berichtete über das Wetter von morgen.

Der Ton des Gerätes verstummte.

„Das war doch wieder hier bei uns“, hörte sie Leonhard sagen. „Offensichtlich hat man schon wieder jemanden da oben umgebracht.“ Er machte eine ausholende Bewegung mit dem rechten Arm in die Richtung, die seiner Meinung nach zu dem inzwischen berüchtigten Haus führte.

Maggie zahlte und ging nach oben in ihr Hotelzimmer. Dort stand sie noch einige Zeit am Fenster und blickte auf den Kirchturm, der ihr die Sicht in die Richtung versperrte, in der ihr ehemaliges Zuhause lag.

Ein gequältes Lächeln legte sich um ihre Lippen. Es war ein Lächeln voller Genugtuung. Dann dachte sie an Satorius. Er würde alles daran setzen, diese Tochter des vor 18 Jahren ermordeten amerikanischen Soldaten zu finden. Er würde herausfinden, dass sie diese Tochter war. Und sie würde es nicht verhindern können.

Als Satorius die Redaktion erreichte, hatte die Dunkelheit den Sieg über die Dämmerung gewonnen. In dem Gebäude, dessen Vorderfront überwiegend aus Glaselementen bestand, brannte in einzelnen Räumen noch Licht. Es war die Zeit, wo die Macher die fertigen Seiten bereits an die Drucker weitergegeben hatten.

Satorius schaute auf die Uhr. Gleich 19 Uhr. Er kannte das Ritual. Um 21 Uhr würde die riesige Druckmaschine das erste Mal anlaufen, der verantwortliche Drucker würde die einzelnen Seiten der verschiedenen Ausgaben überprüfen, ehe er die endgültige Freigabe zum Druck erteilen würde.

Satorius eilte die Treppe zu seinem Stockwerk empor, nachdem er mit dem Pförtner aus Höflichkeitsgründen einige Worte gewechselt hatte. Vor seinem Büro zögerte er kurz, ehe er es betrat. Es war so, wie er es erwartet hatte. Jörg Schmieder hatte während seiner Abwesenheit den Papierkram, den sein Schreibtisch nicht mehr aufnehmen konnte, einfach auf dem seinen abgelegt, wobei *abgelegt* eigentlich die völlig falsche Bezeichnung war. Ein einziges Chaos lag dort vor ihm, und er beschloss, nichts daran zu ändern. Mit einem letzten Blick auf seinen verunehrten Büroplatz schloss er die Tür von außen hinter sich und lenkte seine Schritte ins Archiv. Dort wollte er sich die Artikel von damals noch einmal vorknöpfen. Vielleicht gab es da noch etwas, das in seinen Unterlagen fehlte.

Es gab da eine Menge Fragen, deren Beantwortung unter Umständen dort auf ihn wartete.

Niemand begegnete ihm auf dem Weg. Die wenigen Mitarbeiter im Haus waren die Drucker und einige wenige Reporter, die entweder ihren Artikel noch fertig schrieben oder jene, denen es nicht darauf ankam, unbedingt früh zu Hause im Kreise der Familie zu sein.

Im Archiv suchte er sich einen Tisch, der groß genug war, um die Unterlagen, die er mit sich führte und diejenigen, die er hoffte noch zu finden, ausbreiten zu können. Dann begab er sich auf die Suche. Dem Umstand, dass alles geordnet nach Jahren, Themen und Besonderheiten abgelegt war, konnte er verdanken, dass er nach nicht allzu langem Suchen fündig wurde.

Enttäuschung verbreitete sich auf seinem Gesicht, als er feststellte, dass die Unterlagen, die er dort vorfand, identisch waren mit den Kopien, die ihm die Redaktionschefin vor einigen Tagen in die Hand gedrückt hatte.

Während Satorius in den Unterlagen blätterte, war er plötzlich in Gedanken bei Margarethe Kollinger, bei Meg, wie er sie nennen durfte. Seit ihrer gemeinsamen Fahrt nach Koblenz und dem Vorfall vor der Wohnung Balthoffs plagten ihn Fragen, die Meg betrafen. *Wer solche Taten begeht, darf nicht ungeschoren davonkommen. Wer den Tod sät, wird den Tod ernten.* Diese Worte von ihr klangen ihm ständig in den Ohren. Warum dachte sie so? War es nur Solidarität mit den Toten? Oder war da mehr? Wer war diese Frau?

Satorius stand auf und ging zu dem bis zum Boden reichenden Fenster und schaute den Autos auf der mehrspurigen Fahrbahn zu, die entweder ins Nachbarland Luxemburg fuhren oder von dort zurückkamen. *Tanktourismus*, kam es ihm in den Sinn. *Die meisten fahren dorthin zum preisgünstigen Tanken.*

Dann wandten sich seine Gedanken wieder Meg zu. Dabei fiel ihm eine weitere Aussage von ihr ein. *Ich habe lange im Ausland gelebt und bin erst seit einigen Tagen wieder hier.*

Satorius Gedanken arbeiteten. Er setzte sich wieder an den Tisch und blätterte weiter in den Unterlagen. Die Zeitungsartikel waren vergilbt, die Aufmachung war eine gänzlich andere als es heute Praxis war. Eine fette Überschrift stach ihm in die Augen:

Grausiges Verbrechen am Hermeskeiler Waldesrand

Der Artikel beschrieb den Fall auf der Grundlage von Polizeiaussagen, ohne dass er jedoch auf die Vergewaltigung der Ehefrau einging, noch auf die Flucht der Tochter. Auch über die Todesart wurde nichts ausgesagt. Offensichtlich war es den ermittelnden Behörden tatsächlich gelungen, Einzelheiten der Tat vorerst in ihren eigenen Reihen zu halten und zu verschweigen.

Satorius blätterte weiter in den Folgeartikeln, die er alle zu kennen glaubte. Es wurde noch zwei Mal im Abstand von wenigen Tagen nachberichtet, darunter über die Festnahme von vier tatverdächtigen Männern, allesamt in Hermeskeil ansässig. Und zum ersten Mal tauchte die Tochter des ermordeten US-Soldaten in einem Artikel auf. Maggie Heidfeld, sie trug den Namen ihrer Mutter, denn Conny Heidfeld war nicht mit Jerry Thompson verheiratet.

Sie habe an dem besagten Abend aus dem Haus flüchten können, berichtete der Reporter, dann sei sie von Nachbarn aufgenommen worden, ehe sie am nächsten Tag der Mutter wieder übergeben wurde. Nähere Umstände gab es keine.

Außer dieser Maggie wird niemand über die näheren Umstände berichten können, dachte Satorius. Die späteren Pflegeeltern, sie würden bei der Polizei ihre Aussage gemacht haben. Er musste an diese Unterlagen kommen, irgendwie. *Was war noch an diesem Abend geschehen? Was hatte Maggie gesehen? War sie traumatisiert?*

So wie sich die Angelegenheit in den Presseartikeln las, hatte Maggie ihre Aussage unter Ausschluss der Öffentlichkeit gemacht. Das Protokoll ihrer Aussage. Wie gerne hätte Satorius da hineingeschaut. Eventuell wusste die Polizei oder das Gericht Einzelheiten, die relevant für die Klärung der aktuellen Straftaten war, ohne dass sie davon ausgehen konnten, da sie nicht wussten, welche Einzelheiten das sein konnten.

Satorius atmete tief durch und lehnte sich in seinem unbequemen Stuhl zurück. Dann fasste er einen Entschluss. Diese Artikel würden ihn nicht weiterbringen. Er musste irgendwie an Polizei- oder Gerichtsakten gelangen. Oder an die Aussage eines Polizeibeamten, der an den Tatorten der vergangenen Tage eingesetzt war. Ein unerfahrener Polizist, wenn er denn dort oben bei *dem Haus* gewesen war …

Satorius fühlte sich nicht gut bei dem, das er nun vorhatte, doch es war seine einzige Hoffnung, in seinen Erkenntnissen weiterzukommen. Es ging ihm schon lange nicht mehr um den Artikel, den er im Auftrag von Margit Klausner, der Leiterin der Reporter-Abteilung, schreiben sollte. Es war mehr. Es war eine kriminalistische Ader, die bei ihm zum Vorschein kam. Ihm fehlten einige Mosaiksteinchen, die Zusammenhänge von damals und der Bezug zu heute. Beides galt es zu finden. Er würde es finden, schwor er sich und plötzlich kam es ihm vor, als habe er Angst vor der Wahrheit.

41. Kapitel

„**W**ozu doch ein vereintes Europa gut ist“, feixte Leni, als der Dienstwagen, von Overbeck gelenkt, über Igel nach Wasserbilligerbrück brauste. „Kein großer Papierkram, ein Telefonanruf bei den Kollegen, und schon klappt das mit dem kleinen Dienstweg.“

„Und vor allem die Grenze.“ Overbecks Blick glitt über das ehemalige Zollgebäude am Beginn der Brücke über die Sauer, wo vor einigen Jahren noch jeder einzelne Grenzgänger kontrolliert wurde. „Alles offen und doch kann immer noch geschmuggelt werden, komisch, nicht?“

„Halbherzig würde ich das eher nennen. Wie auch immer, die Preise passen sich immer mehr denen bei uns an.“

„Na ja, der Tanktourismus steht immer noch in voller Blüte. Ist immer noch ein Betätigungsfeld für den Zoll.“

„Für die Bundespolizei. Der Zoll …“

„Ja, ich weiß, ist die Gewohnheit. Dann eben die Bundespolizei … was wollte ich denn eigentlich sagen?“

„Ich vermute, du wolltest darauf hinweisen, dass in Grenznähe immer noch Kontrollen durchgeführt werden. Aber wenn man bedenkt, dass es Menschen gibt, die ihr Auto so mit Sprit beladen, dass sie zu fahrenden Zeitbomben werden, ist diese Maßnahme wohl berechtigt. Wir müssen dort vorne rechts abbiegen."

Eine Viertelstunde später passierten sie das Ortsschild von Echternach. Overbeck hielt den Wagen an und Leni wollte gerade Overbeck auffordern, einen Passanten nach dem Weg zu fragen, als ihr Handy läutete.

„Hi, Leni. Schön, deine Stimme zu hören", klang es aus der Muschel, nachdem Leni sich gemeldet hatte.

„Heiner? Du? Das freut mich aber. Dass du mich mal anrufst, damit hätte ich eigentlich nicht gerechnet. Und das gerade jetzt."

„Was heißt das *gerade jetzt*?", fragte Heiner Spürmann, und Leni glaubte, sein verschmitztes Lächeln vor sich zu sehen.

„Weil dich das Gespräch teuer zu stehen kommen kann", lachte Leni. „Wir befinden uns gerade im Ausland."

„Im Ausland? Kleiner Dienstweg, was? Ich schätze mal, ihr seid in Luxemburg. Wo sonst schon? Aber mach dir keine Gedanken. Ich telefoniere über mein Diensthandy. Mit Auslands-Flat natürlich. Wer ist eigentlich *wir*?"

Leni sah zu Overbeck hinüber, der das Auto inzwischen am Straßenrand geparkt hatte und versuchte, sich nicht anmerken zu lassen, dass er interessiert zuhörte.

„Wie du dir denken kannst, hast du einen Nachfolger bekommen. Was nicht hätte sein müssen", fügte sie mit einer Betonung hinzu, die die Muskeln im

Gesicht Overbecks erschlaffen ließen. „Aber du wolltest ja fort von uns."

„Unsinn. Ich habe genau das Richtige getan. Als Praktiker Theoretikern die Praxis nahezubringen, das macht mir großen Spaß. Natürlich denke ich immer an meine Ex-Dienststelle und besonders an dich. Was macht eigentlich die Liebe?"

„Das sind viele Fragen auf einmal", versuchte Leni die Antwort zu umgehen. „Du wolltest wissen, wer an deiner Stelle hier neben mir sitzt. Overbeck."

„Wie *Overbeck*?"

„Dein Nachfolger heißt Overbeck. Und ich sage dir, er macht sich gut in deinen Fußstapfen."

„Overbeck? Nie gehört. Wie heißt er mit Vornamen?"

Leni sah zu Overbeck hinüber, und ihr Gesicht verzog sich zu einem breiten Lächeln. „Wie Overbeck mit Vornamen heißt?" Sie machte eine Pause, um die Reaktion ihres Kollegen zu beobachten. Dessen Gesicht blieb bewegungslos, fast versteinert und Leni bevorzugte es, keinen Streit vom Zaun zu brechen. Deshalb überging sie die Frage einfach und wechselte das Thema.

„Wie geht es Lisa? Ich hatte gehofft, wir würden uns einmal wiedersehen, aber nun ist einige Zeit vergangen und nichts …"

„Ja, ich weiß", hörte sie Spürmanns leidende Stimme. „Wir werden uns sehen in nächster Zeit. Ein kleiner Ausflug in den Hunsrücker Hochwald nach Forstenau, darauf freuen wir uns beide schon sehr. Bin gespannt, wie mein Stammtisch reagiert."

„Dann musst du dich aber beeilen. Schaeflein wird offensichtlich demnächst in den Ruhestand gehen, und ich weiß nicht, wie lange Lissy und Siggi das Hochwaldstübchen noch aufhaben werden."

„Ja, die Zeit bleibt nicht stehen. Ich hörte von euren Mordfällen. Kommt ihr beiden weiter?"

„Mühsam ernährt sich das Eichhörnchen, Heiner. Wir stecken bis zum Hals in den Ermittlungen, und wir kommen nicht so richtig voran."

„Das wird Krauss nicht gefallen", lachte es aus dem Hörer. „Der alte Theoretiker. Spannt ihn doch in die Ermittlungen mit ein."

„Na ja, er macht sich schon auch seine Gedanken. Der Fall ist ja nicht wie andere. Wir suchen einen Mörder, den es eigentlich nicht gibt. Was ich meine ist: Motive gibt es genug, aber niemanden, auf den diese Motive zutreffen."

Leni sah zu Overbeck, der fordernd mit dem Kopf nickte.

„Heiner, wir müssen. Melde dich doch einfach wieder. Oder besser, lasst euch mal in Forstenau sehen, du und Lisa. Ich würde mich freuen. Und grüß Lisa schön von mir."

„Das klang ja alles sehr persönlich", grinste Overbeck. „Wart ihr zusammen?"

„Ob wir liiert waren?"

„Ja. Wart ihr ein Liebespaar? Entschuldige die direkte Frage, aber …"

„Es gibt für mich keine Affären mit einem Kollegen, merk dir das!", brauste Leni auf. *Das ist mir einmal passiert*, dachte sie. *Einmal und nie wieder*.

Mit einem Schlag wischte sie die Gedanken weg, die sich ihr unwillkürlich bei dieser Bemerkung aufgedrängt hatten. Ein einziges Mal war ihr das passiert. Einmal hatte sie sich in einen Kollegen verliebt, und am Ende eines grausamen Spiels feststellen müssen, dass sie mit der *Bestie vom Saar-Hunsrück-Steig* ein Verhältnis hatte.

„Entschuldige, tut mir leid. Können wir weiterfahren?“

„Kein Problem. Aber falls du dich mal auskotzen willst? Fragst du mal nach der Anschrift?“

Overbeck fuhr rechts ran, und Leni kurbelte die Scheibe herunter. Der Mann, den sie ansprach, gab ihr ein paar Instruktionen, wobei er mit dem gestreckten Arm in eine Richtung zeigte, ihn dann abwinkelte, mit der Hand in eine neue Richtung deutete und schließlich den zweiten Arm zu Hilfe nahm.

Leni nickte, als habe sie alles verstanden und bedankte sich. „Fahr“, sagte sie. „Es muss irgendwo da hinten sein. Die Route, die er mir erklärt hat, habe ich nicht verstanden. Luxemburgisch ist schon eine seltsame Sprache. Aber eines habe ich mitbekommen. Die Pizzeria *Da Franco* muss sich in der Nähe von Kirschbäumen oder so befinden. Fahr mal auf gut Glück los. Zur Not müssen wir nochmals fragen.“

Overbeck lenkte den Wagen durch die Straßen, bog ab in Gassen und kleinere Wege, und schließlich hatten sie sich total verfahren. Kirschbäume waren ihnen unterwegs nicht begegnet.

„Frag die Frau dort, ehe wir noch hier übernachten müssen“, forderte Leni Overbeck auf. Er nickte und verließ das Fahrzeug. Nach einem kurzen Gespräch mit der Frau, die kaum älter war als er und offensichtlich glaubte, er wolle einen Flirt anzetteln, schüttelte er die Hand und deutete einen Handkuss an. Dann winkte er ihr noch einmal lässig zu und ließ sich auf den Fahrersitz fallen.

„Na. Hast du die Verabredung klar gemacht?", kam es vom Beifahrersitz schnippisch daher.

„Ja, was glaubst du denn? Wenn du nicht dabei wärst … nein, im Ernst, du hast da vorhin was falsch verstanden", lachte Overbeck. „Deine Kirschbäume sind gar keine Kirschbäume. Das luxemburgische Wort *Kierch* bedeutet Kirche, nicht Kirschbaum."

„Da können wir ja lange suchen." Leni schüttelte den Kopf über so viel Unverstand. „Also los. Such die Kirche, damit wir endlich zu dieser verdammten Pizzeria kommen."

42. Kapitel

Als Gehweiler und Müller die Stadt Hermeskeil verließen und die Straßen- und Ladenbeleuchtungen hinter sich ließen, umfing sie dichte Dunkelheit, die nur von den Autoscheinwerfern ihres Ford Mondeo Kombi durchbrochen wurde. Es dauerte nicht lange, bis Müller das Fahrzeug in den unbefestigten Weg lenkte, der zu *dem Haus* führte.

„Ich habe ein extrem schlechtes Gefühl", knurrte Gehweiler. „Ich möchte mir gar nicht vorstellen, was uns dort hinten erwartet."

„Du glaubst tatsächlich, dass der Fehlalarm eine Finte war, ein Ablenkungsmanöver? Warum bist du so misstrauisch? Fehlalarme sind doch ein Bestandteil unserer Arbeit."

„Gegenfrage", kam es von Gehweiler zurück. „Wann hatten wir den letzten Fehlalarm aus dem Supermarkt? Na?"

Müller dachte nach, und als keine Antwort kam, war es Gehweiler der sich die Frage selbst beantwortete.

„Wir hatten, soweit ich zurückdenken kann, weder einen echten Alarm noch einen Fehlalarm von dort.“

„Dann war es heute das erste Mal“, gab sich Müller mit der Antwort nicht zufrieden. Irgendjemand wird eine Tür geöffnet haben zu deren Öffnung er nicht befugt war …“

„Ja, und der Filialleiter hat irrtümlich auf den roten Knopf gedrückt. Nein, nein, da stinkt etwas ganz gewaltig“, sagte Gehweiler, während er angestrengt in Richtung des sich näherndes Hauses blickte. „Der Täter will alle Morde in der Nähe dieses Hauses dort begehen. Das ist das Ziel seiner Rache. Ich bin mir inzwischen sicher, dass alle diese Morde Racheakte sind. Halt an!“ Die letzten Worte zischte Gehweiler, als habe er Angst, seine Worte würden bis zu *dem Haus* hinüberschwappen. „Stell den Wagen hier zwischen den Bäumen ab. Wir werden zu Fuß weitergehen. Wer weiß, was uns erwartet. Vielleicht treffen wir auch jemanden an, dem unser Erscheinen nicht recht wäre.“

Kurz darauf schlichen die beiden durch die Dunkelheit, bedacht darauf, dass der Schein ihrer Taschenlampe, den sie zusätzlich mit den Handflächen abdeckten, keine große Streuung abgeben konnte.

Noch rund fünfzig Meter bis zu dem Haus, das sie nicht sehen, nur erahnen konnten.

„Stopp!“, flüsterte Gehweiler und lauschte in die Nacht. Nichts. Kein Laut war zu hören.

„Da ist nichts“, flüsterte Müller zurück, doch Gehweiler winkte mit der Hand ab, obwohl er wusste, dass sein Kollege das nicht sehen konnte.

„Komm weiter!“, raunte er ihm zu. „Verdammt. Halt doch die Taschenlampe tiefer!“ Gehweiler atmete hörbar ungehalten aus. „Wenn da jemand ist und er uns durch die Lappen geht, dann haben wir ein Problem. Die anderen Kollegen warten am Waldesrand. Was glaubst du, werden sie dann von unserem Alleingang halten? Also reiß dich zusammen!“

Meter für Meter schafften sie sich ein Stück näher *dem Haus* zu, bis es sich schließlich schemenhaft gegen den dunkelgrauen Himmel abhob. Immer noch waren keinerlei Geräusche zu hören. Es herrschte Totenstille, gespenstige Stille. *Es ist eine andere Stille, als jene, die man erfahren würde, spazierte man des Nachts ohne die Tatsache der Morde im Hinterkopf hier vorbei*, dachte Gehweiler. Es war ihm auf einmal, als könne er den Tod riechen, so sehr spielten seine Sinne auf einmal verrückt. *Lass es nicht sein!*, flehte er innerlich. *Das muss doch einmal aufhören.*

Es hörte nicht auf.

Sie waren bis auf wenige Meter an das Haus herangekommen, und da sie auch nach längerem Hinhören kein Geräusch hören konnten, richteten sie ihre Taschenlampen auf den Hinterhof des Anwesens. Gehweiler wusste nicht, warum er es tat. Er tat es wie automatisiert. Ohne seinen Lichtstrahl in der Gegend umherstreifen zu lassen, richtete er ihn auf die Stelle, die sich inzwischen in seinem Kopf eingebrannt hatte, genau auf die Stelle, wo man die beiden Ermordeten Dellmann und Kerner vorgefunden hatte.

Der Lichtstrahl bohrte sich wie ein Messer in den Körper des Toten.

„Verdammter Mist!“ waren die einzigen Worte, zu denen Gehweiler in diesem Moment fähig war. Müller, dessen Lichtstrahl seiner Lampe in der Gegend umherirrte, fuhr herum.

„Großer Gott, du hast recht gehabt. Der Fehlalarm!"

43. Kapitel

Die Pizzeria *Da Franco* in Echternacherbrück hatte guten Besucherzulauf. Nahezu alle Tische waren besetzt, es duftete nach Italien. Die Menschen, die dort an den Tischen saßen, aßen Pizzen, irgendwelche Bolognesen und tranken Rotwein dazu. Geredet wurde nicht viel, und das Wenige, dass Overbeck und Leni hörten, verstanden sie nicht. Es war ein Gemisch aus Luxemburgisch und Französisch, und selbst das ging in einem Gesamtgemurmel unter.

„Das riecht aber gut hier, wollen wir etwas essen?" Sie sah Overbeck auffordernd an, und der nickte sofort bestätigend.

„Ja, auf eine Pizza habe ich tatsächlich jetzt auch Lust. Unsere Arbeit können wir ja auch im Sitzen machen."

Nachdem sie an einem freien Tisch Platz genommen hatten, kam eine junge Bedienung, deren Namensschild Sylvie H. zumindest ihren Vornamen als Ansprechpartner kundtat, an ihren Tisch. Sie bestellten eine Pizza, wobei Leni sich als Getränk für ein Glas Rotwein entschied. „Du musst fahren", sagte sie lächelnd in Overbecks Richtung, der gespannt wartete, bis Sylvie die Bestellung notiert hatte.

„Ihr Chef ist doch Franco Romano, nicht wahr?", lächelte er die Bedienung an, die unter seinem Blick leicht errötete. Sie war noch ziemlich jung, zwischen zwanzig und fünfundzwanzig vielleicht, war sehr schlank und trug ihre schwarzen glatten Haare zu einem Knoten zusammengerollt, was ihrem schmalen ebenen Gesicht etwas Edles verlieh.

„Ja, Franco ist mein Chef“, antwortete sie. „Aber wenn Sie mit ihm reden möchten, müssen Sie schon warten, bis er eine Pause macht. Vorher wird er keine Zeit für Sie haben.“

„Lassen wir es auf einen Versuch ankommen“, lächelte Overbeck die Bedienung gewinnend an. „Sagen Sie ihm bitte, Freunde von Jörg Dellmann und Ewald Kerner möchten gerne kurz mit ihm sprechen.“

Sylvie notierte die Namen der beiden genannten Personen und verschwand, die Nase leicht rümpfend in die Höhe angehoben, hinter einer Schwingtür, offensichtlich der Küche.

„Ich bin gespannt, wie er mit seiner Situation umgeht“, sagte Leni, nachdem die Bedienung mit der Bemerkung „Sie müssen sich noch etwas gedulden, Herr Romano wird gleich zu Ihnen kommen“ die Pizzen vor ihnen abgestellt hatte. „Ob er sich bewusst ist, in welcher Lage er sich befindet?“

„Davon bin ich überzeugt. Auch hier in Luxemburg liest man deutsche Zeitungen und außerdem: Sensationen machen nicht vor Grenzen Halt.“ Overbeck stocherte in seiner Pizza herum. „Hoffentlich hält er uns nicht für seine Verfolger. Er muss doch seit einiger Zeit nur noch mit Misstrauen leben und jede Minute auf der Hut sein. Das Dümmste, was uns jetzt passieren könnte, ist, dass er von hier abhaut, jetzt, wo er weiß, dass ihn jemand sprechen will.“

„Weil er mich vielleicht für die Tochter des Mannes hält, den er ermordet hat.“

„Ob er es war, weiß bis jetzt niemand. Vielleicht war es einer von den anderen beiden. Oder Balthoff. Wir können es nur erfahren, wenn wir mindesten mit einem der Täter reden."

„Er kommt", flüsterte Leni unauffällig. Overbeck sah auf. Tatsächlich löste sich ein Mann aus dem Thekenbereich und steuerte auf sie zu. „Ein Italiener" war der erste Gedanke Overbecks. Dann dachte er an den Namen: *Franco Romano. Natürlich ein Italiener. Vielleicht ein Kind von Gastarbeitern aus den sechziger Jahren?* Er schätzte ihn auf Mitte vierzig, vielleicht etwas älter, aber typisch italienisch. Schwarze gelockte, schulterlange Haare mit leicht fettigem Glanz bewegten sich bei jedem Schritt von einer Seite zur anderen. Er trug Kleidung, wie sie offenbar in solchen Gaststätten bei Gastwirten üblich war: eine schwarze Hose und ein schwarzes kurzärmeliges Hemd, schwarze spitze Halbschuhe. Ein dunkelrotes seidenes Halstuch trug er mit lockerem Knoten. Seine Oberlippe zierte ein schmaler schwarzer Schnurrbart.

„Sie wollten mich sprechen?", kam es in fließendem Deutsch über seine Lippen. Seine rechte Hand hatte er in seiner Hosentasche vergraben und die Ausbuchtung im Stoff konnte nicht alleine von seiner Hand herrühren. *Offensichtlich hat er sich auf solche Treffen vorbereitet,* dachte Overbeck. *Also weiß er genau, was passiert ist in den letzten Tagen und greift zum Eigenschutz*. Ob er einen Waffenschein oder eine Waffenbesitzkarte nachweisen konnte, diesen Gedanken wischte Overbeck in seinen Gedanken weg. Darum sollten sich andere kümmern hier im *Ländchen*. Er und Leni, sie hatten eine ganz andere Aufgabe zu erledigen.

„Setzen Sie sich einen Moment zu uns“, forderte Overbeck ihn mit einer Handbewegung auf, doch Romano kniff misstrauisch die Augen zusammen. Die Hand in seiner Hosentasche wurde zur Faust.

„Wer sind Sie und was wollen Sie? Wenn Sie als Gast kommen, verzehren Sie und verschwinden dann wieder, oder wenn …“

„Wenn Sie allen Gästen gegenüber so unhöflich sind, wird ihr Lokal bald einem stillgelegten Bahnhof gleichen“, fuhr ihn Leni leise an. „Was glauben Sie denn, was wir von Ihnen wollen?“

Romano sah sich nach allen Seiten um und ließ seinen Blick kurz über die restlichen Gäste streifen. Keiner nahm Notiz von ihnen. Alle waren zu sehr mit sich selbst beschäftigt.

„Was wollen Sie?“, wiederholte er seine Frage.

Overbeck nestelte seine Kriminalmarke hervor und hielt sie Romano vor die Nase. „Setzen Sie sich und lassen Sie das Ding in Ihrer Hose los. Wir wollen mit Ihnen reden.“

„Polizei? Deutsche Polizei hier in Luxemburg? Was verschafft mir die Ehre?“ Es sollte heiter und vielleicht auch etwas spöttisch klingen, doch die Aussage Romanos war von einem leisen Krächzen begleitet.

„Sie wissen, warum wir hier sind“, sagte Leni bedächtig. „Und seien Sie nicht aggressiv uns gegenüber. Wir versuchen, Ihnen zu helfen.“

„Sie wollen mir helfen? Die Polizei will mir helfen, mir, einem …“

„Wir kennen Ihren Lebenslauf, also lassen Sie uns von Wichtigerem reden“, bremste ihn Overbeck. „Sie wissen genau, dass Sie sich in Gefahr befinden. In großer Gefahr sogar.“

Er winkte ab, als ihm Romano erneut ins Wort fallen wollte und deutete auf den freien Stuhl neben ihm. Romano ließ sich bedächtig darauf nieder, und sofort eilte die Bedienung mit dem Namen Sylvie herbei und fragte nach seinem Wunsch. Romano schüttelte verneinend den Kopf, und Sylvie stolzierte wieder davon, in Richtung Thekenbereich.

Es herrschte sekundenlanges Schweigen, dann schaute Romano Overbeck direkt in die Augen.

„ Wer ist es?"

„Sie meinen, wer es sich zur Aufgabe gemacht hat, die vier Mörder von Jerry Thompson ihrer, der Täter würde es *gerechten Strafe* nennen, zuzuführen?"

„Es ist lange her. Wir haben unsere Strafe abgesessen. Wir haben dafür gebüßt, jeden Tag, glauben Sie mir. Sagen Sie, wer ist es? Sie wollen mir helfen, sagten Sie. Das heißt doch, Sie wollen mich beschützen. Sind Sie in der Lage dazu? Sie wissen selbst, dass Sie nur in der Lage dazu sind, wenn Sie wissen, wer es auf uns abgesehen hat."

Er machte eine kurze Pause und fuhr dann fort. „Sie wissen es nicht, stimmt's?"

Als er keine Antwort erhielt, nickte er vor sich hin und sagte leise: „Wie also wollen Sie mir helfen, geschweige denn beschützen?"

Dann wurde seine Stimme wieder fester. „Wie sind Dellmann und Kerner gestorben? Niemand weiß etwas, und eure Presse hält sich auch bedeckt. Sagen Sie mir, was los ist."

Overbeck nickte vor sich hin und schob seinen inzwischen leeren Teller von sich. „Ich kann Ihnen nur so viel sagen: Der Täter will offensichtlich Gleiches mit Gleichem vergelten. Machen Sie sich Ihr eigenes Bild."

Romano nickte. „Ich glaube, ich weiß, was ich zu tun habe. Die Polizei kann mir nicht helfen; also helfe ich mir selbst. Wir werden wachsam sein."

„Wir?" Leni sah Romano fragend an. „Wer ist wir?"

„Das tut nichts zur Sache. Aber eigentlich sind wir in der Hoffnung gekommen, dass Sie *uns* weiterhelfen."

„Das soll wohl ein Witz sein. „Wollen Sie von mir etwa wissen, wer die Morde begeht? Das ist doch wohl Ihre Aufgabe."

„Wenn man im Glashaus sitzt, sollte man nicht so überheblich sein." Es klang unwirsch, als Overbeck dies sagte. „Können Sie sich vorstellen, wer es auf Sie und Ihre … Kollegen abgesehen hat? Hat Ihnen irgendjemand gedroht? Oder die Taten angekündigt? Ist irgendetwas passiert, das Sie als Drohung auffassen konnten?"

„Nein, nichts dergleichen. Was ich weiß, weiß ich durch die deutschen Zeitungen und natürlich über RTL-Radio. Aber ich kann eins und eins zusammenzählen. Der Irre wird nicht ruhen, bis er uns alle erledigt hat."

„*Der* Irre?", hakte Overbeck nach. Woher wollen Sie wissen, dass es ein Mann ist? Hat sich doch jemand bei Ihnen gemeldet? Werden Sie bedroht?"

„Nein, nein, aber was soll ich denn denken? Oder … oder glauben Sie etwa, das Gör von damals …"

„Sie meinen die Tochter des amerikanischen Soldaten, den Sie …"

„Ja, genau. Die meine ich. Sollten Sie sich nicht besser um diese Frau kümmern? Sie wird es sein, die den Racheengel spielt. Wenn Sie das nicht tun, werden wir uns darum kümmern. Meine Leute …"

In den begonnenen Satz Romanos ertönte die Ruftonmelodie von Overbecks Handy. Wortlos hörte er, was der Anrufer ihm zu sagen hatte und sah dabei Leni vielsagend an. „Wir kommen." Das war alles, was er sagte, ehe er sich an Romano wandte.

„Ich hoffe, Ihr persönlicher Schutz ist kompetent und weitsichtig. Passen Sie auf sich auf. Hier ist meine Karte. Frau Schiffmann und ich sind jederzeit für Sie ansprechbar."

„Was ist denn passiert?", stotterte Romano, und in diesem Moment war alles Blut aus seinem Kopf gewichen, so, als wisse er die Antwort bereits.

„Sie sind ab sofort der einzige Lebende Ihrer Vierergruppe", antwortete Overbeck. „Man hat einen Toten gefunden. So wie es aussieht, handelt es sich um Balthoff."

44. Kapitel

Es war schon dunkel, als Satorius vor der Polizeidienststelle in Hermeskeil auf uns ab patrouillierte. Er hatte die Hoffnung nicht aufgegeben, dass ein junger und seiner Meinung nach unerfahrener Polizist die Dienststelle verlassen und in seine Richtung kommen würde. Er hatte sich einen Schlachtplan zurechtgelegt. Er würde ihn in ein Gespräch verwickeln, nach Leni Schiffmann fragen und zu erkennen geben, dass er mit ihr verabredet sei. Vielleicht konnte er so ein kleines Vertrauensverhältnis aufbauen und die eine oder andere Frage einfließen lassen.

Die Zeit verging und Satorius wurde unruhig. Er wusste, dass gleich Schichtwechsel war. Dann musste doch der eine oder andere Kollege die Dienststelle verlassen. Warum blieb alles so ruhig?

Dann war es mit einem Schlag mit der Ruhe vorbei. Uniformierte Polizisten stürmten aus der Dienststelle, jedoch nicht in seine Richtung. Sie liefen auf die offenen Garagen zu und kurz darauf fuhren zwei der blauweißen Dienstwagen mit quietschenden Reifen in den höher gelegenen Teil von Hermeskeil.

Satorius zögerte nicht lange. Irgendetwas Außergewöhnliches war passiert, und das war kein Verkehrsunfall, da hätte ein Fahrzeug mit einer Besatzung genügt. Das hier war etwas anderes.

Er sprintete zu seinem Fahrzeug, startete und wendete fast auf der Stelle. Um diese Zeit herrschte minimaler Verkehr, was ihm sein Vorhaben erleichterte. Kurz darauf sah er die Polizeiwagen, die die Stadt verließen und in Richtung Neuhütten rasten.

Satorius hielt Abstand, jedoch so, dass er zu jeder Zeit mitbekommen konnte, wohin die Dienstwagen fuhren und was noch so passierte.

Dann sah er die Bremsleuchten, und beide Autos bogen nach links in einen unbefestigten Weg ein. Während das erste Fahrzeug langsam am Waldrand entlang weiterfuhr, verharrte das zweite dort, wo der Fahrer es abgestellt hatte. Die Fahrzeugbeleuchtung erlosch, und Satorius sah zu dem ersten Fahrzeug, dessen Rückleuchten nun ebenfalls nicht mehr zu sehen waren.

Er hielt sein Auto an und schaltete die Beleuchtung aus. Es wurde stockdunkel. Er sah weder das geparkte

Polizeiauto und schon gar nicht das, was im Wald verschwunden war.

Sie sind zu dem Haus gefahren, durchfuhr es ihn. Er selbst kannte die Örtlichkeit nur von irgendwelchen Beschreibungen her. Jetzt ärgerte er sich, dass er nicht schon früher mal dort hoch gefahren war. Dann würde er die Örtlichkeit kennen und sich vielleicht auch im Dunklen zurechtfinden.

Aber nun nützte kein Jammern. Jetzt war eine Gelegenheit gekommen, die er sich nicht durch die Lappen gehen lassen durfte. Er suchte im Handschuhfach und fand seine Dynamo-Taschenlampe, die er immer mit sich führte. Sie machte ihn von Batterien unabhängig. Der einzige Nachteil war, dass das Aufladen des Akkus nicht geräuschlos vor sich ging.

Er drehte an der Kurbel, bis er glaubte, dass die Lampe vollständig aufgeladen war und steckte sie in die Außentasche seiner Windjacke. Sie war dunkel, was ihm ein Gefühl der Beruhigung gab. Er tastete mit der rechten Hand den Rücksitz ab und spürte den Schirm seiner dunkelblauen Baseballmütze in seiner Hand. Er atmete erleichtert auf. Bisher hatte er die Mütze noch nie getragen. Sie war ein Werbegeschenk der Stoßdämpfer produzierenden Firma im Hochwald und hatte sie anlässlich des 50. Firmenjubiläums vor einigen Jahren erhalten. Seitdem lag sie in seinem Auto, und dort hätte sie sicherlich auch noch weitere Jahre gelegen, wenn sich heute die Gelegenheit nicht geboten hätte.

Satorius schaute noch einige Minuten in die Richtung, wo das Fahrzeug stand und verfolgte mit seinen Augen den Weg, den der andere Wagen genommen hatte.

Dann entschloss er sich zu handeln.

Er musste an dem Polizeifahrzeug vorbeikommen. Die Chancen, dass es gelang, standen fünfzig zu fünfzig. Es war so dunkel, dass er weder die Polizisten sah, noch sie ihn erkennen konnten, wenn er in entsprechendem Abstand an ihnen vorüberschlich.

Satorius stellte den Knopf der Innenbeleuchtung auf *Aus* und öffnete vorsichtig die Fahrertür. Dann stieg er aus und schloss sie ebenso leise wieder. Dass die Tür dabei nicht vollends einrastete, störte ihn dabei nicht. Er schlich an seinem Wagen vorbei und versuchte, im Schutze der Dunkelheit hinter das Polizeifahrzeug zu gelangen. In diesem Moment öffnete sich die Wolkendecke, und langsam schob sich der Mond in die frei gewordene Stelle. Mit einem Sprung war Satorius zwischen den Bäumen im Wald verschwunden und suchte hinter einem Baum Schutz vor den Blicken der Polizisten. Er blickte zum Himmel. Gleich würde sich die Wolkendecke wieder schließen. Er sah sich um und sog die Umgebung mit seinen Augen auf. Wenn es wieder dunkel wurde, musste er in gerader Richtung weiter. Er musste dabei durch den Wald, zumindest so lange, bis er außer Sichtweite war.

Dann war es soweit. Mit einem Schlag herrschte wieder absolute Dunkelheit. Satorius machte sich auf den Weg, vorsichtig, sich mit gestreckten Armen vorantastend. Als er glaubte, außer Sichtweite zu sein, drückte er den Knopf seiner Taschenlampe, nur für einen Moment, um die nächsten Meter mit seinen Augen zu erfassen. Dann verharrte er regungslos und hörte in die Dunkelheit hinein.

Nichts rührte sich. Niemand schien etwas bemerkt zu haben. Er machte die nächsten Schritte. Dann wiederholte er das Ganze und schaffte sich so Meter für Meter nach vorne.

Dann verharrte er plötzlich. Ein Stück weiter vor ihm, er schätzte die Entfernung auf etwa zwanzig Meter, hörte er Stimmen. Offensichtlich waren es die Polizisten der ersten Streifenwagenbesatzung.

Satorius versuchte, einige Wortfetzen zu erhaschen. Doch er konnte keinen Sinn erkennen. Er musste näher ran. Ein letztes Mal betätigte er für den Bruchteil einer Sekunde den Schalter der Taschenlampe und ging weiter.

Was dann geschah, ging so schnell, dass er keine Gelegenheit hatte zu reagieren. Er fühlte sich von mehreren starken Händen gefasst und auf den Boden geworfen. Ehe er protestieren konnte, wurden ihm seine Arme auf den Rücken gedreht, und dann hörte er das Klicken der Handschellen und spürte die Kälte von Metall auf seiner Haut. Ein weiterer kräftiger Ruck und er stand wieder auf seinen Beinen. Ein starker Lichtschein blendete seine Augen, dass er den Kopf senken und die Augen schließen musste.

„Das nenne ich doch Ertappen auf frischer Tat“, hörte er eine männliche Stimme, die von einem Polizisten kommen musste, so viel stand für ihn fest. „Wir bringen ihn zum Wagen.“

Satorius fühlte sich wiederum an den Armen gepackt und wurde einige Meter weiter geführt, ohne dass er sah, wohin man ihn brachte. Er hörte, dass eine Autotür geöffnet wurde und sah schließlich die Innenbeleuchtung, die sich eingeschaltet hatte. Eine Hand legte sich auf seinen Kopf und mit leichter Gewalt wurde er auf den Rücksitz des Autos geschoben.

Die Taschenlampe erlosch, und jetzt sah er die beiden Männer in Uniform, die sich vor ihm aufbauten.

„Durchsuchen!“, kam der Befehl des Größeren, der den Kleinen nun sicherte, während der Satorius abtastete und schließlich sagte: „Sauber.“

„Wer sind Sie?“, stotterte Satorius überflüssigerweise.

„Wonach sieht‘s denn aus?“, kam die knappe Antwort des Größeren, der sogleich fortfuhr: „Den Täter zieht es immer an den Ort seines Geschehens zurück, so ist es doch. Oder muss ich annehmen, dass Ihr Abendspaziergang im Stockdunkel Sie hierher führte? Ihre Papiere!“

„Meine Papiere? Mein Gott, die habe ich im Auto gelassen. Mein Wagen steht an der Straße dort oben, in der Nähe Ihrer Kollegen.“

„In der Nähe unserer Kollegen?“ Der Polizist überlegte. Wenn er an den anderen Kollegen vorbeigeschlichen war, um zu dem Haus zu gelangen, dann ergab das Ganze doch keinen Sinn. Der Mörder schleicht sich doch nicht an den Ort seiner Tat zurück, wenn es dort von Polizei wimmelt. Er schüttelte den Kopf, als ob er sich von schlechten Gedanken befreien wollte.

„Wer sind Sie und was wollen Sie? Und versuchen Sie nicht, uns anzulügen. Wenn Sie mit dem Mord nichts zu tun haben, werden wir das feststellen. Wenn aber …“

„Mit welchem Mord?“ Die Gedanken jagten durch Satorius‘ Gehirn. Es war ein weiterer Mord geschehen, hier an der gleichen Stelle, wo die anderen Morde passiert waren. Das war also der Grund, warum die Polizeiautos hierher gejagt waren. Es war noch alles dunkel um das Haus. Also hatten sie nichts Weiteres unternommen. Sicherlich würde gleich die Kripo hier eintreffen.

„Hören Sie, ich … ich bin Reporter. Mein Name ist Hans Satorius. Ich arbeite für den *Trierischen Volksfreund*. Das können Sie mit einem Anruf überprüfen."

„Was sind Sie?", rief der Polizist entrüstet. „Ein Reporter? Ich fasse es nicht. Aber jetzt verstehe ich. Sie haben den Polizeifunk mitgehört, und als Sie mitbekamen, dass wir hierher ausrückten, sind Sie uns gefolgt. Ist das so richtig?"

„Nicht ganz. Ich bin Ihnen gefolgt, das stimmt. Aber Polizeifunk höre ich keinen ab. Davon können Sie sich nachher gerne überzeugen."

„Ein Reporter, hörst du?", wandte er sich an Müller, der bislang noch kein Wort gesprochen hatte. „Und wie bitte hat der Herr Reporter Wind von der Sache hier oben bekommen? Haben Sie einen Kollegen gelinkt und ihn ausgefragt?"

„Nein, nein. Nichts ist so, wie Sie es denken." *Und doch wäre es beinahe so gewesen,* dachte er bei sich. *Wenn sich ein junger Polizist hätte sehen lassen, es wäre dazu gekommen.* Aber es war nicht. Er entschloss sich, die Wahrheit zu sagen.

„Okay, ich werde Ihnen sagen, warum ich hier bin. Dann erzählte er den beiden Beamten seine Geschichte, von der Story, die er schreiben wollte und den Ermittlungen, denen er ständig auf der Spur war. Meg erwähnte er dabei nicht. Das hatte Zeit. Vielleicht war das hier die Gelegenheit, mehr über die Morde und auch über die Vergangenheit der Opfer zu erfahren.

Gehweiler hörte geduldig zu. Zwischendurch sah er mehrfach auf seine Uhr. *Die Kripo müsste doch bald eintreffen*.

„Und jetzt ist ein weiterer Mord geschehen, habe ich recht?"

Ehe der größere Polizist antworten konnte, sprach er weiter. „Dann ist jetzt nur noch eines der vier Racheopfer übrig. Haben Sie schon einen Verdacht?"

„Glauben Sie im Ernst, dass wir Ihnen Einzelheiten unterbreiten werden. Es ist schon schlimm genug, dass wir uns in dieser Situation auch noch mit Ihnen befassen müssen. Die Kripo soll entscheiden, was mit Ihnen passiert. Solange bleiben Sie hier."

Satorius lächelte. Genau das wollte er doch. Insgeheim ärgerte er sich, dass er keine Fotokamera mit hierher genommen hatte. Aber sein Ärger verflog schnell, als er für sich feststellte, dass die Polizisten ihm diese mit Wahrscheinlichkeit abgenommen hätten. Also würde er versuchen, mit seinen Augen und seinen Ohren die eine oder andere Situation zu erhaschen.

„Sie bleiben hier im Wagen, bis die Kripo kommt", sagte der größere Polizist, der sich ebenso wenig wie sein Kollege mit Namen vorgestellt hatte. „Solange, bis entschieden ist, was mit Ihnen geschieht.

Es dauerte noch fast eine halbe Stunde, als der zweite Polizeiwagen, gefolgt von einem zivilen Fahrzeug an dem Fahrzeug, in dem sich Satorius aufhielt, vorbeifuhr und in der Nähe des Hauses anhielt.

Es folgten kurze Kommandos, dann ratterte ein kleines Stromaggregat los, und zwei Scheinwerfer beleuchteten den Hinterhof des Hauses.

„Wir lassen alles so, bis der Doktor und unser Spurenkommando da sind", sagte Overbeck, als sein Blick über die Situation streifte, die den beiden vorangegangenen aufs Haar glich.

Leni stand bewegungslos und starrte auf den Toten am Boden. „Etwas ist anders heute", sagte sie dann, als sei es das Natürlichste, wenn man hier täglich einen Toten fand.

Sie trat einen Schritt näher und winkte Overbeck zu sich.

„Der Mann hat eine Wunde am rechten Oberarm, man kann es deutlich sehen. Würde mich nicht wundern, wenn es eine Schussverletzung ist. Das Loch im Ärmel weist auf jeden Fall darauf hin."

„Balthoff", sagte Overbeck. „Die Bilder in den Akten. Es ist Rainer Balthoff."

„Das ist nicht zu fassen. Balthoff wohnt doch in Koblenz. Was hat der Mörder anstellen müssen, dass er ihn hierher locken konnte."

„Er brauchte ihn nicht zu locken. Hast du die K.-o.-Tropfen vergessen?"

„Romano", sinnierte Overbeck. „Er ist der letzte in der Reihenfolge."

„Er hat seine Leibwächter."

„Die ihm nicht helfen können, du wirst es sehen. Da kommt Heinz Peters."

Ein beigefarbener Dienstwagen bahnte sich seinen Weg durch die Dunkelheit auf den ausgeleuchteten Bereich und die wartenden Kollegen zu. Der Wagen hielt neben denen der Kollegen an, und Peters stieg auf der Beifahrerseite und kurz darauf sein Kollege Franzen auf der Fahrerseite aus.

„Wie oft werden wir uns wohl noch an dieser Stelle treffen?“, brummte Peters, nachdem er Leni und Overbeck begrüßt hatte. „Langsam müssen wir mal einen Erfolg verbuchen, meint ihr nicht auch?“

Er erhielt keine Antwort. Doch auch das war eine Antwort. Peters wusste genau wie alle anderen, dass es noch eine weitere Person gab, hinter der der Mörder her war. Und wenn nicht bald etwas geschah, würde man sich wieder an diesem Ort hier treffen, um seine sterblichen Reste in die Gerichtsmedizin zu überführen.

Es war ein betretenes Schweigen, das für einen Moment herrschte, und es mutete fast wie eine Schweigeminute an. Peters räusperte sich.

„Dann wollen wir mal. Habt ihr euch die Leiche schon mal angesehen?“ Er sah Leni und Overbeck fragend an.

„Ich hab` da noch eine Überraschung für euch“, tönte es hinter der Gruppe, und aus dem Dunkel sahen sie Gehweiler von der Polizeiinspektion Hermeskeil auf sich zukommen.

„Wir haben den Toten gefunden, Müller und ich“, sagte er. „Wir wussten es schon, als wir die Dienststelle verließen.“

„Wer hat euch in Kenntnis gesetzt?“ Die Frage Overbecks klang nüchtern, denn meist war es ja so, dass Spaziergänger oder Arbeiter oder wer auch immer einen Toten fanden und dies dann der Polizei mitteilten.

„Niemand hat uns in Kenntnis gesetzt. Als sich herausstellte, dass der Alarm im Supermarkt ein Fehlalarm war, wusste ich, dass etwas nicht stimmt. Wir sind dann hierher gefahren und haben dann …"

„Ein Fehlalarm?", unterbrach ihn Leni. „Du meinst, es hat jemand einen Alarm ausgelöst, um …"

„So ist es." Gehweiler nickte betätigend. „Er wusste genau, dass wir auf der Dienststelle unterbesetzt sind und alle Kräfte zu dem Supermarkt geschickt würden."

„Und dann hat er sein Vorhaben in aller Ruhe dort oben durchführen können."

„Wir haben ständig Streifen bei dem Haus gehabt", fügte Gehweiler schnell hinzu. „Wäre der Alarm nicht gewesen …"

„Ist schon gut", beruhigte Overbeck ihn in sachlichem Tonfall. „Was hier passiert ist, konntet ihr nicht aufhalten. Kommt, wir beginnen mit der Tatortaufnahme, die Beleuchtung steht jetzt."

„Was für eine Überraschung?" Leni drehte sich zu Gehweiler. „Du sagtest etwas von einer Überraschung?"

„Ach ja, das hätte ich fast vergessen. Die Überraschung sitzt in unserem Dienstwagen. Müller passt auf ihn auf."

„Passt auf *ihn* auf? Wer ist *ihn*? Was ist los?"

„Wir haben einen Mann festgenommen. Er trieb sich im Dunkeln hier herum."

Jetzt drehte sich auch Overbeck zu den beiden um. Ehe er etwas fragen konnte, fuhr Gehweiler fort. „Erst haben wir geglaubt, dass wir den Täter erwischt hätten, doch das ist er leider nicht."

„Wer ist es denn? Verdammt, sprich doch endlich!"

„Es ist ein Reporter. Er sagt, er ist vom *Trierischen Volksfreund*."

„Ein Reporter? Was hat er hier zu suchen? Im Dunkeln?“

„Er ist uns gefolgt, weil er sich angeblich gedacht hat, dass etwas passiert sei … hier oben bei *dem Haus*.“

„Ich kann mir schon denken, wer das ist.“ Leni nickte heftig mit dem Kopf. „Dieser hinterlistige … Lasst den Typen noch schmoren. Er wartet so lange, bis wir hier fertig sind. Und ihr lasst ihn nicht aus den Augen. Er darf das Fahrzeug nicht verlassen. Hast du verstanden?“

„Ist das der dritte Tote?“, tönte es plötzlich hinter ihnen, und als sie sich umdrehten, sahen sie einen Mann, der an ihnen vorbei auf die Leiche sah. Hinter ihm kam Müller, der Polizist, der ihn bewachen sollte, dahergerannt.

„Wer ist das? Weg mit ihm!“, schrie Overbeck, ohne irgendeine Erklärung einzufordern. „In den Wagen mit ihm. Ihr bleibt beide bei ihm. Ich fasse es nicht!“

Müller und Gehweiler stürzten sich auf Satorius, der seinen Blick immer noch nicht von der Leiche ließ und Einzelheiten förmlich einzusaugen schien. Dann wurde er nach hinten gerissen und in die andere Richtung gedreht. Kurz darauf waren die Polzisten mit ihm im Dunkel verschwunden.

„Jetzt haben wir den Salat“, rief Overbeck in die Nacht über ihn und verstärkte seine Aussage mit rudernden Armen. „Übermorgen wird die Zeitung jeden Einzelnen davon informieren, dass die Polizei nicht imstande ist, einen Serienkiller in den Griff zu bekommen. Und was noch schlimmer ist: Sie werden brühwarm erfahren, dass es noch ein Opfer geben wird. Und dass die Polizei im Vorfeld nichts dagegen unternehmen wird."

„Es bleibt uns nur eines", sagte Leni leise. „Wir müssen Romano in Schutzhaft nehmen. Wir können doch nicht einfach zusehen, wie auch er noch ermordet wird. Wir müssen mit Staatsanwalt Rödel sprechen. Er muss uns einfach dabei unterstützen."

Es war die gleiche Situation, wie sie alle Beteiligten schon zweimal erlebt hatten. Der gleiche Auffindungsort, die gleiche Auffindungssituation, die gleichen Verletzungen. Bis auf die Schussverletzung, die Leni sofort erkannt hatte.

„Ist es Balthoff?", frage Leni leise und sah zu Overbeck auf.

Hast du die Fotos dabei?"

Overbeck zückte die Bilder, die er über das LKA erhalten hatte und reichte sie Leni. „Der Schädel, die Haare, ich glaube, er ist es. Wer sollte es auch schon sein? Da es nicht Romano sein kann, müssen wir davon ausgehen, dass es Balthoff ist."

Inzwischen war auch Doktor Kämmerlein eingetroffen. Kopfschüttelnd beugte er sich zu dem Toten hinunter.

Balthoff lag auf dem Rücken, es schien, als betrachteten seine gebrochenen Augen den eigenen Oberkörper. Durch den Schlag mit dem Baseballschläger, einen solchen sahen inzwischen alle Beteiligten als das Mordinstrument an, waren sie teilweise aus ihren Höhlen gepresst worden und über dem eingeschlagenen Nasenbein, von einer Nase war überhaupt nichts mehr zu erkennen, in ihrer Richtung verändert worden. Von der Stirn abwärts bis zum Kinn, das wie ein kleiner Felsen aus einer steinigen Wüstenlandschaft in die Höhe ragte, konnte man nur noch erahnen, dass sich dort einmal ein Gesicht befunden hatte. Eine matschige blutige Masse, in der sich ein Regenwurm ringelte, den es offensichtlich zu der Feuchtigkeit hingezogen hatte, lag neben seinem Kopf im staubigen Boden.

Der Verband an der Wunde am Arm hatte sich offensichtlich gelöst, der ganze Ärmel war blutdurchtränkt.

„Es ist tatsächlich eine Schussverletzung", sagte Kämmerlein, ohne sich zu den abwartenden Beamten umzudrehen. „Mittleres Kaliber. Ich kenne mich da nicht so aus. Müssen eure Kollegen bei einer Obduktion klären." Dann deutete er auf den Kopf Balthoffs. „Ich wette, wenn jemand nach dem Baseballschläger sucht, wird er ihn wieder in der Nähe des Hauses finden."

Overbeck sah sich um. Gehweiler und Müller waren als Wachhunde für Satorius abkommandiert. Die Kollegen der anderen Streifenbesatzung standen etwas abseits und unterhielten sich. Sie hatten den Auftrag, den Tatort von weiteren Neugierigen freizuhalten.

Overbeck winkte ihnen zu und deutete mit erhobenem Finger an, dass er nur einen der beiden Kollegen brauchte.

Er gab ihm eine kurze Instruktion, und der Kollege, ein junger Mann mit blonden kurzgeschnittenen Haaren unter der etwas zu großen Dienstmütze setzte sich in Bewegung, um das Gelände um das Haus abzusuchen.

„Er wird den Schläger finden", sagte Leni und sah dem Kollegen nach. Overbeck antwortete nicht. Er sah Kämmerlein bei seiner Arbeit zu. Der hatte inzwischen die Oberbekleidung des Toten geöffnet und tastete ihn nach weiteren Verletzungen ab. Er wusste, dass er keine weiteren finden würde. Doch dann spürte er etwas in seiner Hand, das nicht zur Kleidung des Toten gehörte. Langsam umfasste er dieses Etwas und zog vorsichtig daran, bis er einen Teil davon erkennen konnte. Als habe er gegen elektrischen Draht gefasst, zog er plötzlich seine Hand zurück und stand auf.

„Ich glaube, das da ist für Sie. Ich hoffe, ich habe keine Spuren verwischt", sagte Kämmerlein und zeigte auf den blutverschmierten weißen Papierzipfel, der aus dem Hemd des Toten herausragte.

Overbeck nickte. Er wusste, ehe er das Papier sicherstellte, was es damit auf sich hatte. Der Adler. Auf dem Papier würde er die Zeichnung eines Adlers vorfinden. Er zog einen Latex-Handschuh über und beugte sich zu dem Toten hinunter. Dann hielt er das Papier in der Hand. Und zum dritten Mal war es die Gestalt eines fliegenden Adlers, den der Mörder seinem Opfer mit in den Tod gegeben hatte.

Diese Hinweise sind für uns gedacht, dachte Overbeck, als er aufstand. *Warum erkennen wir ihren Sinn nicht?*

In einiger Entfernung machte die Spurensicherung ihre Arbeit. Peters und Franzen untersuchten den Boden nach irgendwelchen Spuren oder Merkmalen, die relevant für ein späteres Verfahren sein könnten.

Als der Leichenwagen kam und Balthoff abtransportiert hatte, stieß Leni Overbeck in die Seite.

„Komm, wir werden uns den Reporter vorknöpfen. Wir werden ihm aufzählen, gegen wie viele Bestimmungen er heute Abend verstoßen hat. Vielleicht lässt er ja mit sich reden und wird auf eine vorzeitige Berichterstattung verzichten."

45. Kapitel

Maggie erwachte an diesem Morgen erst sehr spät. Die Augustsonne fiel mit großen Strahlen durch das Fenster, sodass sie ihre Augen, kaum dass sie sie geöffnet hatte, vor der Helligkeit wieder schließen musste.

Ihr erster Gedanke war Satorius. Irgendetwas ahnte er, irgendetwas glaubte er zu wissen, da war sie sich sicher. *Er wird keine Ruhe geben, bis er meine Identität herausgefunden hat*, dachte sie. *Und nicht nur sein Interesse an meiner Identität scheint besonders hoch zu sein, es ist auch das Interesse an meiner Person, ich fühle es. Und wenn ich in mich hineinhöre, muss ich zugeben, dass auch mein Interesse an ihm in den vergangenen Tagen gestiegen ist. Aber aus uns wird nichts werden. Wenn er herausfindet, wer ich bin, dass ich mich ihm nicht anvertraut habe. Wenn er meine Rachegefühle kennenlernt –wenn er es nicht schon bemerkt hat, wie sehr ich an einer Rache interessiert bin, nein, eine Beziehung wäre zum Scheitern verurteilt.*

Maggie duschte, kleidete sich sportlich mit Jeans und Bluse und schlüpfte in ein Paar bequeme Schuhe. Dann verließ sie ihr Zimmer und stieg die Treppe hinab zum Gastraum.

Sie war an diesem Morgen der einzige Gast. Vielleicht hatte niemand in der vergangenen Nacht hier logiert, vielleicht waren die Gäste aber auch schon unterwegs. Es war ihr egal.

Leonhard brachte ihr Frühstück. Alles war zu ihrer Zufriedenheit vorhanden. Auch der Kaffee war heiß, und das war in einem Hotel wie diesem nicht unbedingt zu erwarten. Aber der Kaffee war an jedem Morgen heiß gewesen und das Frühstück reichlich.

Sie fragte nach der Zeitung. Leonhard brachte sie ihr. Doch Maggie kam nicht zum Lesen. Leonhard tauchte wieder auf, ein tragbares Telefon in der Hand.

„Es ist für Sie."

„Für mich?" Jetzt war sie aber tatsächlich erstaunt. Niemand außer Satorius wusste, wo sie untergekommen war. Also war es Satorius. Ihr war mulmig zumute. Jetzt mit ihm zu sprechen, Fragen über sich ergehen zu lassen, die sie nicht beantworten wollte. Sie überlegte, das Gespräch nicht anzunehmen. Leonhard stand abwartend vor ihrem Tisch, die Hand mit dem Telefon in ihre Richtung ausgestreckt.

Maggie atmete tief durch und griff nach dem Telefon.

„Ja?" Sie spürte, wie Aufregung in ihr aufstieg.

„Hallo Maggie", tönte es aus dem Hörer. Es war eine männliche Stimme, eine angenehme, noch junge Stimme, so empfand sie es. Er nannte sie beim Namen. Hier in Hermeskeil hatte sie keine persönlichen Kontakte geknüpft. Ihre Neugier war geweckt.

„Wer sind Sie?"

„Wie geht es dir, Maggie? Fühlst du dich gut? Sind alle Dinge, die in letzter Zeit eingetreten sind, zu deiner Zufriedenheit verlaufen? Nein, antworte nicht.

Noch nicht. Ich sage dir, was du fühlst, wie du dich fühlst. Du fühlst eine große Erleichterung in dir. Die Menschen, die dir und deinen Lieben großes Unglück zugefügt haben, sind nicht mehr. Halt, was rede ich? Einige von ihnen sind nicht mehr. Macht es dich zufrieden, Maggie?"

Der Mann am Ende der Leitung machte eine Pause, und Maggies Mund war auf einmal so trocken, dass auch sie kein Wort herausbekam.

„Du bist erstaunt, über das was ich sage?", fuhr der Mann fort. „Du fragst dich, wer ist das in der Leitung? Meine liebe Maggie, du wirst es erfahren. Bald schon wirst du es erfahren."

„Wer sind Sie", fragte Maggie und merkte, dass sie sich wiederholte. „Wovon reden Sie" Woher kennen Sie mich?"

„Das sind viele Fragen auf einmal", sagte die Stimme am anderen Ende in einem extrem ruhigen Ton, wie er es auch zuvor gehalten hatte. „Du wirst bald wissen, wer ich bin, Maggie. Aber dann würdest du dir wünschen, mich nie kennengelernt zu haben. Nein, keine Angst. Verstehe mich nicht falsch. Ich werde dir nichts tun. Ich würde dir nie etwas tun. Nie! Eigentlich wollte ich auch nicht mit dir sprechen. Noch nicht. Aber ich musste es tun. Später wirst du das verstehen."

Maggie schwieg weiter. Ihre Gedanken rasten. Wer war der Mann? Was wollte er? Offenbar wollte er nichts, außer sich mitzuteilen. Maggie versuchte, ihre Gedanken zu ordnen. Sie beschloss, weiter stumm zu bleiben und dem Mann zuzuhören.

„Der Adler wird fliegen, Maggie. Er wird fliegen, schon bald. Du wirst es erleben. Und dann wird dein

Leben wieder normal sein. Ich weiß, dass du deine Rache wolltest. Du wollest sie auf eine andere Art. Du selbst wolltest die Rächerin sein. Ich konnte es nicht zulassen. Dein Leben liegt noch vor dir. Du sollst glücklich werden. Wenn einer es verdient hat, dann du."

„Du ... du, sag mir doch, wer du bist", stotterte Maggie und stellte plötzlich fest, dass sie das vertrauliche *Du* benutzt hatte. Sie überlegte fieberhaft, doch sie kam zu keinem Ergebnis. Sie kannte niemanden hier in Deutschland außer Satorius und dem Ehepaar Leonhard. Der Mann am anderen Ende kannte sie offensichtlich, und was er ihr da erzählte, ließ sie erschaudern.

„Du wirst es in Kürze erfahren", hörte sie die Stimme wie aus weiter Ferne. „Und den fliegenden Adler wirst du kennenlernen. Es ist doch der Adler, der dir keine Ruhe lässt? Bis bald, Maggie. Dieses Gespräch wird nicht unser letztes sein. Und denke an den Adler. Wenn er geflogen ist, wirst du frei sein."

„Was willst du ...?" Sie wollte fragen, was er vorhatte, was er tun wollte. Doch außer einem Klick blieb ihr der Telefonhörer jegliche Antwort schuldig.

46. Kapitel

„Ich komme gerade von der Obduktion. Es ist so, wie wir vermutet haben. Balthoff hat eine Schussverletzung im Oberarm. Kleines Kaliber. Vermutlich 7.65." Mit dieser Erkenntnis betrat Overbeck das Büro, in dem Leni und Krauss bereits auf ihn warteten. Overbeck zog sich einen Stuhl bei und ließ sich darauf fallen. Dass Krauss mit im Raum war und auf eine nähere Erläuterung wartete, schien ihn nicht zu stören.

„Das passt doch überhaupt nicht in das Bild der bisherigen Taten“, sagte Krauss kopfschüttelnd. „Warum schießt der denn jetzt auf einmal?“ Dann gab er sich die Antwort selbst. „Vielleicht konnte das Opfer fliehen, und der Schuss fiel, um ihn zu stoppen.“

„Du weißt doch mehr.“ Leni sah Overbeck mit zugekniffenen Augen an. „Erzähl schon.“

„Ja, raus mit der Sprache. Was ist los?“, hakte nun auch Krauss nach. „Lassen Sie sich nicht jedes Wort aus der Nase ziehen.“

„Also“, begann Overbeck. „Der Schuss stammt, wie gesagt, aus einer kleineren Waffe, vielleicht einer Walther PPK oder einer Beretta, und er wurde aus einiger Entfernung abgegeben.“

„Also setzte sich der Täter zur Wehr und versuchte zu fliehen, wie ich schon sagte. Der Schuss stoppte ihn, und unser Täter konnte seine Tat an dem wehrlosen Opfer ausführen.“

„Das passt nicht ins Bild, wehrte sich Leni kopfschüttelnd gegen diese These. „Bisher hat der Täter in den beiden anderen Fällen K.-o.-Tropfen eingesetzt. Warum sollte er es in diesem Fall nicht getan haben? Nach Einnahme dieser Tropfen läuft das Opfer nicht mehr davon.“

„Aber …“

Overbeck unterbrach Krauss‘ Einwand. „Die Schussverletzung ist nicht in Zusammenhang mit der finalen Tat geschehen. Das Obduktionsergebnis hat eindeutig festgestellt, dass Balthoff diese Verletzung bereits mehrere Stunden vorher zugefügt wurde. Vielleicht sogar schon am Tag zuvor. Außerdem weist die ursprüngliche Versorgung der Wunde auf eine fachliche Versorgung hin. Dr. Schneider konnte dies feststellen, obwohl der Verband sich teilweise gelöst hatte und seinen Zweck kaum noch erfüllte.“

„Was bedeutet das? Der Täter hat ihn doch nicht am Vortag angeschossen. Unsinn“, bestätigte Krauss seine eigene Aussage.

„Also war es jemand anderes. Jemand, der es ebenfalls auf ihn abgesehen hat.“ Leni blätterte in den Akten, die vor ihr lagen. „Es liegen keine Anhaltspunkte für eine Bedrohung vor. Aber das muss es ja auch nicht. Vielleicht hat er sich in Koblenz mit seinesgleichen gestritten. Wir wissen ja aus der Erfahrung, wie Ganoven mit sich selbst umgehen.“

„Glaube ich nicht.“ Overbeck schaute nachdenklich drein. „Ich glaube, wir sollten uns fragen, auf welche Art und Weise Balthoff, der in Koblenz wohnt, hierher verbracht wurde. Vielleicht war der Schuss in den Oberarm ein Zwangsmittel dazu.“

„Du meinst, der Täter habe ihn zur Warnung in den Oberarm geschossen?“

„Würde er ihn ins Bein geschossen haben, hätte er sich selbst Probleme für einen Transport nach Hermeskeil bereitet. Das wäre für mich bis hierher die einzige Erklärung.“

„Es sei denn, eine weitere Person hatte ihre Hand mit im Spiel“, meldete sich Krauss. „Ich werde bei der Staatsanwaltschaft und der Polizei in Koblenz nach Erkenntnissen forschen“, bemerkte er kurz und verschwand.

„Er scheint Interesse an der praktischen Arbeit gefunden zu haben“, schmunzelte Leni, als Krauss gegangen war. „Das ist doch mal eine schöne Erfahrung.“

„Schöne Erfahrung“, äffte Overbeck nach. „Ich glaube nicht, dass er uns damit weiterbringt. Ich …“

Das Telefon läutete und Leni hob ab. Schweigend hörte sie zu, was ihr Gesprächspartner zu sagen hatte. Mit einem kurzen *Danke* legte sie auf.

„Margarethe Kollinger ist in Deutschland!“, stotterte sie hervor und wartete auf eine Reaktion Overbecks.

„Margarethe? Wer ist das?“

„Hallo! Jemand zu Hause?“, rief Leni und starrte Overbeck herausfordernd an. „Margarethe! Maggie! Kollinger! Heidfeld! Na?“

„Die Tochter von Jerry Thompson und Conny Heidfeld! Also doch. Sie ist hier? Wer hat angerufen?“

Das LKA. Die Nachricht kam über Interpol zu Europol und dann zum LKA. Du kennst ja die Wege …“

„Ja, ich kenne die Umwege. Aber egal. Das wirft ein komplett neues Licht auf die Situation. Wie lange ist diese Margarethe schon in Deutschland?“

„Sie hat Amerika zwei Tage vor dem ersten Mord verlassen. Mehr konnte offensichtlich nicht herausgefunden werden. Sie hatte den Flug New York mit Destination Frankfurt gebucht. Von da an verliert sich jede Spur.“

„Und was machen wir jetzt?“, fragte Overbeck leise. Die Frage stellte er mehr sich selbst als Leni, und er schien auch keine Antwort darauf zu erwarten. „Wir müssen die Medien einschalten, RPR, RTL, den Saarländischen Rundfunk und den Deutschlandfunk, falls sich die Dame außerhalb unseres Einzugsgebietes aufhält.“

„Wir sollten alle Hotels überprüfen. Alle Gäste werden dort namentlich erfasst", nickte Leni zustimmend.

„Und wenn sie privat untergekommen ist? Es gibt da zahlreiche Möglichkeiten."

„Nein, ich habe eine bessere Idee." Overbeck klang entschlossen. „Die örtlichen Fernsehsender. Wir werden ihnen das Foto übermitteln mit dem Text: Wer hat diese Frau gesehen … wird dringend als Zeugin in einer Straftat gesucht … soll sich bei der Polizei melden und so weiter."

„Sie wird es nicht tun. Maggie ist die einzige Überlebende von damals und kommt für uns als potenzielle Täterin infrage. Aber wir können es versuchen. Doch ich verspreche mir nichts davon."

47. Kapitel

Echternach war an diesem Augusttag Schauplatz des *e-Lake Festivals*, das seit drei Tagen rund um den Echternacher See stattfand. Zwei Bühnen, zahlreiche Top-Bands und DJs aus dem In- und Ausland heizten den Gästen ein, und bei freiem Eintritt zählten die Veranstalter insgesamt über 20.000 Besucher.

Auch Franco Romano hatte beschlossen, sich dieses Ereignis nicht entgehen zu lassen. Jean und Martin, seine beiden Leibwächter, waren in seiner Nähe, doch er hatte ihnen vorher schon klargemacht, dass er sich nicht eingeengt wünsche. „Hier sind so viele Menschen. Was soll da schon passieren?"

Romano gab sich den Klängen der Musik hin und schloss die Augen. Als Italiener war er vom Naturell her musikbegeistert und sang, wo immer er glaubte alleine zu sein. Die junge Band auf der Bühne hatte gerade eine Rock-Formation abgelöst und spielte den nur allzu passenden Song der Band *Juli* „Immer wenn es dunkel wird“.

Der Andrang der Zuschauer wurde immer größer. Romano fühlte sich zwischen den vielen Menschen eingeengt. Seine beiden Leibwächter sah er wenige Meter vor sich. Auch sie hatte das Treiben in ihren Bann gezogen, und Romano beobachtete lächelnd, wie sich die riesigen Gestalten im Takt mitbewegten.

Romano sah auf seine Uhr. Am Abend wollte er in seiner Gaststätte sein. Diese Veranstaltung würde auch sein Lokal füllen. Da konnte es sein, dass man auch auf seine Hilfe angewiesen war. Er liebte die Gastronomie. Nachdem er aus dem Gefängnis entlassen worden war, hatte er sofort die Pizzeria übernommen, wie es sein verstorbener Vater festgelegt hatte. Ein Freund hatte sie nach dessen Tod bis zu seiner Entlassung geführt, und nun hatte er selbst damit begonnen, sich einen eigenen Kundenstamm aufzubauen, hier in Echternach, im Land Luxemburg, wo kaum jemand etwas von ihm und seiner Vergangenheit wusste.

Er wollte seinen beiden Beschützern ein Zeichen geben, sie zu sich rufen, doch die Musik und das Klatschen der Zuschauer waren zu laut geworden. Er tastete sich rückwärts aus der begeisterten Meute und wollte sich gerade umdrehen, als er einen Druck im Rücken spürte, dem eine kurze Aufforderung folgte: „Immer schön weiter rückwärtsgehen. Eine falsche Bewegung und du verbringst den Rest deines Lebens bestenfalls im Rollstuhl.“

48. Kapitel

„So, und nun zu Ihnen." Overbeck saß auf der Schreibtischkante im Vernehmungsraum der Polizeiinspektion und sah auf Satorius herab, den die uniformierten Kollegen vor ihm auf einem altersschwachen Bürostuhl platziert hatten. „Sie schleichen in der Dunkelheit, vorbei an observierenden Polizeiwagen zu einem Ort, an dem bis zu diesem Zeitpunkt zwei Morde geschehen sind. Was glauben Sie, wie gespannt wir beide auf eine Erklärung von Ihnen warten?"

Er sah zu Leni hinüber, und ehe Satorius antworten konnte, fügte er schnell hinzu: „Eine plausible Erklärung muss es schon sein. Vergessen Sie nicht, dass wir Sie an einem Ort aufgegriffen haben, an dem zufälligerweise ein Mord begangen wurde. Es wäre doch wohl kaum übertrieben, wenn wir Sie als Tatverdächtigen ansehen. Vielleicht sind Sie aber auch nur Zeuge. Vielleicht haben Sie etwas gesehen und wollen es uns jetzt sagen. Oder kann es sein, dass Sie uns etwas verschweigen? Etwas, das Sie bewogen hat, den Tatort aufzusuchen? Überlegen Sie gut, was Sie sagen. Wenn es auch nur andeutungsweise unglaubwürdig klingt, werden wir Sie heute Nacht hierbehalten und morgen dem Haftrichter vorführen. Also?"

Overbeck zog die Luft tief in die Lungen und lehnte sich zurück. Er war zufrieden. Er hatte Satorius Druck gemacht und er würde es auch durchziehen und ihn in die Zelle werfen. Obwohl, und das musste er sich insgeheim eingestehen: Der da vor ihm saß, war nicht der Mörder. Das war einer, der eine Story um jeden Preis auftreiben wollte und, weiß der Teufel, was morgen im Trierischen Volksfreund stehen würde, hätte man ihn nicht festgenommen.

„Also?“, übte er weiteren Druck auf Satorius aus. „Wir hören.“

„Ich habe nichts mit den Morden zu tun“, sagte Satorius leise. „Das war ja entsetzlich, da oben.“

„Dann haben Sie ja doch noch einen Blick auf die Tatortsituation werfen können“, warf Leni ein. „Hat es Ihnen denn wenigstens gefallen? Ist doch eigentlich schade um die Story, die Ihnen jetzt durch die Lappen geht. Erst vor einigen Tagen haben Sie mich hier auf der Dienststelle aufgesucht und wollten Erkenntnisse über die Ermittlungen in einem Mordfall haben. Alles für Ihre Story?“

„Ja, ich hatte vor, eine Story zu schreiben, aber nicht so, wie Sie sich das vorstellen. Ich war nicht dort oben, weil ich wusste, dass dort jemand ermordet wurde. Ich war dort, weil ich es befürchtete.“

„Weil Sie was?“ Overbeck blickte ungläubig auf Satorius nieder.

„Ich mache Ihnen einen Vorschlag“, wagte Satorius einen Vorstoß. „Ich werde Ihnen alles erzählen. Alles, was mich bewegte, dort oben zu sein, und Sie lassen mich heute Abend noch frei.“

„Damit wir morgen in der Zeitung lesen …“

„Dazu ist es bereits zu spät“, wehrte Satorius energisch ab. „Um neun Uhr heute Abend sind die Druckmaschinen angelaufen. Da geht nichts mehr.“

Overbeck nickte. „Ich werde Ihnen nichts versprechen, aber wir können es versuchen. Also, was haben Sie uns zu sagen?“

49. Kapitel

Maggie lief in ihrem Zimmer in der ersten Etage des kleinen Hotels von Franz Leonhard auf und ab. Ihre Gedanken überschlugen sich, und sie stellte sich die gleiche Frage immer wieder: Wer war der Anrufer? Was wusste er? Was meinte er mit dem Adler, der demnächst fliegen sollte?

Unsinn! Sie schüttelte den Kopf und sah aus dem Fenster zum Turm der gegenüberstehenden Kirche. *Ich weiß genau, was er damit meint. Der Adler. Die Tätowierung.* Maggie schloss die Augen und sah ihn vor sich, den breiten nackten Rücken des Mannes, auf dessen Schulter ein tätowierter Adler im Flug eingebrannt war. Sie sah alles wieder vor sich, als stünde sie auf der Balustrade in dem Haus, in dem sie bis zu ihrem 12. Lebensjahr gelebt hatte und glücklich war. Bis zu jenem Abend, der ihr Leben jäh veränderte.

Der Adler. Der Anrufer meinte diesen Adler. Warum sonst sollte er ihn ihr gegenüber thematisieren? Wer war der Mann? Wer hatte ein Interesse an ihrer Vergangenheit, an der Vergangenheit der Täter von damals? Wer außer ihr? Wer außer ihr hatte das Recht auf Rache? Wer machte ihr ihre Rache streitig?

„Wer?!“

Maggie erschrak, denn sie hatte das letzte Wort gegen das geschlossene Fenster geschrien. Verschämt drehte sie sich um und sah zur Tür, als würde jemand den Raum betreten und sie nach dem Grund ihres Ausbruchs fragen.

Sie dachte an Satorius. Nachdem sie aus Koblenz zurückgekommen waren, hatte er sich ihr gegenüber irgendwie komisch verhalten. Und sie selbst hatte

Schuld daran. Ihr aggressives verbales Verhalten, das war es, das Satorius in irgendeiner Weise getroffen hatte, obwohl es nicht gegen ihn ging.

Er wollte unbedingt den Aufenthalt dieser Maggie herausfinden. *Ich bin sicher, er weiß, dass ich es bin*, sagte sie zu sich. *Was wird er tun? Wird er es irgendjemandem mitteilen? Der Polizei? Seiner Pressestelle? Nein, er wird vorher mit mir sprechen,* redete sie sich ein. *Er mag mich, und er muss gemerkt haben, dass auch ich etwas für ihn empfinde.*

Vom Kirchturm her schallte die Glocke, und Maggie zählte mit. Sieben Schläge. Es war 19 Uhr, die Dunkelheit brach langsam herein. Sie beschloss, ihr Zimmer heute nicht mehr zu verlassen. Sie legte sich auf das Bett und schaltete den Fernseher ein. Nachdem sie eine knappe Stunde vor sich hingedämmert und ihren Gedanken nachgehangen hatte, schlief sie ein. Die Nachrichten, die einen weiteren Mord bei dem Haus außerhalb der Stadt Hermeskeil vermeldeten, erreichten ihre Wahrnehmung nicht mehr.

50. Kapitel

Overbeck und Leni hörten Satorius gebannt zu, ohne ihn auch nur einmal zu unterbrechen.

Eine Story über etwas Vergangenes hatte es werden sollen, klagte Satorius. Eine Geschichte über Menschen, die einerseits zu Straftätern, andererseits zu Opfern wurden. Unterhaltung für die Leser in einer Zeit, die man in Redaktionskreisen Sommerloch nannte. Satorius schüttelte den Kopf. „Und was ist daraus geworden? Meine Kollegen berichten über die grausamen Aktualitäten hier in Hermeskeil, und ich jage einem Phantom hinterher. Kaum, dass wir einen der Täter von damals ausfindig gemacht haben, wird er uns nur noch als Leiche serviert. Kein Interview, keine Begründung für die Tat vor 18 Jahren. Nichts. Nur die Kollegen haben ihre Sensation. Ist das nicht ungerecht?"

Satorius griff nach dem Glas Wasser, das Leni vor ihm abgestellt hatte.

„Wer ist wir?" Overbecks Frage rief Satorius in die ernüchternde Gegenwart zurück. Hatte er *wir* gesagt? Er hatte. *Verdammter Mist*. Es war ihm herausgerutscht, obwohl er Meg nicht in die Sache mit hineinziehen wollte. Overbeck gab ihm keine Zeit zu weiteren Überlegungen.

„Wer ist ***wir***?!"

„Eine Frau, die ich kürzlich kennengelernt habe. Sie ist auch Reporterin. Wir wollten gemeinsam für meinen Artikel recherchieren."

„Ach. So selbstlos ist eine Reporterin? Kann ich mir gar nicht vorstellen." Overbecks Stimme war voller Sarkasmus. „Wie sollte denn die Dame von ihrer Mitarbeit profitieren? Bei welcher Zeitung arbeitet sie denn? Vielleicht auch beim Trierischen Volksfreund?"

„Nein, sie ist … freie Journalistin. Sie sucht noch nach einer Stelle in unserer Region. Dabei wollte ich ihr behilflich sein."

„Der Name?", drängte Overbeck weiter. „Wie ist ihr Name?"

„Ich kenne nur ihren Vornamen", log Satorius ins Blaue, obwohl er wusste, dass dieser Kripomann da vor ihm nachhaken würde. Solange, bis er die Wahrheit über Meg sagen würde.

„Er ist Margreth … glaube ich. Wir kennen uns ja erst kurze Zeit.“

„Dann erzählen Sie mal was über diese Margreth.“ Overbeck sah Leni vielsagend an. Sie verstand sofort und verließ den Raum. Nach wenigen Minuten schon kam sie zurück und legte die komplette Ermittlungsakte vor Overbeck auf dem Schreibtisch ab.

„Warum schweigen Sie?“ Overbeck sah Satorius in die Augen, mit einem Blick, in dem bereits jetzt schon ein kleiner Triumpf zu erkennen war. Er schlug die Akte auf, entnahm ihr ein Foto und legte es mit einem erwartungsvollen Blick vor Satorius auf die Schreibtischplatte. Der starrte das Bild an, ohne seinen Blick zu erheben. Overbeck konnte fühlen, wie es in seinem Inneren bebte.

„Das ist sie, nicht wahr? Ihre … Margreth. Margarethe Kollinger oder auch Maggie Heidfeld, die Tochter eines US-Soldaten, den man vor 18 Jahren genau dort ermordet hat, wo wir Sie festgenommen haben. Ist doch ein Zufall das alles, nicht wahr?“

Die Pause, die nun entstand, wurde weder von Overbeck noch von Leni durchbrochen. Beide warteten gespannt auf die Antwort Satorius‘. Es musste eine Antwort kommen. Satorius saß in der Klemme, und er wusste es.

„Ich möchte einen Anwalt“, sagte er schließlich leise.

„Sie brauchen keinen Anwalt“, antwortete Overbeck im, ebenfalls leise. „Wir beschuldigen Sie nicht. Sie sind unser Zeuge. Und als Zeuge sind Sie verpflichtet, wahrheitsgemäße Angaben zu machen. Wenn Sie uns Ihre Aussagen verweigern, kann das unangenehme

Folgen für Sie haben. Da kann Ihnen auch kein Rechtsanwalt helfen."

Leni rückte ihren Stuhl etwas näher an Satorius heran, während Overbeck zum Wasserhahn ging und sich ein Glas Wasser einlaufen ließ.

„Sehen Sie, Herr Satorius", begann Leni, ebenso ruhig, wie das Gespräch bisher geführt worden war „Vielleicht hat Ihnen diese Margarethe Kollinger keinen reinen Wein eingeschenkt. Zumindest aber hat sie Ihnen einiges verschwiegen. Vielleicht waren Sie ihr ja auch Mittel zum Zweck ..."

„Zu welchem Zweck?", unterbrach sie Satorius erstaunt.

„Lassen Sie mich fortfahren. Nach dem Tod ihres Vaters und später auch ihrer Mutter wurde Maggie von den Menschen adoptiert, zu denen sie in der Tatnacht geflüchtet war. Die Familie wanderte nach Amerika, genauer gesagt nach New York, aus und als die Adoptiveltern am 11. September 2001 in den Trümmern der Twin Towers starben, beschloss sie, nach Deutschland zurückzukehren. Und nun kommt der Punkt: Seit dem Tag, als Maggie mit dem Flieger in Deutschland landete, wurden drei Menschen ermordet. Drei Männer, die ihren Vater getötet und ihre Mutter vergewaltigt hatten. Und die Maggie am Tatort gesehen hat. Sie wird sich Rache geschworen haben. Wo ist Maggie jetzt?"

„Meg hat niemanden umgebracht. Ich weiß es. Ich fühle es."

Leni stutzte. „Meg? Aha. Sie haben sich in Maggie verliebt. Bestreiten Sie es nicht. Eine Frau merkt so etwas. Wenn Sie so sicher sind, dass Maggie mit alldem nichts zu tun hat, dann sagen Sie mir jetzt, wo sie sich aufhält."

51. Kapitel

Maggie hatte in dieser Nacht unruhig geschlafen. Immer wieder war sie zwischendurch aufgewacht und hatte wie von fern die Stimme des Mannes am Telefon gehört. *Den fliegenden Adler wirst du kennenlernen. Es ist doch der Adler, der dir keine Ruhe lässt?*

Der Adler. Die Tätowierung. Sie sah alles wieder genau vor sich. Der Adler. Sie hatte ihm Rache geschworen. Er war ihr zum Sinnbild geworden. Zum Sinnbild für vier Männer, die eines gemein hatten. Sie würden sterben. In Maggies Geist waren alle diese Männer mit einem Adler tätowiert. Der Adler war das Letzte, was Maggie damals gesehen hatte, als sie floh. Der Adler. Er hatte sich in ihrem Kopf eingeprägt, auf dass ihre Rache nie nachlasse.

Und jetzt? Dieser Anruf. *Er spricht von dem Adler, und er erwartet, dass ich weiß, wovon er redet. Wer ist dieser Mann?*

Maggie wirkte übernächtigt, als sie an diesem Morgen frühstückte, obwohl sie kaum etwas herunterbringen konnte. Sie trank drei Tassen Kaffee und ein Glas Orangensaft und verlangte schließlich nach der Zeitung.

Dann war sie mit einem Schlag hellwach.

Grausiger Leichenfund in Hermeskeil

lautete die Schlagzeile im Trierischen Volksfreund in fetten Lettern. Darunter war *das Haus* abgebildet, ihr Elternhaus. Das Foto war im Dunkeln mit Blitzlicht angefertigt worden und zeigte den Hinterhof des Anwesens. Ein dicker roter Pfeil zeigte auf eine bestimmte Stelle, wo laut der Beschreibung der Tote gelegen haben musste.

Maggie las den Artikel, doch ihre Gedanken schweiften immer mehr ab, und schließlich faltete sie die Zeitung zusammen. Sie brauchte frische Luft. Hans Satorius ließ sich auch nicht mehr bei ihr sehen, und irgendwie fühlte sie sie sich alleine auf dieser Welt. Nicht einmal eine Telefonnummer hatte sie von ihm.

Einer von ihnen ist noch übrig, kam es ihr in den Sinn, als sie durch die an diesem Morgen nahezu leeren Straßen Hermeskeils schlenderte. Sie lenkte ihre Schritte auf dem linken Gehweg stadtabwärts, vorbei am Rathaus, vorbei an der Tourist-Information. Als sie am Gebäude der Polizeiinspektion angekommen war, wechselte sie die Straßenseite und wagte einen scheuen Blick zu den von der Morgensonne erleuchteten Fenstern.

Dann sah sie ihn. Es war Satorius. Er stand mit dem Rücken zum Fenster, doch sie wusste: Er ist es. Der Mann, den sie für Satorius hielt, unterhielt sich mit einer Frau, offensichtlich einer Polizistin. Gebannt starrte Maggie zu dem Fenster in der zweiten Etage.

Dann drehte sich der Mann um und sah ihr direkt ins Gesicht.

Sie hatte recht. Es war Satorius.

52. Kapitel

Hans Satorius hatte alles ausgekotzt, was der Kommissar und die Kommissarin von ihm wissen wollten. Fast alles. Wer er war, wo er wohnte, wo und wie lange er schon als Reporter arbeitete, einfach alles. Als die Rede auf Maggie kam, blockte er ab. Nur das Wesentliche erzählte er den Beamten. Dass er sie in einem Lokal in Hermeskeil kennengelernt hatte, dass er sich ab und zu mit ihr traf. Und dass sie sich, beruflich begründet, über die Morde bei *dem Haus* unterhalten haben.

„Sie sagten, Sie und diese Margarethe Kollmann wollten gemeinsam recherchieren“, bemerkte Leni. „Was haben Sie recherchiert und wo?“

Satorius stand auf und reckte sich. „Sie erlauben?“, fragte er mit einem Seitenblick auf Overbeck und ging zum Fenster, das auf Kippstellung stand. Die frische Luft, die dort in geringen Mengen einströmte, tat ihm gut. Leni folgte ihm. „Was haben Sie herausgefunden?“

„Was glauben *Sie* denn?“, antwortete er aufgebracht. „Nichts haben wir herausgefunden. Alles, was interessant für meine Recherchen war, habe ich jeweils am folgenden Tag in der Zeitung gelesen. Frustrierend, das können Sie sich doch vorstellen.“

„Und Sie wissen nicht, wo sich Margarethe Kollinger aufhält, wo sie wohnt? Soll ich Ihnen was sagen? Ich glaube Ihnen das nicht. Und meinem Kollegen geht es ebenso. Wenn Sie der Ansicht sind, dass sie nichts Unrechtes getan hat, dann sagen Sie uns, wo sie sich aufhält. Glauben Sie mir, die Wahrheit wird sich herausstellen. Und außerdem: Früher oder später werden wir ihren Aufenthalt ermittelt haben. Und wenn sich dann herausstellt, dass die Dame Dreck am Stecken hat, sind Sie mit dran, davon können Sie ausgehen."

Die Gedanken jagten durch den Kopf Satorius'. Was war richtig und was nicht? Er brauchte nur zu sagen: Wenige hundert Meter von hier, im Hotel *Zum alten Hermeskeiler* hat sie Wohnung bezogen. Was sollte er tun? Er drehte sich um und schaute durch das Fenster auf die beleuchtete Hauptstraße und sah ihr direkt in die Augen: Meg!

„Sie können gehen", hörte Satorius wie aus weiter Ferne die Stimme Overbecks. Halten Sie sich zu unserer Verfügung. Ich gehe davon aus, dass Sie nach Trier in Ihre Wohnung fahren werden?"

Satorius nickte, immer noch benommen von der Begegnung mit Maggie. Er würde heute nach Trier zurückfahren. Aber er würde zurückkommen. Er musste sie sehen.

Als Satorius den Raum verlassen hatte, griff Overbeck zum Telefon und wählte eine Nummer. „Observiert ihn. Solange, bis er mit einer Frau zusammentrifft. Wenn das der Fall sein wird, bringt sie beide her." Er lauschte kurz, was der Kollege am anderen Ende der Leitung zu sagen hatte.

„Der Mann heißt Satorius. Hans Satorius. Die Frau ist Margarethe Kollinger. Ein Foto von ihr habe ich hier."

Der Tag verlief für die Polizeibeamten in Zivil verhältnismäßig ruhig. Sie verfolgten Satorius in angemessenem Abstand und blieben sogar in seiner Nähe, als er nach Trier fuhr und dort in der Redaktion verschwand.

Erst am späten Nachmittag verließ er das Gebäude wieder, fuhr in seine Wohnung, und erst, als es bereits zu dunkeln begann, schien er wieder in Richtung Hermeskeil zu fahren, stets verfolgt von dem zivilen Polizeifahrzeug.

Seine Fahrt endete auf dem Parkplatz des *Restaurant am Hunsrück-Steig.* Er hatte den ganzen Tag noch nichts gegessen und würde das jetzt nachholen. Dann würde er Maggie anrufen. Er musste sie sehen. Doch er musste vorsichtig sein. Er hatte keinen Zweifel daran, dass dieser Overbeck ihn beschatten ließ. Er musste sich mit Maggie an einem anderen Ort treffen, den er im Zickzack-Kurs ansteuern würde.

Er bestellte sein Essen und trank langsam aus seinem Bierglas. Dann legte sich ein Lächeln um seine Lippen. Die beiden Männer, die nun das Lokal betraten und sich bewusst unauffällig an der Theke niederließen, stufte er sofort als Polizisten in Zivil ein, und während er sein Essen zu sich nahm, blickte er ab und zu verstohlen zu ihnen hinüber. Immer wenn sich ihre Blicke trafen, sahen sie sich gelangweilt im Lokal um und unterhielten sich anschließend, wie gesagt, auffällig unauffällig.

Satorius überlegte. Heute Abend würde es ihm unmöglich sein, Maggie zu sehen, mit ihr zu sprechen, von ihr selbst zu hören, dass sie mit alledem nichts zu tun habe. Schließlich griff er zum Handy und drückte auf eine eingespeicherte Nummer. Aus den Augen-

winkeln stellte er fest, dass die beiden Männer an der Theke zu ihm herübersahen.
Das Geräusch aus dem Hörer beunruhigte ihn.

Die Leitung war besetzt.

An diesem Abend dachten Overbeck und Leni nicht daran, zur gewohnten Feierabendzeit nach Hause zu fahren. Zu viel gab es noch in Hermeskeil zu erledigen. Overbeck musste wissen, ob Satorius sich mit dieser Maggie traf. Er wusste, dass sie eine Schlüsselfigur für die Klärung der Morde war, und wenn es einen Weg gab, an sie heranzukommen, dann über Satorius.

Gegen 21 Uhr war Schichtwechsel. Heribert Gehweiler und Eddy Müller traten ihren Dienst an, und Gehweilers erster Schritt war der zu den Trierer Kollegen. Gehweiler und Leni kannten sich schon seit längerer Zeit, in der sie gemeinsam einige Fälle aufgeklärt hatten. Damals war Heiner Spürmann noch Partner von Leni, und auch mit ihm hatte sich Gehweiler gut verstanden.

„Ich mache euch mal eine Tasse Kaffee“, sagte er lächelnd, als er das Zimmer der beiden betrat. „Gibt’s was Neues?“

„Wie man‘s nimmt“, antwortete Leni. „Wir haben den Reporter heute in der Mangel gehabt. Deine Kollegen observieren ihn. Wir hoffen, dass er uns zu dieser Margreth Kollinger führt.“

„Ihr glaubt, sie ist hier in Hermeskeil? Haltet ihr sie für die Täterin?“

Leni sah ihm an, dass er nicht an eine Täterschaft glaubte. „Eine Frau schafft das nicht, das war schon immer meine Meinung. Dass sie als Anstifterin oder sogar vielleicht als Mittäterin in Frage kommt, könnte ich mir schon vorstellen. Aber selbst die Tat auszuführen? Nein."

Er stellte drei Tassen mit dampfendem Kaffee vor die beiden und setzte sich zu ihnen.

„Einer ist noch übrig", sagte er, während er auf seine Tasse starrte und jeder wusste, was er meinte. „Wie kann man es verhindern?"

„*Es* verhindern? Wir können *es* nicht verhindern", schnaubte Overbeck. „Wir waren in Echternach bei Franco Romano. Wir haben ihn gewarnt."

„Und?"

„Er setzt auf seine Leibwächter. Na ja, ich glaube auch nicht, dass der Täter ihn in Luxemburg umbringen will. Das wird er bei dem Haus dort oben erledigen wollen. Ihr fahrt doch noch immer eure Streifen in die Nähe des Tatortes?", fragte Overbeck lauernd.

„Ja, natürlich, soweit es der Dienst zulässt. Ihr wisst schon, dass wir unterbesetzt sind?"

„Wissen wir", brummte Overbeck und führte die Kaffeetasse zum Mund. Das Klingeln seines Handys veranlasste ihn, die Tasse wieder abzusetzen.

„Der Dauerdienst", flüsterte er Leni zu. Dann wurde sein Gesicht ernster und ernster und erstarrte schließlich zur Maske, als er dem Anrufer zuhörte.

„Gebt eine Fahndung raus. Alles, was Beine hat, soll auf Streife. Wir müssen ihn finden."

„Was ist los?" Leni sah, dass etwas Außergewöhnliches geschehen sein musste. „Hat man Romano jetzt auch …"

„Romano ist verschwunden", antwortete Overbeck leise. „Offensichtlich wurde er entführt."

53. Kapitel

***S**ie werden nach mir suchen und sie werden mich finden.*

Maggie war den ganzen Abend über in Hermeskeil umhergelaufen. Immer dann, wenn sie glaubte, einen Polizeiwagen zu sehen, verschwand sie in Hauseingängen oder dunklen Gassen und trat erst wieder hervor, bis die vermeintliche Gefahr gebannt war. Schließlich entschloss sie sich, in ihr Hotel zurückzukehren. Am liebsten hätte sie einen, zwei oder ja, gar drei Cognacs in sich hineinschütten können, aber, als sie die Kneipe betrat, an der sich offenbar das gebündelte Hermeskeiler Proletariat, wie sie die verschwitzten und lallenden Männer an der Theke von Franz Leonhard einschätzte, versammelt hatte, beschloss sie, ihr Zimmer aufzusuchen. Vielleicht war es am besten, wenn sie sich unter der Bettdecke verkriechen und den nächsten Tag abwarten würde.

Ein Wechselbad unter der Dusche brachte ihr die Lebensgeister zurück, von denen sie eigentlich nicht wusste, ob sie ihr willkommen waren. Sie wollte nur noch schlafen, obwohl sie nun eigentlich keinerlei Müdigkeit mehr empfand.

Als ihr Handy klingelte, wollte sie es ignorieren. *Ich will meine Ruhe haben.* Alleine in dieser Stadt, in der nun auch Hans Satorius den Kontakt zu ihr abzubrechen schien, kam sie sich vor wie damals, als sie niemanden hatte, der sich um sie zu kümmern schien. Doch schließlich siegte ihre Neugier. Sie nahm das Gespräch an.

„Hallo, Maggie."

Sie wusste sofort, wer am anderen Ende der Leitung war.

„Was wollen Sie“, fragte sie mit tonloser Stimme ins Leere des Hotelzimmers. „Warum könnt ihr mich nicht alle in Ruhe lassen?“

„Es ist bald vorbei, Maggie, keine Sorge“, antwortete der Anrufer, dessen Stimme sie als die identifizierte, die erst gestern bei ihr angerufen hatte. „Aber vorher sollten wir uns erst einmal etwas unterhalten. „Was ist damals passiert, Maggie? Sag es mir. Oder hast du die Vergangenheit verdrängt? Kannst du in einer Welt leben, in der es sich die Mörder deiner Eltern gut gehen lassen?“

Als Maggie nicht antwortete, fuhr der Anrufer in verhalten aufdringlichem Ton fort: „Sie waren doch die Mörder deiner Eltern, Maggie? Vergiss nicht, deine Mutter hat es auf dieser Welt nicht mehr ausgehalten, *wegen* dieser Männer. Also sind sie auch die Mörder deiner Mutter. Oder siehst du das anders?“

„Was geht dich das an? Was hast du mit dem Tod meiner Eltern und mit der Rache an den Tätern zu tun? Sag es mir, damit ich verstehen kann, was um mich herum vorgeht. Woher hast du meine Handynummer?“

Auf die letzte Frage ging der Anrufer nicht ein. „Reichen dein Verstand und deine Vorstellungskraft nicht aus, um eine Verbindung zwischen mir und den Mördern von damals herzustellen, kleine Maggie? Glaube mir, auch mir wäre es lieber, ich könnte unter andren Umständen deine nähere Bekanntschaft machen, an der mir so viel liegt. Aber es wird uns nichts zusammenführen. Wenn meine Mission beendet ist, werde auch ich Vergangenheit sein, Maggie. Und ich muss dir sagen, das tut mir sehr weh."

„Wer bist du?", flüsterte Maggie. „Wer bist du?"

„Du willst es wissen, kleine Maggie? Also gut. Ich werde dir ein Rätsel aufgeben. Hör gut zu! *Er hat vier Väter, doch keiner ist ihm bekannt, er hat eine Mutter, die er nie gekannt. Eine Schwester, die es für ihn nie gab. Nur Rache, die er sucht, bis zum heutigen Tag.* Ich weiß, kleine Maggie, das ist keine lyrische Höchstleistung, aber du magst sie damit entschuldigen, dass mir dieser Vers soeben erst eingefallen ist."

Maggie presste das Handy an ihr Ohr und hörte über die Anklopf-Funktion, dass ein weiterer Anrufer in der Leitung war.

„Da will noch jemand etwas von dir", hörte sie die Stimme des jungen Mannes am Ende der Leitung. „Ist es dein Reporter? Ihr seid ein schönes Paar. Halte ihn gut fest. Er passt zu dir Maggie. Wie gerne wäre ich in eurem Bunde der Dritte. Ich melde mich wieder."

Dann war die Leitung tot.

Maggie sah auf ihre Telefonliste. Es war Satorius, der soeben angerufen hatte. Sie überlegte. Sollte sie ihn anrufen? Selten hatte sie jemanden so sehr gebraucht wie jetzt. Aber war es tatsächlich so? Brauchte sie tatsächlich jemanden, der ihr in dieser Situation half? Sie würde ihm alles erklären müssen, sich offenbaren, Fragen über sich ergehen lassen. Sie musste sich entscheiden. Wollte sie das? Würde es ihr helfen?

Sie überlegte nicht lange. Ja, sie brauchte jemanden. Sie fühlte sich alleine auf der Welt, so wie es in ihrem Leben noch nie der Fall gewesen war.

Während sie noch überlegte, läutete das Handy erneut.

„Können wir uns sehen?“, erreichte sie die direkte Frage Satorius‘, und Maggie war froh, dass sie sich auf keine Diskussion am Telefon einlassen musste. „Im *Restaurant am Hunsrück-Steig*? Es ist schon spät, ich weiß. Ich sitze alleine hier. Polizisten, die mich beobachteten, haben ihre Observation für heute offensichtlich aufgegeben. Wir müssen reden. In einer halben Stunde?“

Maggie sah auf die Uhr. Es war kurz vor 22 Uhr. Sie wollte, dass alles vorbei war. Mit der Vergangenheit musste sie abschließen. Ab heute schien ihr die Zukunft wichtiger. Dann hauchte sie ihre Antwort in den Hörer: „Ich komme.“

54. Kapitel

„**D**ie Fahndung nach Romano ist raus“, rief Leni Overbeck zu, der sich auf der Wache lautstark mit seinen uniformierten Kollegen unterhielt. „Ich habe mit dem LKA telefoniert. Sie übersenden alle Erkenntnisse, die über Romano vorliegen, inklusive der Fotos von ihm. Vielleicht finden wir ja etwas, das uns weiterbringt.“

„Wenn uns etwas weiterbringen kann, wäre das der Hauch einer Ahnung, wer für diese Entführung infrage kommt. Dass es unser Mörder ist, darüber sind wir und alle einig. Dieses Phantom hat sich bis jetzt nicht einmal gemeldet.“

„Erwartest du etwa, dass sich der Entführer meldet? Warum sollte er es tun? Er will kein Lösegeld. Er will den Tod Romanos, und wir werden es nicht verhindern können.“

Wir müssen das Haus verstärkt observieren. Der Mörder hat alle Taten dort oben begangen, er wird auch diesen letzten Mord dort begehen wollen. Es ist unsere einzige Chance.“ Overbeck wandte sich dem Wachhabenden zu. „Kannst du eine Streife damit beauftragen? Ich denke, es reicht nicht, wenn sie dort oben hin und her fahren. Schick sie in die unmittelbare Nähe des Hauses. Du kannst sie ja später ablösen lassen. Leni, wir beide werden die Akten Romanos studieren. Es muss doch so irgendetwas wie einen Hinweis geben.“

„Ich glaube, ich habe da noch eine Idee. Diese Maggie. Ihre Familie. Vielleicht gibt es etwas in deren Vergangenheit, das wir noch nicht wissen. Ich meine, wenn diese Frau nicht die Mörderin ist, muss es doch jemanden geben, der ein großes Interesse an einer Rache hat. Aus den Akten, die wir hier haben, geht nichts hervor, was wir verwerten können. Vielleicht liegt der Schlüssel ja ganz woanders.“

„Was genau stellst du dir vor“, fragte Overbeck, mit den Gedanken schon bei der Akte, die er zu durchforsten begann.

„Wir haben uns immer nur an die Polizeiakten und die der Staatsanwaltschaft gehalten. Wir sollten uns die Einträge beim Standesamt unbedingt ansehen.“

„Weißt du, wie viel Uhr es ist? Die Behörden sind geschlossen.“

„Dann muss sie eben jemand öffnen“, sagte Leni mit einer Selbstverständlichkeit, von der Overbeck nicht wusste, ob er sie als Naivität oder totale Unkenntnis abtun sollte. „Es ist nur ein Strohhalm. Wenn wir uns aber nicht an ihn klammern, kann es sein, dass wir es anschließend bereuen. Wer ist der Standesbeamte oder jemand, der sich dort auskennt?“, wandte sie sich an den Wachhabenden.

„Ich werde mich drum kümmern“, meldete sich Gehweiler, der soeben die Wache betrat. „Anschließend werde ich mit Müller die Kollegen an *dem Haus* ablösen.“

Das LKA hatte sich mit der Übermittlung der Akten Romanos beeilt. Das Faxgerät spie eine Seite nach der anderen aus, und Overbeck stellte mit Bedauern fest, dass die meisten Seiten mit der Akte Romanos beim Trierer Landgericht identisch waren. Als die letzte Seite eingegangen war, stapelte er die Blätter in der Reihenfolge, wie sie eingegangen waren und begann darin zu lesen. Vernehmungsprotokolle von damals, die mit dem Vermerk versehen waren, dass Romano zur Sache keine Angaben machte. Das war Overbeck bekannt. Auch vor Gericht hatte keiner der vier Männer auch nur irgendetwas zur Tatausübung ausgesagt. Also war das Ganze hier vergebene Liebesmüh.

Overbeck rieb sich die Augen, die bereits vom Starren auf das Papier zu brennen begannen und blätterte schon fast lustlos weiter. Dann verharrte er bei dem Formular mit den Fingerabdrücken Romanos. Er verglich die Abdrücke, zählte die Finger. Alles war normal, keine besonderen Merkmale zu erkennen. Er wendete das Blatt, und sein Blick streifte über die einzelnen Punkte, die Romanos Körper beschrieben: Größe, Gewicht, Familienstand, besondere Merkmale.

Besondere Merkmale! Overbecks Blick flog über die Auflistung. Dann klatschte er in die Hände.

„Ja! Das ist es! Wieder und wieder las er, was dort in wenigen Worten geschrieben stand. Besonderes Merkmal: tätowierter Adler im Flug auf dem rechten Schulterblatt. Da war die Verbindung, die er gesucht hatte. Die Abbildungen, des Adlers, die bei den Toten gefunden worden waren und die realistische Zuordnung zu Romano.

Woher wusste der Täter von dem Adler? Overbeck überlegte. Es gab da mehrere Möglichkeiten, die ihm nicht unbedingt plausibel erschienen. War es ein Mithäftling, der aus welchen Gründen auch immer auf die Entlassung der vier Gefangenen gewartet hatte? Die Unlogik bestand in dem Adler. In einem solchen Fall war es unwahrscheinlich, dass sich ein Mitgefangener dieses Symbols annehmen würde, wenn er sich, aus welchen Gründen auch immer, an vier Mithäftlingen rächen wollte. Er verwarf den Gedanken wieder. Eine solche Verbindung zu konstruieren schien ihm zu gewagt.

Wer also sonst war es? Es gab doch eigentlich nur eine Person: Margarethe Kollinger. Sie war die Schlüsselfigur. Ohne ihre Aussage würde er nicht weiterkommen, dessen war er sich nun sicher. Inwieweit sie in der Sache drinsteckte, das würde sich herausstellen.

Die Fahndung nach dieser Margarethe lief, ebenso wie die nach Franco Romano. Die Stecknadel im Heuhaufen, auf die Entführung Romanos traf diese Weisheit durchaus zu. Overbeck schien der Verzweiflung nahe. Es durfte nicht sein, dass man nun auch an dem vierten ehemaligen Täter, der seine Strafe abgesessen und somit als freier Mann zu behandeln war,

Rache ausübte. Overbeck fühlte sich mies und machtlos. Er wusste: Er würde es nicht verhindern können.

55. Kapitel

Als Maggie das Restaurant betrat, schlug sein Herz höher. Satorius hatte sich an dem Tisch niedergelassen, an dem sie gemeinsam bei ihrem ersten Treffen gesessen hatten. Durch das Fenster hatte er Maggie bereits kommen sehen, und er brauchte kein Übermaß an Menschenkenntnis, um festzustellen, dass sie etwas sehr bedrückte. Seit der Rückfahrt von Koblenz nach Hermeskeil war er etwas irritiert. Darüber, wie sie sich auf die Seite des Mörders gestellt hatte, was ihre innere Einstellung betraf. Vielleicht hatte er ihre Aussage auch zu sensibel wahrgenommen, vielleicht war es die weibliche Solidarität mit den Opfern, Jerry Thompson und Sylvia Heidfeld. Aber diese Taten waren so lange her. *Warum sind sie so im Kopf von Meg verankert?*

Er erhob sich und ging Maggie entgegen. Dann tat er etwas, das ihn selbst überraschte. Es kam einfach so über ihn. Er bückte sich zu Maggie hinunter, küsste sie auf die rechte Wange und hauchte ein leises „Hallo, ich freue mich“.

Für einen Moment trafen sich ihre Augen, doch Maggie war die Erste, die sich wieder in den Griff bekam. Sie steuerte wortlos zu ihrem Platz und ließ sich auf dem Stuhl gegenüber von Satorius nieder. Sie kam sofort zum Punkt.

„Ich glaube, ich muss dir etwas erklären“, begann Maggie und merkte nicht einmal, dass sie das vertraute *Du* benutzte. Sie sah auch nicht das zufriedene Lächeln, das sich um die Mundwinkel Satorius‘ legte, denn sie sammelte alle Kräfte, um ihm das zu erzählen, was sie lange bedrückte und was sie vielleicht schon heute auseinanderbringen konnte.

„Du musst mir nichts erklären“, kam ihr Satorius zuvor. „Lass einfach alles, was dich bedrückt, hinter dir. Vielleicht können wir beide ja einen neuen Schritt in die Zukunft wagen.“

Er erschrak über seine Worte, denn sie suggerierten doch tatsächlich, dass es in der Vergangenheit Maggies etwas gab, dass sie verdrängen oder vergessen sollte. *Was sollte sie schon verdrängen, vergessen?* Er hätte sich für seine mangelnde Sensibilität ohrfeigen können.

„Doch, es ist erforderlich“, fuhr Maggie fort, ohne über Sinn oder Inhalt seiner Äußerung nachzudenken. Sie sah aus dem Fenster, doch Satorius konnte ihr ansehen, dass ihr Blick nicht das sah, was dort draußen vor sich ging.

„Es geht um die Morde dort oben bei diesem … Haus.“

„Warum beunruhigen dich diese Morde so?“

Der Ober kam und Maggie bestellte ein Wasser. Sie nahm einen Schluck und stellte das Glas bedächtig zurück auf den Tisch.

„Das Haus … es ist mein Elternhaus.“

„Dein Elternhaus?“ Satorius sah Maggie mit weit aufgerissenen Augen an. „Dein Elternhaus?“, wiederholte er leise, denn er glaubte zu verstehen, was diese Aussage bedeutete. „Du bist die Tochter von …?“

„Jerry Thompson war mein Vater und Sylvia Heidfeld meine Mutter. Ich bin die Frau, die du suchst. Hier bin ich."

„Die Polizei", stöhnte Satorius und starrte Maggie an. „Sie wird bald wissen, dass du dich in Deutschland aufhältst, dass du hier in Hermeskeil bist."

„Na und?" Maggies Stimme klang resigniert. „Ich werde selbst zur Polizei gehen."

„Aber das darfst du nicht", brauste Satorius auf „Man wird dich beschuldigen, mit den Morden in Zusammenhang zu stehen."

„Was glaubst du denn? Bin ich eine eiskalte Mörderin? Na, sag schon!"

Satorius sah Maggie lange an, bevor er antwortete. „Du bist keine Mörderin. Ich könnte mir vorstellen, dass du Rachegedanken hegst. Aber du bist keine Mörderin."

„Ich habe auf Balthoff geschossen."

Die Aussage traf ihn wie ein Faustschlag in die Magengrube. Du hast … ich dachte, er hätte auf dich …", stotterte er. „Hast du etwa auch auf …?"

„Nein, habe ich nicht." Es klang bestimmt und feststellend, keinen Zweifel duldend. „Aber ich hatte es vor", sprach Maggie weiter und für einen Moment hatte sich ihre Stimme so erhoben, dass der Ober an der Theke kurz zu den beiden herübersah.

„Ja, ich hatte es vor", fuhr sie leiser fort. „Diese Pistole", sie zeigte auf ihre Handtasche, die sie über die Stuhllehne gehängt hatte, „diese Pistole hat meinem Vater gehört. Er hatte sie nicht dabei, als er sie so dringend gebraucht hätte. Ja, ich wollte meine Rache. Ich wollte die Mörder meiner Familie aufspüren und sie mit dieser Pistole niederstrecken. Alle. Und dann wollte ich auch nicht mehr leben."

„Meg!" Satorius suchte nach ihrer Hand und erfasste sie. „Vertraust du mir?", fragte er und Maggie nickte. Es waren Tränen in ihren Augen, doch es war ein See, der noch nicht überlief.

„Erzähl mir alles", bat er. Alles, was damals passiert ist. Wie es dir ergangen ist. Ich möchte dir helfen."

Maggie nickte. „Ich werde dir alles erzählen", hauchte sie.

Doch das Schicksal gab ihr keine Möglichkeit mehr dazu.

56. Kapitel

Maggies Gedanken eilten zurück in die Vergangenheit. Sie schloss die Augen und zum tausendsten Mal bot sich ihr das Bild, das sie bis zum heutigen Tag verfolgt hatte, zu einem Teil ihres Selbst geworden war. Sie sah sich auf der Balustrade im Wohnzimmer stehen, sah, wie ihr Vater mit unkenntlichem Gesicht auf der Erde lag und sich fremde gewalttätige Männer auf ihre Mutter stürzten.

Dann sah sie etwas, das sich in ihr Gedächtnis einbrennen sollte und von ihr Besitz ergriff; der tätowierte Adler auf der rechten Schulter des Mannes, der sich über ihre Mutter beugte und …

Maggie öffnete die Augen und sah Satorius an. Dann nahm sie alle Kraft zusammen, um ihm ihre Geschichte zu erzählen.

Das Handy läutete. Instinktiv griff auch Satorius in seine Jackentasche, doch es war Maggies Mobiltelefon.

„Er ist es wieder“, flüsterte sie.

„Wer ist es?“, flüsterte Satorius fragend zurück, als könnte der Anrufer sie beide hören.

Das Handy klingelte erneut, und irgendwie klang es in den Ohren Maggies fordernder.

„Ich glaube, es ist der … Mörder.“ Maggies Hand mit dem Handy zitterte. Dann drückte sie die Abschalttaste.

„Er hat mich schon zweimal angerufen“, brachte sie stammelnd heraus. „Nach alldem, was er andeutete, muss ich davon ausgehen. Er weiß, was damals vorgefallen ist.“

„Das wissen doch viele“, wollte Satorius Maggie beruhigen.

„Er sprach bei seinem letzten Anruf in Rätseln, die in mir eine furchtbare Ahnung erweckten.“

„Was sagte er? Erinnere dich, Maggie. Vielleicht können wir gemeinsam die Wahrheit herausfinden.“

„Er sagte: *Er hat vier Väter, doch keiner ist ihm bekannt, er hat eine Mutter, die er nie gekannt. Eine Schwester, die es für ihn nie gab. Nur Rache, die er sucht, bis zum heutigen Tag*. Ich möchte nicht aussprechen, was das bedeuten könnte.“

Das Handy läutete erneut.

Dieses Mal ging Maggie ran.

„Hallo Maggie“, kam die Stimme aus dem Hörer. Es war eine sanfte, nicht unsympathische Stimme, so wie sie es auch bei den beiden Anrufen zuvor empfunden hatte. „Es ist so weit. Ab heute wirst du frei sein. Frei von Rachegedanken, frei von Schuldgefühlen, die du nie haben musstest. Bist du bereit?"

„Sag mir, wer du bist. Woher weißt du …?"

„Du hast also mein kleines Rätsel nicht verstanden? Ach, Maggie, vielleicht wird es ein weiterer Schmerz in deinem Leben sein, wenn du es erfährst. Die Lösung ist so fern und doch so nah. Aber du wirst sie heute Abend noch erfahren. Sei in einer halben Stunde am Eingangsportal des Krankenhauses. Und Maggie … bring deinen Freund, den Reporter mit. Es wird die Story seines Lebens werden."

„Was hast du vor?", rief Maggie in den Hörer, doch sie hörte nur ein leises Klick und das Besetztzeichen schmerzte in ihrem Kopf wie Hammerschläge.

Satorius sah Maggie erwartungsvoll an. Die Stimme aus dem Hörer war zu leise gewesen, als dass er den Inhalt hätte heraushören können.

„Er will, dass wir zum Eingang des Krankenhauses kommen. In einer halben Stunde", brachte Maggie aufgeregt hervor. „Was hat er nur vor?"

„Wir haben also noch etwas Zeit. Maggie, was sagte der Mann in den letzten Gesprächen zu dir? Was ist mit diesem Vers? Wovon redet er? Du weißt, was er meint, habe ich recht? Wenn es so ist, sage es mir.

Er hat vier Väter, doch keiner ist ihm bekannt, er hat eine Mutter, die er nie gekannt. Eine Schwester, die es für ihn nie gab. Nur Rache, die er sucht, bis zum heutigen Tag.

„Er spricht in seinem Vers davon, dass er vier Väter hat, Hans. Was bedeutet das? Er spricht von einer Schwester! Wer ist das?"

Maggies Gedanken irrten erneut in die Vergangenheit, als die schreckliche Tat geschah. Es waren vier Männer, die sich auf ihre Eltern gestürzt hatten. Die ihren Vater erschlugen. Die ihre Mutter missbrauchten. Vier Männer. Vier Väter!

„Nein, das kann nicht sein! Das darf nicht sein!“

„Maggie, du glaubst doch nicht …?“

„Ich glaube es nicht nur, Ich weiß es. Ich fühle es.

Er ist mein Bruder!“

Satorius erkannte die Situation sofort.

„Er will uns an dem letzten Akt seiner Rache teilhaben lassen. Wir müssen die Polizei verständigen, Maggie. Wir dürfen nicht mit schuld sein am Tod eines Menschen. Wir müssen etwas tun!“

Maggie nickte kraftlos. „Er will, dass wir das tun. Sonst hätte er nicht uns beide dorthin bestellt.“

Satorius wählte eine Nummer und wartete kurz. Dann informierte er den Beamten am anderen Ende der Leitung. „Nein, mehr kann ich Ihnen nicht sagen. Kommen Sie einfach dorthin und verhindern Sie einen weiteren Mord!“

57. Kapitel

Maggie und Satorius eilten die kurze Strecke bis zum Krankenhaus, es waren maximal zweihundert Meter, zu Fuß die Koblenzer Straße entlang und bogen auf den krankenhauseigenen Parkplatz ein.

Der Eingangsbereich war erleuchtet, die meisten Fenster der Krankenzimmer waren ohne Licht oder durch Gardinen verdunkelt. Wolken waren aufgezogen und legten einen diffusen Film über die gesamte Stadt.

In der Ferne ertönte ein Martinshorn.

Vor dem Krankenhaus herrschte Ruhe. Es war inzwischen 22.40 Uhr, der versorgungstechnische Ablauf hatte sich im Großen und Ganzen auf Pflege und Nachtruhe beschränkt. Als die beiden am Portal eintrafen, waren sie die einzigen Menschen, die man weit und breit wahrnehmen konnte.

So hatte es den Anschein. Doch der Schein trog.

„Es ist gut, dass du gekommen bist, Maggie. Das ist wirklich gut."

Maggie suchte den Ort des Sprechers zu ergründen und schaute sich in alle Richtungen um, ohne dass sie irgendetwas wahrnehmen konnte.

„Hier oben, Maggie. Ich bin hier oben. Du musst weiter nach hinten treten. Geh bis zu den Autos, die dort geparkt sind."

„Komm!" Satorius packte Maggie am Ärmel ihrer dünnen Jacke und zog sie mit sich, über den geteerten Zufahrtsweg bis dorthin, wo die Autos von Ärzten oder Bediensteten abgestellt waren. Dann richteten sie ihre Blicke nach oben, dorthin, wo sie die Stimme vermuteten.

„Es ist zu dunkel. Warten wir, bis die Beleuchtung geliefert wird." Der Mann, zu dem die Stimme gehörte, lachte. „Sie werden doch gleich hier sein, Polizei und die Feuerwehr, oder? Natürlich werden sie das. Bis dahin können wir uns etwas unterhalten, Maggie. So viele Fragen sind noch offen. Offen für dich, Maggie."

„Ich weiß, wer du bist", flüsterte Maggie.

Satorius stieß sie leicht in die Seite. „Er hört dich nicht. Du musst lauter sprechen."

„Ich weiß, wer du bist", rief Maggie, und es war schon fast ein Schrei, der ihre Kehle verließ. „Warum hast du dich nie zu erkennen gegeben?"

„So, du *weißt,* wer ich bin, Maggie? Nein, du *glaubst* zu wissen, wer ich bin. Ach, da kommen ja die Ersten. Das ist gut. So wird man heute Abend mit einem Schlag alle Akten schließen können."

Der Polizeiwagen hatte auf den letzten Metern das Martinshorn ausgeschaltet. Zwei Uniformierte sprangen heraus, Heribert Gehweiler und Eddy Müller. Satorius erkannte sie sofort wieder. Die Festnahme oben bei *dem Haus* war ihm in tiefster Erinnerung geblieben.

„Was ist hier los?", keuchte Gehweiler und sah erst Satorius, dann Maggie an.

„Der Pressemensch, sieh an. Und Sie sind … lassen Sie mich raten. Sie sind Frau Kollinger, die Frau, die erst kürzlich aus Amerika zu uns gekommen ist und uns eine anhaltende Mordserie beschert hat. Frau Kollinger, ich nehme Sie fest …"

„Verschieben Sie das auf später", sagte Satorius unwirsch. „Es geht hier um viel Wichtigeres. Wenn Sie nicht bald etwas tun, werden Sie einen weiteren Mord nicht verhindern können."

Satorius deutete mit einer Kopfbewegung in die Höhe, in Richtung des Krankenhaus-Verwaltungsgebäudes.

„Was zum Teufel ist da?"

„Aha, Maggie, nun habt ihr Verstärkung bekommen", tönte es von oben, und nun konnte man schemenhaft Bewegungen auf dem Flachdach des achtstöckigen Gebäudes erkennen. Doch waren es nur Umrisse, die man von unten wahrnehmen konnte.

„Wer ist das dort oben?“, rief Gehweiler, während er sein Sprechfunkgerät zückte. Ohne die Antwort abzuwarten, gab er einige Anweisungen. „Die Feuerwehr wird gleich hier sein. Und die Kripo.“ Dann wandte er sich zu Müller, der wie versteinert auf das Dach starrte. „Eine Lampe! Hol die verdammte große Akku-Leuchte, schnell!“

„Was ist hier los, verflucht nochmal?“, schrie Gehweiler, der mit der Situation noch nichts anfangen konnte. Aber er verstummte, als er die Stimme der unsichtbaren Person dort oben irgendwo vernahm.

„Wir haben nicht mehr viel Zeit, Maggie. Deshalb werde ich deinen Fragen zuvorkommen. Du erinnerst dich genau an den Tag, stimmt es?“ Ohne eine Antwort abzuwarten, fuhr der Sprecher fort. „Nach dem Tod deines Vaters hielt deine Mutter nur noch eines am Leben. Das warst du, Maggie. Und dann wurde ihr Leben auf eine weitere Probe gestellt. Du ahnst schon, was es war, Maggie, nicht wahr? Ein Jahr nach der grausamen Tat am Rande von Hermeskeil gebar sie einen Sohn, ein absolut ungewolltes Kind. Ein Kind mehrerer Väter. Sie gab dem Kind weder einen Namen noch erfuhr irgendjemand von seiner Existenz. Wie so etwas gehen kann? Ich sage es dir, Maggie. Sie legte das Kind in einer Kinderkrippe ab, weitab von Hermeskeil. So sehr sich die Behörden auch mühten, die Mutter wurde nie gefunden.“

Der Sprecher machte eine kurze Pause. Und auch Gehweiler fand keine Worte.

„Wie ist dein Name?“, rief Maggie in die Dunkelheit. „Wie ist der Name meines Bruders?“

„Mein Name ist Alexander“, hörte Maggie ihn wie aus weiter Ferne rufen. „Du darfst Sascha zu mir sagen. Du willst wissen, wie du zu der Ehre kommst, plötzlich einen Bruder zu haben? Dann hör zu! Mit meiner Volljährigkeit hat man mir einen Brief unserer Mutter ausgehändigt. Sie wollte, dass ich ihn erst nach diesem Zeitpunkt erhalten sollte. Sie habe mich nicht aufziehen können, hat sie mir geschrieben. Ich sei ein Kind des Verbrechens, ein Kind von vier Menschen, die ihr Leben zerstört haben. Aber sie schrieb mir von dir, Maggie. Sie liebte dich so sehr, dass ich glaube, dich aus ihrem Brief so gut zu kennen, als hätten wir die Kindheit und die Jugend miteinander verbracht. Wie gerne hätte ich das getan, meine große Schwester, die nie meine Schwester sein durfte und nie sein kann.“

„Alexander … Sascha, was hast du vor?“, hört Maggie sich rufen. „Was tust du dort oben?“ Dann hörte sie ein Geräusch neben sich, und gleichzeitig blitzte ein greller Lichtstrahl auf, der sich suchend in Richtung des Krankenhausdaches richtete.

Inzwischen hatte sich eine kleine Menschenmenge gebildet, die von Minute zu Minute größer wurde. Als der Lichtstrahl schließlich den Sprecher namens Alexander erreichte, ging ein Aufschrei durch die Menge.

Dort oben befanden sich zwei Personen.

Der, bei dem es sich offensichtlich um Alexander handelte, stand an der Brüstung, nahe der Dachbegrenzung. Er war ein schlanker junger Mann, bekleidet mit einer dunklen Hose und einer dunklen Jacke. Nur sein Gesicht, dessen Züge man von unten durch das grelle Licht nicht erkennen konnte, leuchtete weiß.

Seine dunklen, bis zur Schulter reichenden Haare, wehten gespenstisch im Sommerwind.

Doch der Aufschrei der Menschen hatte eine andere Ursache. Neben Alexander kniete eine weitere Person mit dem Rücken zum Abgrund. Seine breiten Schultern ließen auf einen Mann schließen, obwohl ihm die schwarzen Nackenhaare bis zu den Schultern reichten. Sein Oberhemd war zerrissen und hing in Fetzen an seinem nackten Oberkörper herab. Der Kopf war gesenkt, keine Regung war zu erkennen.

In der Ferne hörte man erneut ein Martinshorn. Blaue Lichtkreise verrieten den Standort des Fahrzeuges, das sich als Leiterfahrzeug der Feuerwehr entpuppte. Während die Feuerwehrleute wie Ameisen um das Fahrzeug rannten und Befehle riefen, um den schweren Wagen rückwärts in die Krankenhauseinfahrt zu dirigieren, durchdrang Maggies Stimme das Gemurmel der gaffenden Meute.

„Was machst du da, Sascha? Was hast du vor? Wer ist das?“

„Das sind viele Fragen auf einmal, Maggie“, schrie Alexander zurück. Seine Stimme musste gegen den stärker aufkommenden Wind und das Raunen der Menschen ankämpfen. „Sieh her! Die Polizisten sollen dir leuchten, hierher, auf diese Stelle. Alexander deutete mit der Hand auf den Mann, und der von Müller gerichtete Lichtstrahl blieb auf dessen Schulterblatt haften.

„Siehst du, Maggie?“, rief Alexander und musste sich bereits anstrengen, mit seinen Worten zu ihr durchzudringen. „Siehst du den Adler? Erkennst du ihn wieder? Erinnere dich an den Tag der Schrecken, den du nicht vergessen kannst. „Er hier …“, Alexander nannte den Namen seines Opfers nicht, zu sehr schien er den Mann zu verachten, „er trägt das Zeichen, nachdem ich so lange gesucht habe. Über dieses Zeichen habe ich auch die anderen Männer finden können. Dieses Zeichen war für mich Fluch und Segen zugleich. Und es hielt mir immer wieder vor Augen, wer ich bin, Maggie. Ich bin die Brut dieses Adlers. Dafür wird er büßen, wie auch die anderen büßen mussten. Doch dieser Adler wird anders enden als seine Kumpane. Dieser Adler wird Flügel erhalten. Er wird fliegen. Und dann wird sich zeigen, ob auch seine Brut flügge geworden ist."

„Was meint er?", wandte sich Maggie entsetzt an Satorius, der bis zu diesem Zeitpunkt geschwiegen hatte. Er fühlte, dass er schweigen musste, dass er dieses Zwiegespräch nicht stören durfte. Maggie musste ihn so lange hinhalten, bis die Feuerwehr ihre Maßnahmen getroffen hatte. Er sah zu den Leuten hinüber, die im Begriff waren, die Drehleiter zu montieren und das Sprungkissen in Position zu bringen.

„Es ist sein Abschied an dich, Maggie", antwortete Satorius mit gesenktem Kopf. „Er sieht für sich keine Chance mehr. Er will mit seinem Opfer sterben."

„Ihr müsst sofort kommen. Wir haben diese Margreth Kollinger", hörte Overbeck die aufgeregte Stimme Gehweilers im Hörer. Zum Krankenhaus, sofort."

„Warum bringt ihr sie nicht zur Dienststelle?", fragte Overbeck verwundert zurück, die Erregung seines Kollegen erst nicht wahrnehmend.

„Der Mörder … sein letztes Opfer … auf dem Dach des Krankenhauses. Kommt sofort!"

Dann war was Gespräch beendet. Gehweiler hatte aufgelegt.

„Leni!“ Overbeck schrie es durch die Dienststelle. Kurz darauf stand sie im Zimmer. „Was schreist du so?“

„Wir müssen raus. Sie haben Margreth Kollinger. Und wie es scheint, steht der letzte Mord kurz vor seiner Ausführung. Komm, wir müssen los! So, wie es aussieht, werden wir den Fall heute Abend zu Ende bringen.“

Als sie am Krankenhaus ankamen, hatten sich bereits so viele Menschen angesammelt, dass sie nur schwerlich ihr Fahrzeug am Rand der Koblenzer Straße abstellen konnten. Sie pflügten sich durch die Meute und standen schließlich neben Gehweiler und Müller.

Overbeck hatte die Situation sofort erkannt. „Täter und Opfer … da oben?“

„Ja, und das ist Frau Kollinger. Margreth Kollinger, nach der wir fahnden. Gehweiler zeigte auf Maggie, die ihn nicht wahrnahm, sondern nur zu Alexander sah, der sich acht Stockwerke über ihnen auf dem Dach befand.

„Gibt es Einzelheiten?“, fragte Overbeck und Gehweiler gab ihm einen gerafften Lagebericht.

„Es sieht aus, als stünde der andere Mann unter Drogeneinfluss.

„Das ist Franco Romano“, stellte Overbeck trocken fest. „Die K.-o.-Tropfen. Wie bei den anderen Opfern“, nickte Overbeck.

Er zeigt kaum eine Regung“, berichtete Gehweiler. „Die Feuerwehr baut gerade ihre Leiter und das

Sprungkissen auf. Aber es gibt da noch ein Problem: Die Rückseite des Gebäudes."

„Was ist damit?"

„Wenn der Geiselnehmer feststellt, dass er an der Vorderseite nichts ausrichten kann, wird er sich mit der Geisel zur Rückseite begeben. Wer da runterfällt, landet auf hartem Beton oder auf einem der geparkten Autos. Ich habe über die Leitstelle ein weiteres Feuerwehrfahrzeug mit einer entsprechenden Ausrüstung angefordert. Ob es allerding rechtzeitig kommt …"

„Danke, Kollege. Gut gemacht", sagte Overbeck anerkennend und Leni nickte ihm zu. „Bleib dran. Das hier darf nicht in einer Katastrophe enden."

Dann wandte sie sich Maggie zu. „Wenn das ihr Bruder ist, dann reden Sie mit ihm. Vielleicht können Sie ihn ja zum Aufgeben bewegen", sagte er anschließend zu Maggie. „Halten Sie ihn hin. Beschäftigen Sie ihn. Meine Kollegin und ich werden versuchen, durch das Haus zum Dach zu gelangen. Wir müssen dem Spuk ein Ende machen. Komm, Overbeck!"

Sie quälten sich rücksichtslos durch die Menge, wobei Overbeck seine Ellbogen rigoros einsetzte und Leni alle Mühe hatte, in seiner Nähe zu bleiben.

„Wie kommen wir auf das Dach?", fragte er das Krankenhauspersonal, das sich ebenfalls eingefunden hatte, um ja nichts von der Sensation heute Abend zu verpassen.

„Dort, den Aufzug und die letzte Etage zu Fuß", sagte eine Frau in weißer Kleidung, offensichtlich eine Nachtschwester, die es vorzog, der Sensation beizuwohnen, anstatt sich um ihre Kranken zu kümmern. Leni und Overbeck rannten los, der Aufzug setzte sich summend in Bewegung. Fünfte Etage, zeigte die Etagenuhr an. Vierte Etage. Es kam den beiden vor, als dauerte es eine Ewigkeit, bis der Aufzug das Erdgeschoss erreichte.

Doch er hielt nicht. Er fuhr durch, mit dem leisen typischen Schleifgeräusch, das Aufzüge so an sich haben, eine Etage tiefer, in den Kellerbereich.

„**E**rzähl mir mehr von dir Sascha“, rief Maggie in die diffuse Dunkelheit der Dachregion. „Sag mir, wer mein Bruder ist! Wo hast du gelebt? Wer hat dich aufgezogen?“

Maggie stellte fast unbewusst so viele Fragen auf einmal; es war die einzige Möglichkeit, Alexander hinzuhalten. Die Kriminalbeamten waren losgestürmt. Sie wollten auf das Dach, mit ihm reden. Sie kannte das aus zahlreichen Filmen. Psychologen wurden herbeigerufen, enge Verwandte, Maggie tat das ihre dazu. Und die Polizisten. Konnten sie auf ihn einwirken?

Für einen Moment kam ihr die eigene Rache in den Sinn, der Gedanke, dass der Mann dort oben bei Sascha ihre Rache spüren musste. *Ja, wirf ihn von dort hinunter*, müsste sie doch eigentlich ausrufen. Doch dieser Gedanke verfloss im Nichts. Er war unwichtig geworden. Dort oben stand ihr Bruder, ihr Halbbruder. Sie hatten eine gemeinsame Mutter. In ihnen floss das gleiche Blut. Er musste leben. Nein, er durfte es nicht noch einmal tun. Maggie wusste: Wenn er sich dazu entschloss, würde auch er mit in den Tod gehen.

„Warum interessierst du dich für die Menschen, die mich großzogen? Es sind Fremde für dich. Ja, es sind auch Fremde für mich“, fügte er leiser hinzu.

„Was sagst du, Sascha“ Du musst lauter sprechen“, rief Maggie, voller Angst, das Gespräch würde abbrechen.

„Ich habe meine Pflegeeltern kaum gekannt“, hörte sie Alexanders Stimme. „Die meiste Zeit habe ich im Heim verbracht. Im Heim für schwer erziehbare Kinder. Ist es ein Wunder Maggie? Ist es ein Wunder, wenn das Kind von vier Schwerverbrechern selbst zu einem solchen wird?“

Es entstand eine kurze Pause, und Maggie wollte gerade wieder auf Alexander einreden, als er weitersprach. „Eine Familie Sebald hat mich zu sich genommen. Sie haben sich damit keinen Gefallen getan. Aber ich habe sie von mir erlöst, als ich achtzehn wurde. Von diesem Tag an lebte ich nur noch für meine Rache. Kannst du das verstehen, Maggie? Du kannst es verstehen, denn du wolltest auch deine Rache“, tönte die leidenschaftliche Stimme zu ihr herunter. Die Neugierigen waren leise geworden, sie wollten kein Wort von dem verpassen, was sich hier in Form einer Tragödie artikulierte.

Inzwischen waren weitere Schutzpolizisten eingetroffen, und gemeinsam drängten sie die Menschen nach hinten und sperrten gleichzeitig den frei gewordenen Bereich mit Flatterband ab.

Müller hielt noch immer seine Taschenlampe auf die Situation auf dem Dach gerichtet. Doch plötzlich gab es einen Knall, und ein kurzer Aufschrei ging durch die Menge. Mit einem Schlag war das gesamte Gebäude in gleißendes Licht getaucht. Die Riesenscheinwerfer der Feuerwehr hatten das Geräusch beim Einschalten verursacht.

„Du bist kein Verbrecher, Sascha“, rief Maggie schnell nach oben, und als sie den Satz ausgesprochen hatte, wusste sie, dass es der dümmste Satz war, den sie je gesagt hatte. Aber sie war wieder im Gespräch mit Alexander, und das war das Wichtigste. „Deine Rache hat dich blind gemacht“, fügte sie schnell hinzu. „Man wird es dir vor Gericht anerkennen. Man wird Verständnis für dich zeigen.“

„Es wird kein Gericht geben. Niemand wird über mich richten. Was ich getan habe, wird keiner verstehen.“

„Ich werde zu dir hochkommen, Sascha!“, rief Maggie. „Du darfst das nicht tun!“

„Du bleibst, wo du bist! Jeder, der glaubt, er müsse Psychiater spielen, wird es bereuen. Und ich sage es nur einmal: Ich möchte niemanden hier oben sehen! Ihr alle könnt es nicht ändern.“

Mit der rechten Hand hielt Alexander den unsicher vor ihm knienden Romano an den Haaren im Gleichgewicht, mit der anderen griff er in den Hosenbund und hielt eine Pistole in die Höhe. „Damit ihr nicht glaubt, dass ich bluffe. Niemand wird mich an dem, was ich vorhabe, hindern können.“

Im gleißenden Licht der Feuerwehrschweinwerfer sah Maggie, wie sich die Geisel neben Alexander zu bewegen begann. Romano hob den Kopf und schien seine Umgebung um sich herum wahrzunehmen. Alexander hatte es mitbekommen. Er beugte sich zu dem Mann hinab und zerrte ihn mit Gewalt auf die Beine. Nun konnte man an seiner Armstellung sehen, dass seine Arme auf dem Rücken gefesselt waren.

„Der Zeitpunkt ist gekommen“, schrie Alexander. „Nun werdet ihr den Flug des Adlers miterleben.“

Doch die gefürchtete Handlung blieb aus. Alexander drehte sich nach rechts und sah hinter sich. Dann machte er einen blitzschnellen Schritt hinter Romano und zog diesen wie einen Schutzschild vor seinen Körper. Die Pistole in der rechten Hand schien sich auf ein bestimmtes Ziel zu richten.

Der durchtrainierte Körper Overbecks erreichte als erster die letzten Stufen des offiziellen Treppenhauses. Hier endete auch der Aufzug und eine etwas schmälere Treppe führte nach oben zum Dach. Eine Eisentür lag nun zwischen ihnen, Alexander und seiner Geisel.

Leni stand schwer atmend neben Overbeck, der sie lächelnd ansah. „Mit etwas Training wird das schon."

„Und jetzt?" Leni versuchte, durch das Schlüsselloch etwas zu erkennen, doch außer dem Blick auf den etwa 200 Meter entfernten Kirchturm war ihr Sehfeld zu stark eingeschränkt.

Overbeck umfasste den eisernen Türknopf und versuchte, ihn so geräuschlos es ging zu drehen.

Er bewegte sich. Dann war der Anschlag da. Nun musste die Tür sich öffnen lassen, wenn sie nicht verschlossen war. *Sie muss unverschlossen sein*, dachte Overbeck. *Er ist ja auch da draußen. Er wird doch nicht von außen abgeschlossen und den Schlüssel abgezogen haben?*

„Ist sie offen?", flüsterte Leni, und Overbeck zuckte mit den Schultern.

„Ich hoffe es. Ansonsten haben wir ein Problem." Er hielt den Knopf am Anschlag und drückte vorsichtig gegen die Tür. Sie gab nach. Langsam ließ Overbeck den Knopf wieder in die Verriegelungsstellung gleiten. Dann wandte er sich an Leni. „Ich habe einen Plan", flüsterte auch er jetzt. „Ich werde versuchen, ihm etwas unterzujubeln. Vielleicht fällt er ja darauf rein. Wichtig ist, dass du mich nicht unterbrichst, gleich was ich sage, auch wenn du es für Unsinn hältst. Steh einfach da und sichere uns beide, für alle Fälle."

„Was hast du vor? Was ..."

„Es ist keine Zeit für längere Erklärungen", zischte Overbeck und zückte sein Handy. Er wählte die Nummer von Gehweilers Mobiltelefon. Als sich der Kollege meldete, gab er eine kurze Anweisung. „Sorge da unten bitte für eine Geräuschkulisse, die eine Verständigung zwischen Frau Kollinger und dem Mann hier oben unmöglich macht."

„Wie soll ich das denn machen? Wie stellst du dir das vor? Soll ich die Menschen hier unten zum Schreien bringen, oder was?"

„Dir wird schon was einfallen", antwortete Overbeck und klappte sein Handy zu. Leni hatte erstaunt zugehört und schüttelte verständnislos den Kopf. „Ich hoffe, du weißt, was du tust", sagte sie schnippisch, doch Overbeck hatte bereits wieder den Türknopf umfasst und drehte erneut den Knopf nach rechts. Dann öffnete er langsam dir Tür einen Spalt.

In einer Entfernung von fünf bis sieben Meter stand Alexander mit seiner Geisel. Er hatte ihnen den Rücken zugekehrt, doch Romanos Oberkörper zeigte in ihre Richtung. *Er wird nicht in der Lage sein, uns durch eine unbedachte Bewegung oder Handlung zu verraten,* folgerte Overbeck. *So, wie er in den Seilen hängt, hat er genug mit sich selbst zu tun.*

Overbeck drückte die Tür ein weiteres Stück nach außen auf und dann passierte das, was er in seine Planung nicht einbezogen hatte: Die Scharniere der eisernen Tür quietschten.

Alexander drehte sich um seine eigene Achse und erkannte die Situation im Bruchteil einer Sekunde. Er machte einen Sprung nach links, und ehe Overbeck und Leni reagieren konnten, hielt er Romano als Schutzschild vor sich. In der rechten Hand hielt er eine Pistole, die er auf die beiden richtete.

Overbeck hob beide Hände in die Höhe, um zu zeigen, dass er keine Waffe gezückt hatte. Leni tat es ihm gleich.

„Was habt ihr hier oben zu suchen?“, schrie Alexander. Ich hatte mich doch klar und deutlich ausgedrückt. Ich gebe euch 30 Sekunden, dann seid ihr von hier verschwunden. Oder ihr unterzeichnet euer Todesurteil!“

Dann begann Overbeck mit seiner Show.

„Machen Sie sich nicht unglücklich, Sascha“, rief er Alexander zu und sprach ihn bewusst mit dem Kosenamen an, den auch Maggie vorhin benutzt hatte. „Noch haben Sie keinen Mord begangen, noch ist es früh genug auszusteigen. Mit dem, was Sie vorhaben, helfen Sie Ihrer Schwester auch nicht.“

„Was reden Sie da, Mann? Wollen Sie mich verarschen? Sie wissen genau, dass ich die drei Männer umgebracht habe. Also hören Sie mit diesem Gerede auf!“

Alexander fuchtelte bedrohlich mit der Pistole in der rechten Hand in Richtung der Kriminalisten, während sein linker Arm Romano krampfhaft vor sich hielt. „Und wobei sollte ich meiner Schwester helfen?“

In diesem Moment drang lauter Motorenlärm zu ihnen hoch. Overbeck atmete auf. Gehweiler hatte es hinbekommen. Er tippte auf das Feuerwehrfahrzeug mit der Drehleiter. Bevor Alexander reagieren konnte, ging er auf dessen Frage ein.

„Das wissen Sie doch selbst genau. Ihre Schwester hat die Morde begangen. Das ist so gut wie bewiesen. Und jetzt wollen Sie mit dieser Tat von Ihrer Schwester ablenken. Wenn Sie den Mann umbringen, sind auch Sie ein Mörder."

„Sie lügen!", schrie Alexander. „Das hat Maggie Ihnen nie gesagt. Sie hat nichts damit zu tun. Das wissen Sie genau!"

„Haben Sie nicht die Polizisten bei ihrer Schwester gesehen. Wir sind ihrem Wunsch nachgekommen und haben sie hergebracht. Würden Sie nicht hier herumtoben, würde sie bereits in U-Haft sitzen. Wenn Sie die Sache hier nicht lebend überstehen, hat Ihre Schwester in ihrer schweren Situation keinen Beistand. Sie braucht Sie, Alexander!"

Jetzt ist er total verunsichert, triumphierte Overbeck innerlich. *Entweder, er glaubt, dass ich verrückt bin, oder dass seine Schwester die Schuld für die drei Morde auf sich nehmen will. Wenn er Letzteres glaubt, werde ich gewinnen.*

„Was ist, Sascha? Kommen Sie her! Geben Sie mir Ihre Pistole und lassen den Mann frei. Wir werden gemeinsam nach unten gehen."

„Ich werde nirgends mit Ihnen hingehen!", schrie Alexander und fuchtelte wie wild mit der Pistole in Richtung Overbeck. „Ich werde mit Maggie reden. Sie soll mir selbst sagen, was das hier für ein Unfug ist."

Während er Romano, der immer noch nicht im Vollbesitz seiner Kräfte zu sein schien, rückwärts mit sich zog, sah er abwechseln hinter sich und in Richtung Overbeck, die Pistole immer im Anschlag.

„Maggie!“, schrie er, seitlich stehend, nach unten, um sofort wieder zu den Kriminalbeamten zu sehen. „Sie hört mich nicht. Was soll denn der Krach? Was ist das?

„Sie blasen die Sprungkissen auf“, rief Overbeck zurück. „Dazu brauchen sie die Motoren.“ *Gehweiler hat ganze Arbeit geleistet!*

Offensichtlich gab Alexander den Versuch, mit Maggie zu sprechen, auf. Er bewegte sich gemeinsam mit Romano von der Brüstung weg auf Overbeck zu.

„Warum erzählen Sie mir eine solche Scheiße?“, fragte er lauernd. Und warum sagen Sie nichts?“, wandte er sich an Leni, die ebenso wie Overbeck immer noch mit erhobenen Händen dastand. „Das ist doch ein abgekartetes Spiel. Aber diesem Spiel werde ich jetzt ein Ende setzen.“ Er lockerte den Griff um Romanos Brust, um ihn mit dem Gesicht zur Brüstung zu drehen. Doch er erstarrte in der Bewegung. Das Gegenteil geschah bei Romano. Der erkannte die Situation offensichtlich sofort und ließ sich einfach zu Boden fallen. Dann fiel ein Schuss. Im Motorenlärm hörte er sich an wie der Schlag mit einer Fliegenklatsche.

In Alexanders Gesicht breitete sich Erstaunen aus, als er den Korb der Feuerwehrleiter vor sich sah und den darin stehenden uniformierten Polizisten, die Pistole, aus der der Schuss fiel, immer noch auf ihn gerichtet.

Er fasste sich an die rechte Schulter und stolperte einige Schritte nach vorne, weg von Romano, auf die Brüstung und den Korb der Drehleiter zu. Die Pistole war ihm nach dem Schuss aus der Hand gefallen, er machte keine Anstalten, sie aufzuheben. Er wusste, dass der Polizist sofort schießen würde, wenn er auch nur die Hand danach ausstrecken würde.

Doch dann schlug er einen Haken und lief nach rechts auf die Längsseite des Gebäudes zu, dort, wo weder Menschen standen, wo kein Luftkissen vorbereitet war.

Overbeck und Leni waren sofort losgespurtet, nachdem der Schuss gefallen war. Sie hatten die Situation sofort erkannt und ahnten, was Alexander vorhatte.

Doch sie kamen zu spät. Er hatte bereits die Brüstung erreicht, wo er kurz verharrte. Er drehte seinen Kopf noch einmal in die Richtung der Herannahenden. Sein Blick war ausdruckslos, als er in ihre Gesichter blickte. Er breitete die Arme aus, und als Overbeck bis auf wenige Zentimeter an ihn herangekommen war, ließ er sich langsam nach vorne fallen und verschwand lautlos in der Dunkelheit.

Overbeck hatte keine Chance, ihn zu erreichen, ihn zu packen, ihn festzuhalten. Er blickte hinab in die Tiefe, doch die Dunkelheit nahm ihm die Sicht. Es war ihm, als läge ein endlos langer Tunnel bis hin zur Hölle unter ihm.

58. Kapitel

Alexander war nach dem Sturz auf der Stelle tot. Niemand aus der Menschenmenge hatte mitbekommen, was sich auf dem Dach des Krankenhauses abgespielt hatte. Heribert Gehweiler hatte mit seiner Entscheidung, den Motorenlärm hochzufahren, zumindest die Kommunikation zwischen den Halbgeschwistern unterbrechen können, um damit eine Kurzschlusshandlung von Alexander verhindern zu können.

Maggie hatte einen Schock erlitten, als sie erfuhr, dass ihr Bruder sich das Leben genommen hatte. Sie würde diese Nacht im Krankenhaus verbringen. Hans Satorius wich ihr nicht von der Seite, seit auch sein letzter Zweifel, dass sie doch noch etwas mit der Mordserie zu tun hatte, beseitigt war.

„**S**ebald. Alexander Sebald. Der junge Mann ist im Süden des Saarlandes aufgewachsen", zitierte Overbeck die vor ihm liegenden Mitteilungen des Landeskriminalamtes. „Karl und Maria Sebald haben ihn in seiner Familie aufgenommen, als er 16 Jahre alt war. Vielleicht wollte das Heim, in dem er gelebt hatte, ihn loswerden. Irgendwann werden wir mit den Leuten reden müssen. Aber das hat Zeit. Es dient nur der Vervollständigung seines Charakters und seiner Tatbereitschaft."

„Alexander Sebald hat sich nie als normales Mitglied dieser Gesellschaft verstanden, glaube ich", sagte Leni nachdenklich, als sie Stunden später, mitten in der Nacht, über ihren schriftlichen Protokollen saßen. Es lag noch eine Menge Arbeit vor ihnen, Arbeit, die in der Öffentlichkeit so nicht wahrgenommen wurde, die aber einen großen Teil der Ermittlungsarbeit einnahm.

„Wie sollte er auch? Er wächst im Heim auf, lebt nur kurze Zeit bei Pflegeeltern und erfährt die Wahrheit über seine richtigen Eltern."

„Und dann erfährt er durch den Brief seiner Mutter, was damals vorgefallen ist und wessen Sohn er ist. Auch das mit der Tätowierung muss ihm seine Mutter aufgeschrieben haben. Und als er liest, dass sie sich gerade aus diesen Gründen das Leben genommen hat, dreht er ganz durch."

„Zudem erfährt er, dass er eine Schwester hat", ergänzte Overbeck. „Wir werden es nie erfahren, aber ich glaube, er hat nach Maggie gesucht. Vielleicht ahnte er auch, dass sie selbst Rachegedanken hegte, denn es passte ja alles auch zueinander. Maggie kam aus Amerika nach Hermeskeil zurück, gerade zu einer Zeit, als die Mörder ihres Vaters aus dem Gefängnis entlassen wurden. Vielleicht glaubte er, dass Maggie gerade deswegen zurückgekommen war."

„Vielleicht fühlte Alexander in sich selbst eine Verpflichtung, Maggie die Rache abzunehmen. Vielleicht wollte auch er seine Rache. Vielleicht ist beides richtig. Wer weiß?"

Overbeck ergriff eine Plastiktüte, die vor ihm neben den zahlreichen Papieren lag. „Die Kugel in Balthoffs Arm stammte aus ihrer Waffe. Sie wird uns morgen eine Menge erklären müssen."

„Apropos erklären. Krauss hat sich ja noch gar nicht gemeldet. Liegt sicher zu Hause in seinem warmen Bett, während wir uns hier die Nacht um die Ohren hauen. Sollten wir ihn nicht informieren, er ist schließlich unser Chef."

„Sie hätten mich informieren sollen, als es gestern Abend zu dem Einsatz kam", tönte es von der Tür her.

Kraus stand dort mit einem verärgerten Gesichtsausdruck, der sich jedoch schnell als gespielt herausstellte.

„Gute Arbeit, meine Herrschaften“, sagte er schließlich etwas unbeholfen und rang sich dabei ein Lächeln ab. „Immerhin konnten Sie verhindern, dass es noch einen weiteren Toten gab. Seien Sie nachsichtig mit mir. Ich weiß heute auch, dass wir die anderen Morde nicht hätten verhindern können. Aber ich habe auch eine gute Nachricht für Sie: Es werden keine Stellen bei der Polizei unseres Bundeslandes abgezogen. Es bleibt alles beim Alten, wie mir der Innenminister gestern versichert hat. Ich kann da nur sagen: Eine gute Entscheidung.“

„Eine gute Entscheidung … ja“, sagte Leni zögerlich. „Aber es gäbe eine noch bessere.“

„Und die wäre?“ Krauss‘ Kopf nahm eine schräge und abwartende Haltung ein.

„Das nicht alles nur so bleibt, wie es ist. Personelle Aufstockung lautet das Zauberwort.“

„Ja, da haben Sie wohl recht. Doch das wird wohl vorerst ein Zauberwort bleiben.“

ENDE

Weitere Titel des Autors:

Der Tote im Tann
ISBN: 978-3-9811323-9-7

Milch so weiß wie der Tod
ISBN: 978-3-940760-01-2

Die Bestie vom Saar-Hunsrück-Steig
ISBN: 978-3-940760-07-4

Teufelspakt
ISBN: 978-3-940760-09-8